살며
생각하며

살며 생각하며

초판 1쇄 인쇄 2014년 02월 07일
초판 1쇄 발행 2014년 02월 14일

지은이   최 재 운
펴낸이   손 형 국
펴낸곳   (주)북랩
출판등록 2004. 12. 1(제2012-000051호)
주소   서울시 금천구 가산디지털 1로 168,
          우림라이온스밸리 B동 B113, 114호
홈페이지 www.book.co.kr
전화번호 (02)2026-5777
팩스   (02)2026-5747

ISBN   979-11-5585-153-1 03810(종이책)
         979-11-5585-154-8 05810(전자책)

이 도서의 국립중앙도서관 출판시도서목록(CIP)은 서지정보유통지원시스템 홈페이지(http://seoji.nl.go.kr)와
국가자료공동목록시스템(http://www.nl.go.kr/kolisnet)에서 이용하실 수 있습니다.
(CIP제어번호 : 2014003704)

살며 생각하며

최재운 지음

book Lab

책머리에

글이란 정성을 다해도 항상 어렵고 부담스럽다. 붓끝이 잘 나가지 않는다. 머릿속의 생각을 자연스럽게 풀어내어 독자로 하여금 입가에 엷은 미소를 짓게 하는 기술이 아쉽다. 다들 거침없이 잘도 써내려가는데 나는 글 쓰는 게 왜 이렇게 힘이 드는지 모르겠다. 그래도 미련을 버리지 못하고 쉬엄쉬엄 끄적거려 본 졸고가 또 쌓였다. 내버려 둘까 했지만 정년퇴직을 앞두고 정리해서 책으로 묶어두는 것이 훗날을 대비하는 일일 것 같아 작업을 시작했다.

글은 자신을 있는 그대로 드러내어 담는 그릇이다. 직·간접 경험을 토대로 작자의 모든 것을 솔직하게 까발리는 장치다. 어설픈 가식은 통하지 않는다. 정통하지 못한 분야에 대해 아는 체했다가는 바로 들통이 난다. 그럴 듯하게 꾸미고 화려하게 포장하려고 하면 할수록 제대로 된 글과는 더욱 멀어질 수밖에 없다. 좋은 글은 자신을 진솔하게 성찰하고 주변을 잘 살피는 데서 출발한다. 결국 화살은 글을 쓴 사람에게 돌아오기 때문이다.

남에게 관대하고 자신에게 엄격해야 주목받는 글, 신뢰받는 글, 감동적인 글을 쓸 수 있다. 말은 쉽지만 실천에 옮기기가 간단하지 않다. 9년 선 처음으로 겁 없이 책을 냈을 때와는 사정이 사뭇 다르다. 인생의 큰 고비 하나를 넘을 때가 되니 더욱 손이 오그라들고 자신감이 줄어든다. 책을 낸다는 것은 세상 물정 모르는 아이를 바닷가에 내놓는 것과 똑같다. 불안하고 미덥지 못하다. 보잘 것 없는 글을 읽어줄 독자의 시선이 두렵다.

일단 작자의 손을 떠난 글은 생명력을 가지고 독자적인 유기체로 존재하게 된다. 뭇사람들의 따가운 시선을 받으며 도마 위에 올라 사정없이 난도질당하고 해부당하리라. 원래 의도와는 상관없이 다양한 시각에서 분석되고 신랄하게 비판받을 것이다. 설사 치명적인 결함이나 실수가 있다 하더라도 속수무책이다. 그냥 바라보기만 할 뿐이다. 그러니 어찌 대충 글을 쓰고 또 되는 대로 적당히 책으로 엮어 세상에 내놓을 수 있겠는가.

보태고, 빼고, 갈고, 닦고, 다듬고, 고치고, 바꾸기를 수없이 되풀이했지만 마음에 들지 않기는 마찬가지다. 육순이 넘도록 가슴 속에 쌓아둔 묵직한 짐 덩어리들을 주절주절 풀어놓았으니 이제 판단은 독자의 몫이다. 정제되지 못하고 부족한 글이지만 또 한 번 만용을 부리기로 했다. 자주 책을 낼 처지가 아니라서 궁여지책으로 내린 결정이다. 책이 나오기까지 정성을 다해 살펴주신 북랩 손형국 사장님과 김회란 부장님께 감사드린다.

2014년 大寒

최재운

차례

제3부 네잎클로버 교환권

제4부 무언호인無言呼人

제5부 존사애생 尊師愛生

제6부 갓바위에 모인 염원

살며
생각하며

2014 일출

차가운 새벽 공기를 맞으며 서둘러 아파트 동쪽 나지막한 산에 올랐다. 해마다 해오던 일이지만 올해는 뚜렷한 까닭 없이 기분이 다르다. 나이 탓이겠지만 해가 바뀌는 일에 대해 한결 예민해진 듯하다. 정년이 임박한 것 말고 올해라고 특별히 감회가 다를 이유는 없다. 이곳으로 이사 온 지 여러 해가 지났지만 한 해를 제외하고 같은 장소에서 새해를 맞았다.

매년 아내와 함께 올라왔지만 올해는 혼자 산에 오르게 되었다. 동네 주민들이 하나 둘 모여들었다. 삼삼오오 가족단위다. 서로 얼굴을 모르는 사이라 새해 덕담을 건네거나 아는 채 하는 경우는 거의 없다. 모두 하나같이 동쪽을 향해 자리를 잡고 조용히 섰다. 앙상한 나뭇가지 사이 어둠이 물러나고 차츰 밝아지고 있다. 경건한 자세로 주시할 뿐 말이 없다.

젊은 아버지가 아이에게 해맞이의 유래와 의의에 대해 조곤조곤 설명하는 모습이 정겹다. 당장 추위가 견디기 어렵지만 태연하게 경청하고 있는 아이가 대견스럽다. 요즘 보기 드문 아이다. 추운 날씨에 이불 돌돌 감고 꼼짝하지 않으려는 아이를 이끌고 나온 부부의 설득력 또한 놀랍지 않은가. 더구나 하나가 아닌 셋이나 되는 자녀들을 모두 동원했으니 말이다.

바로 곁 아담한 체구의 할머니는 합장한 채 미동도 하지 않고 서 계신다. 해가 올라올 때까지 한참을 기다려야 할 판이다. 이 틈에 계속 들어오고 있는 연하 메시지에 답해야겠다. 할머니는 휴대전화를 놓고 오셨으리라. 분위기를 해치게 되어 미안하다. 이 시간 자주 가는 사찰에서 신년을 맞고 있을 아내에게 여기 일출사진을 보내려고 전화기를 들고 나왔다.

어둠 속 아득히 먼 산등성이 사이로 해가 나타나기 시작했다. 처음엔 손톱만큼 작게 보이더니 순식간에 커다란 덩치로 몸집을 키웠다. 눈이 부셔 마주 볼 수가 없다. 여기저기 카메라에 담느라 분주하다. 나도 덩달아 셔터를 몇 번 눌렀다. 크지는 않지만 찰깍찰깍 하는 소리가 옆에서 온 정성을 한데 모으고 계신 할머니에게 방해가 되지나 않을까 조심스럽다.

잠시 딴 생각을 하다가 주위를 둘러보니 아무도 없다. 조금 전까지 20여 명이 함께 서 있지 않았던가. 해가 솟아오르는 모습을 직접 확인한 후 미련 없이 하나 둘 자리를 떴다. 환하게 세상을 밝히고 있는 완성품 불덩이를 더 이상 바라볼 의미가 없어졌다는 뜻일 것이다. 처음 올라올 때 짙은 황갈색의 덜 여문 해, 미완성의 그 커다란 해가 보고 싶었을 뿐이었다.

사람들은 내년 이 맘 때까지 조금 전 보았던 설익은 그 해를 기억 속에 간직하면서 한 해를 살아갈 것이다. 사람들은 착각에 빠져있다. 자신들이 쳐다보건 말건 해는 항상 그 자리를 지킬 것이다. 밤이나 낮이나, 아침이나 저녁이나, 비가 오나 눈이 오나 위치에 변화는 없다. 지구가 스스로 뱅글뱅글 회전하면서 태양 주위를 엄청나게 큰 원을 그리며 돌고 있다.

지구는 가만히 있고 해가 동쪽에서 떠서 서쪽으로 지는 것으로 알고 있는 것처럼 우리는 착각과 오해 속에서 살고 있다. 자신이 세상의 중심인 줄 안다. 남들은 나이가 들고 병들어 죽지만 자신은 예외라고 생각한다. 남에게는 불행이 닥쳐도 자기는 피해 갈 것으로 믿는다. 감당하기 어려운 시련이 닥치면 강하게 부정한다. 원망하고, 분노하고, 좌절하다 마침내 수용한다.

사람들이 떠난 산, 이제 내려가야겠다. 잎 떨어뜨리고 앙상한 가지만 남긴 채 혹독한 겨울을 나고 있는 나무들의 결단력과 그 대단한 용기가 새삼 경이롭다. 군더더기를 제거하고 홀가분한 몸으로 동장군과 감히 맞서고 있는 그들에게서 생활의 지혜를 얻는다. 추위가 무서워 여러 겹으로 온몸을 감싸고 나온 내가 부끄럽다. 세상을 굽어보고 있는 해가 눈부시다.

값싼 감상에 빠져 호들갑 떨 일이 아니다. 흐르는 세월 속에 누구나 변하기 마련이다. 수많은 인생 선배들이 이미 다 겪은 일이다. 나이가 무색하게 열심히 그리고 바쁘게 살아가고 있는 분들의 이야기를 듣는다. 내일 해가 서쪽에서 뜰 리 없고 세상이 바뀔 까닭도 없다. 한결 같은 마음으로 새롭게 전개될 새 세상을 최선을 다하는 자세로 맞으면 될 일이다.

2014년 1월

마지막 직무연수

지난 9월 말에 시작한 바리스타 직무연수를 12월 초에 마무리 지었다. 매주 수요일 저녁 3시간씩 10주에 걸쳐 진행되었다. 이제 정년을 겨우 두 달 남짓 남겨두고 있으니 특별한 상황이 발생하지 않는다면 또 다시 이와 같은 직무연수를 받을 일은 없을 듯하다. 퇴직 후에 커피 한 잔을 대해도 뭘 제대로 알고 마셔야겠다는 생각으로 대구교총에서 개설한 바리스타 초급과정 연수에 신청을 했었는데 운이 좋아 기회가 찾아왔다.

대구지역의 초·중등학교 선생님들이 대부분이었지만 가까운 구미, 경산 등 경북지역 선생님들도 몇 분 참여했다. 6명을 1개조로 편성했다. 이론은 양념처럼 간략하게 스쳐가고 실습 위주로 수업이 진행되었다. 커피의 유래, 산지별 분포특성, 불량품 식별방법, 가공방법, 등급분류기준 등 커피에 관한 기본적인 지식과 더불어 제조방식, 볶는 기술, 핸드드립 기법, 커피 관련 메뉴, 각종 기구 취급법 등 배우고 익힐 것이 많았다.

커피 전문점이 대세다. 새로운 큰 건물이 생기면 예외 없이 들어서는 업종이 커피숍이다. 사람들의 생활수준이 높아지고 외국문물이 광범위하게 유입되어 토착화되는 과정에서 커피도 함께 들어와 자리를 잡게 된 것이다. 해방 이후 오랫동안 다방문화가 크게 번창했다. 커피를 중심으로 홍차 등 다양한 종류의 음료수를 파는 휴게시설이었다. 여성 종업원이 근무하는 다방이 우후죽순처럼 생겨나 목 좋은 건물마다 자리 잡았다.

사업 관련 상담을 위한 장소이기도 했지만, 한가한 사람들이 죽치고 앉아 시시콜콜한 이야기로 시간 보내기에 적절한 곳이었다. 매캐한 담배연기가 자욱한 가운데 알맹이 없는 대화를 주고받으며 얼굴 두껍게 장시간 버틸 수 있는 곳이었다. 세월의 변화와 사고방식, 행동양식 등이 달라짐에 따라 이제 그런 풍경을 찾아보기 어렵게 되었다. 미각도 고급스럽게 변해 커피도 순수함과 맛, 향을 따지는 시대가 되었으니 어찌하랴.

두 달 보름 동안 연수를 받으면서 많은 생각을 했다. 철저하게 실습 위주로 진행되니 한 주를 놓치면 다음 수업과 연결이 되지 않아 애로가 많았다. 결석하지 않으려고 필사적으로 노력했다. 조원들 간의 유기적인 협조도 아주 중요했다. 메뉴와 상황에 따라 골고루 역할 분담을 해서 척척 손발을 맞추어야 했다. 이 세상 어디에도 독불장군이란 없다. 서로 도우고 양보하며 솔선수범하는 자세가 이번 연수에도 크게 작용했다.

수료 후 보름이 지나 바리스타 3급 자격증이 등기우편으로 배달되었다. 30대 중반의 젊은 여선생님 앞에서 자격시험을 쳤던 기억이 새롭다. 실수하지 않으려고 전날 밤 늦도록 연습을 거듭했지만 시험에 임하니 손이 떨렸다. 물줄기며 시간을 조절하기 어려웠다. 긴장된 상태라서 어떻게 마무리 지었는지 기억이 없다. 아이나 어른이나 시험 앞에 초연할 사람은 없다. 정년이 코앞으로 다가 왔으니 재직 중 다시 시험 볼 일은 없으리라.

바쁘다는 핑계로 수료 후 커피를 내리지 못했다. 이제 자격증도 왔으니 자정 가까운 이 시간 사방이 조용한 가운데 느긋하게 한 번 내려 보아야겠다. 모든 일이 그렇듯 커피도 제 맛을 내기 위해서는 바리스타의 정성이 반을 차지한다. 최선을 다해 수도하는 기분으로 작업과정 하나하나에 정신을 한데 모아 심혈을 기울일 때 최상의 맛과 향을 얻을 수 있다. 볶은 커피를 갈고 절차에 따라 내리기를 완료하는데 상당한 시간이 소요된다.

　30년 전 당시 재직하던 어느 여고에서 선배 선생님으로부터 붓글씨를 배울 때 생각이 난다. 붓을 잡는 순간 모든 잡념을 버리고 붓끝에 정심을 모아야 한다고 하셨다. 이번 연수의 지도강사께서는 그런 말씀은 하지 않았지만 느낌만으로도 충분히 짐작하고도 남음이 있었다. 작업 중 아내가 지켜볼 땐 묵언을 주문한다. 정신이 산만해지면 자세가 흐트러지고 일관성을 잃어 침착하게 진행할 수 없다. 커피 내리는 일도 일종의 수련이다.

　애로도 적지 않았다. 드립폿, 서버, 드립퍼, 컵, 스푼 등 실습에 필요한 기구들을 가지고 다녀야 했다. 차를 몰지 않으니 상당한 부담이었다. 공무출장이 많아 빠지지 않고 연수를 받는 것 자체가 힘들었다. 행사 중 몰래 빠져나와 먼 길을 달려 숨이 턱에 닿아 강의실에 들어선 적도 있었다. 간부회의 때 수업 중 챙겨두었던 커피를 대접하며 감정을 부탁하기도 했다. 내일 아침엔 초보 바리스타의 첫 작품으로 평가를 받아볼 작정이다.

2013년 12월

10년이 흐른 후에

   페이스북이 있어 지인들의 근황을 쉽게 알 수 있게 되었다. 1,900여 명의 '친구' 중 대구외고 졸업생이 아마 1/3은 될 것이다. 먼 이국에 있어도 바로 곁에 있는 듯 소식을 주고받을 수 있으니 얼마나 좋은가. 행연제 소식도 페이스북을 통해서 알게 되었다. 개최 시기가 되었을 것으로 짐작하고 있던 중 졸업생이 올린 행사안내문을 보고 확실히 알 수 있었다.

   행사일정을 출력해서 꼼꼼히 하나하나 확인했다. 언제 틈이 날 것인가, 어떤 프로그램을 참관하면 좋을까. 요모조모 따지며 궁리했다. 행사가 많은 때라 시간내기가 무척 어려웠다. 오래간만에 다시 찾는 학교다. 아이들과 선생님들이 바뀌어 낯익은 얼굴을 만나기 어렵지만, 오래 전에 떠난 정든 교정을 다시 밟는다는 것만으로도 가슴 떨리는 일이 아닌가.

   무얼 가져갈까 궁리 끝에 네잎클로버를 선물하기로 하고 밤새워 준비했다. 충분한 숫자를 비축해두고 있으니 걱정할 일은 아니다. 전교생과 전체 교직원 몫으로 500장을 마련했다. 생물학적으로 말한다면 네잎클로버는 돌연변이에 불과하다. 그렇지만 사람들은 그 잎사귀에 특별한 의미를 부여하여 행운의 징표로 여기고 있다. 세상사 모든 것은 마음먹기에 달렸다.

네잎클로버 수집에 대한 특별한 비결이 있는지 궁금해 하는 사람이 많다. 특별한 비결은 없다. 남보다 더 큰 관심을 가지고 주의 깊게 살필 뿐이다. 조그만 정성과 진심이 그것을 받는 이들에게 전달되어 꿈을 심어주고 희망을 갖게 해 주고자 하는 간절한 염원이 있을 뿐이다. 이 세상 어디에도 공짜는 없으며 행운도 준비된 사람에게만 찾아온다는 말을 덧붙인다.

대구외고를 떠난 지 10년이 훌쩍 흘렀다. 10년이면 강산이 변한다고 했다. 오늘날 강산은 1년 내에도 여러 번 변한다. 그러니 10년이면 엄청나게 긴 시간이 아닌가. 이제 교직생활도 결승점을 눈앞에 두고 있다. 모든 걸 정리해야 할 시간이다. 40대 후반 청년교장 시절 우왕좌왕, 좌충우돌했을 내 모습을 생각하면 온몸에 소름이 돋고 등줄기에 식은땀이 밴다.

재직 중 내가 뱉은 말 한 마디, 행동 하나가 감수성 예민한 아이들에게 어떤 영향을 끼쳤을까. 생각하면 가슴이 떨리고 오금이 저린다. 그 아이들이 국가의 동량으로 자라났다. 각 분야에 진출하여 학창시절에 닦은 역량을 바탕으로 자신의 능력을 발휘하고 있다. 3년간 대구외고 생활이 그들의 사고방식과 대인관계를 형성하는 아주 중요한 요소가 되었을 것이다.

다시 찾은 학교에서 그 시절 같은 또래 아이들을 만났지만 낯익은 얼굴은 없었다. 그런데도 정이 가고 마음이 끌리는 것은 어찌된 일인가. 진행되는 프로그램도 그때와 달랐다. 호흡이 급하고 율동이 빠른 신세대 음악과 영상이 대세였다. 모두가 밝고 맑은 표정에 복장도 과감하고 다양해졌다. 이곳저곳 전시물을 설명해준 학생회장도 아주 세련된 멋쟁이였다.

예약된 행사가 있어서 오래 머물 수 없어 정말 아쉬웠다. 옛 시인은 산천은 의구하되 인걸은 간 데 없다고 탄식했다. 산천마저 옛 모습이 아니니 어찌 마음이 수수롭지 않을 수 있겠는가. 이제 곧 40년을 지켜온 교단을 떠난다. 돌이켜보면 혈기왕성한 나이에 영광스럽게도 막중한 직책을 맡아 앞뒤 분간도 못한 채 호기롭게 무작정 온몸을 던져 뛰고 또 뛰었다.

하나의 직업에 40년을 한결같이 종사한다는 것은 쉬운 일이 아니다. 고마운 분들의 도움으로 교단을 지켜왔지만 힘든 고비도 적지 않았다. 남의 떡이 더 커 보인다는 말이 있다. 초보교사 시절 한때 직업을 바꾸어 볼까 하고 심각한 갈등에 빠지기도 했다. 비록 흔들림이 있었지만 교직은 무엇과도 바꿀 수 없는 최고의 가치를 지닌 천직(天職)임을 확신한다.

얼굴 한 번 본 적 없는 옛 교장을 따뜻하게 맞아준 아이들이 눈물이 나도록 고맙다. 교정에서 함께 생활하며 격의 없이 소통하는 처지는 아니지만 참으로 살갑고, 귀엽고, 또 고맙다. 앞으로 10년 후 이맘 때 다시 대구외고를 찾고 싶다. 그때 내가 과연 어떤 모습일지 나 자신도 모른다. 이들의 까마득한 후배가 반갑게 맞아주기를 바란다면 지나친 욕심이겠지.

2013년 11월

와플과 붕어빵

쌀쌀한 날씨가 이어지고 있으니 붕어빵이 제철을 만났다. 붕어빵도 전문화, 특성화해야 경쟁력이 생기는 시대가 되었다. 대충해서 손님들의 시선을 끌던 때는 지났다. 가게도 마찬가지다. 세련된 외양에 견고한 시설로 꾸며지고 있다. 바깥에서 가게 내부를 들여다 볼 수 없게 아늑한 분위기를 조성한다. 허기진 퇴근길 빵틀 속에서 스며 나오는 구수한 냄새를 이기기 어렵게 해야 한다. 유혹을 뿌리치지 못하는 사람은 가게 안으로 들어설 수밖에 없다.

고교 시절 시골에서 대구로 유학 나와 자취를 할 때 생각이 난다. 김이 모락모락 나는 붕어빵을 입에 문 채 포장마차에서 나오는 아이들을 보면 한없이 부러웠다. 하루 세 끼 밥 굶지 않고 학교 다니는 일이 최대의 과제였던 시절이었다. 붕어빵이란 언감생심 꿈도 꿀 수 없는 사치요 그림의 떡이었다. 나와는 전혀 상관이 없는 남의 일이었다. 대꼬챙이에 끼운 어묵을 손에 들고 자그만 바가지로 후후 불며 국물을 마시는 모습 또한 부럽기는 마찬가지였다.

대학 졸업 후 직장을 얻고 안정된 생활을 하게 됨에 따라 붕어빵은 더 이상 그림의 떡이 아니었다. 언제든지 사 먹을 수 있는 처지였지만 몸에 밴 습관 때문에 선뜻 포장을 헤치고 들어설 수가 없었다. 간혹 퇴근길 아이들이 생각나서 따끈따끈한 붕어빵 한 봉지를 사들고 귀가하는 날이 있었다. 작정하고 사들고 간 붕어빵이 심드렁한 대접을 받을 때는 은근히 속이 상하기도 했다. 붕어빵은 추운 날 포장마차 안에서 손을 호호 불면서 먹어야 제격이다.

세월 같이 빠른 것이 어디 또 있으랴. 온몸을 움츠러들게 하는 차가와진 날씨지만 사람들의 움직임은 오히려 더 부산하고 활기가 넘친다. 짙푸른 녹색이 빨강, 노랑, 자주로 바뀐 지 오래다. 나무들이 긴 겨울을 날 준비를 착착 진행하고 있다. 은행, 벚나무 등 활엽수들은 잎을 대부분 지웠다. 어둠이 깔린 퇴근길 신호를 기다리는 차 속에서 가로수에 반쯤 가려진 붕어빵집을 건너다본다. 상호가 걸작이다. '최신 붕어빵과 와플'이라고 멋진 필체로 썼다.

동서양을 아우르는 기발한 발상이 아닌가. 와플은 벌집 모양 무늬의 틀에 반죽을 넣고 바삭하게 구워낸 것이다. 팽창제로 베이킹파우더나 이스트를 넣어 발효시킨 다음 굽는다. 와플에 버터, 단풍당 시럽, 과일 잼을 얹으면 담백한 맛이 한층 더해진다. 밥을 주식으로 하는 우리와 달리 서구에서는 아침식사로 와플의 인기가 높다. 붕어빵보다 더 넓적하고 덩치도 훨씬 더 커서 넉넉하고 푸짐하다. 전채요리나 디저트와 함께 주 메뉴로 등장하기도 한다.

와플과 붕어빵 모두 틀 속에 반죽을 채워 넣고 열을 가해 구워낸다는 점에서 기본원리는 같다. 틀의 모양과 투입되는 재료, 굽는 방법이 다를 뿐이다. 여러 가지 다양한 종류의 붕어빵이 있듯 와플도 마찬가지다. 와플은 이제 세계 전역에 골고루 퍼져 마침내 우리 동네 포장마차까지 점령하기에 이르렀다. 업종 다양화를 통해 더 많은 고객을 확보하고자 붕어빵과 와플을 나란히 구워내고 있는 그 사장은 분명 안목이 큰 사람임에 틀림없을 것이다.

교통과 통신수단의 눈부신 발달로 인해 세계는 하루가 다르게 좁아지고 있다. 저 멀리 지구 반대편에서 일어나고 있는 사건을 실시간으로 생생하게 보고 들을 수 있는 시대이다. 지구촌 어느 한 지역의 일이 결코 강 건너 불이 될 수가 없는 시대다. 음식도 마찬가지다. 그 경계가 점점 모호해지고 있다. 국가 사이의 교류가 빈번해짐에 따라 음식도 한데 뒤섞이는 추세다. 한 지역에 수백 년 전해 내려오던 고유음식도 드넓은 세상으로 나올 수밖에 없다.

세계가 하나의 문화권으로 통합될 날이 멀지 않았다. 특정 지역의 전통이나 풍습을 지키고 발전시키는 것도 중요하다. 그렇지만 세계시민으로서 상호이해의 폭을 넓히고 공존공생하기 위해서 남의 문화, 음식, 풍속도 과감하게 수용하는 열린 자세가 필요하다. 붕어빵과 와플의 절묘한 만남이 동서양 식품이 하나로 융합하는 차원을 넘어 모두가 세계시민으로 함께 나아가는 발판이 되었으면 좋겠다. 다음에 붕어빵집을 찾을 땐 와플도 빠뜨리지 말아야겠다.

2013년 11월

풍성한 결실을 기원하여

지난 주 2014년 수학능력시험을 열흘 앞두고 작년 8월까지 교장으로 재직했던 운암고등학교를 격려 방문했다. 오래 만에 만난 아이들과 나누고 싶은 이야기도 많았지만 빠듯한 일정으로 인해 오래 머물 수가 없어 아쉬웠다. 교문에 들어서니 한 아이가 다가와서 깍듯이 고개 숙여 인사를 했다. 체육시간 친구들과 함께 활동을 하던 중 옛 교장이 들어오는 것을 보고 단숨에 달려 왔다고 했다. 급히 뛰어오느라 숨이 턱에 찼지만 더없이 맑고 밝은 표정이었다. 작년 여름 남쪽 철봉대 부근에서 내가 직접 딴 네 잎을 받은 적이 있다고 했다.

재임 중 교사, 학생, 학부모 등 운암 교육가족들에게 나누어준 네잎클로버 숫자가 팔백 장이 넘었다. 네 잎을 찾는 일이 결코 간단하지 않다. 침착하고 주도면밀하게 수만 개의 잎을 하나하나 꼼꼼히 눈여겨 잘 관찰해야 한다. 요모조모 형태를 잘 살피면서 차근차근 낱낱이 주시해야 한다. 쉽게 싫증내고 한 가지 일에 깊이 몰두하지 못하는 사람은 네잎 찾을 엄두를 내지 않는 것이 좋을 것이다. 공부도 똑같다. 남보다 더 좋은 성적을 얻고 더 많은 실력을 쌓는 비결은 남보다 더 많이 노력을 하고 더 많은 땀을 흘리는 것 말고 없다.

노력은 하지 않고 남보다 앞서기를 바라는 것은 일종의 도둑 심보다. 세상사 모든 일이 마찬가지다. 사회 각 분야에서 두각을 나타내고 탁월한 기량을 발휘하여 사람들로부터 부러움을 사고 있는 사람들의 뒷이야기를 들어보라. 만만한 사람은 단 한 사람도 없다. 오늘이 있기까지 값비싼 대가를 지불했다. 남모르는 고통과 엄청난 시련을 겪으면서 남보다 몇 배 더 많은 노력을 하여 오늘의 위치에 이른 사람들이다. 남만큼 해서는 남보다 앞 설 수 없다는 말이 있다. 이 세상 그 어디에도 그냥 되는 일은 아무것도 없다는 사실을 명심하자.

사람들에게 네잎클로버를 나누어주면서 반드시 당부한 말이 있다. 행운도 준비된 사람에게 만 오는 법이니 가만히 기다리지 말고 건네준 네잎을 씨앗으로 스스로 행운을 지어라고 한다. 모든 일에 성실히 임하고 사람으로서의 도리를 다하면, 멀리 있던 행운도 감동해서 가까이 다가올 것이라고 일러준다. 행운도 눈이 있고 귀가 있어 아무에게나 다가가는 법이 없다. 꼭 필요한 사람, 하늘이 도와주라고 권하는 사람에게만 접근한다고 말한다. 불로소득이라는 것은 어디에도 없으니 노력하지 않고 행운이 오기를 기다리지 말라고 당부한다.

희망이 있다는 것은 좋은 일이다. 세상 사람들은 어떤 처지에 있든지 각자 나름대로 희망을 가지고 열심히 오늘을 살아가고 있다. 희망을 잃은 사람은 이미 죽은 것이나 다름없다. 그렇다고 모든 희망이 전부 다 가치가 있는 것은 아니다. 우선 분수에 맞아야 하고 이치에 합당해야 한다. 실현 가능성이 있어야 한다. 터무니없는 과대망상이나 황당한 꿈은 꾸지 말아야 한다. 네잎클로버 하나를 손에 넣었다고 해서 갑자기 만사형통할 것으로 기대해서는 안 된다. 정당한 노력 없이 주체 못할 행운이 어디서 굴러 들어오기를 바라서도 안 된다.

각박한 세태에 무언가 기댈 언덕이 있다는 것은 정말 중요하다. 희망을 잃고 무의미하게 하루하루를 그냥 때우고 지나가기에 급급한 아이들이 의외로 많다. 그들에게 삶의 의욕을 갖게 하고 인생의 의미를 찾아주자. 가정과 사회가 황폐해지고 그 기능을 다 하지 못하는 시대이다. 학교가 나설 수밖에 없다. 교육은 감동이다. 학교가 사제간, 친구간 끈끈한 정으로 연결된 교육공동체 역할을 할 때, 아이들 얼굴에 미소가 살아날 것이다. 돌연변이에 불과한 네잎클로버 한 장이 그들에게 꿈과 희망을 줄 수 있다면 또 무엇을 더 바라겠는가?

저번 방문 때 3학년 부장님께 맡겨둔 네잎클로버가 어제 아이들에게 전달되었다. 발 빠른 아이가 즉각 휴대전화로 감사의 뜻이 담긴 메시지를 보내왔다. 문자보다 목소리로 답하기로 했다. 격전을 눈앞에 둔 수험생답지 않게 의연했다. 훌륭한 사람이 되겠다고 다짐까지 했다. 학생 403명과 새로 전입해온 선생님들 몫으로 430장을 전했다. 엄밀히 말해서 네 잎이란 변종에 지나지 않지만 행운을 가져다줄 소중한 존재로 의미를 부여하면 된다. 당연한 일이지만 세상사 마음먹기 달렸다. 삼가 내일 수능에 임할 수험생 모두의 건투를 빈다.

2013년 11월

거장(巨匠)과 악동(樂童)들

여느 연주회와는 시작부터 사뭇 달랐다. 만면에 부드러운 웃음을 띠고 사뿐사뿐 춤추는 나비처럼 가볍고 경쾌한 발걸음으로 등장하는 지휘자가 인상적이었다. 연주회 직전 막연한 긴장감이 일시에 사그라졌다. 연주자들은 악장(樂長)의 선도로 마지막 악기 점검까지 마치고 조용히 기다리고 있었다. 그들의 얼굴에 남아있을 불안과 초조의 기색을 단번에 지울 수 있을 것 같았다. 거장(巨匠) 금난새와 대구 유일의 예술인 양성학교인 경북예고 오케스트라가 함께 빚어내는 환상적인 소리의 향연은 그렇게 예사롭지 않게 시작되었다.

클래식 음악회는 어딘지 모르게 무겁고 장엄하며 지루하여 재미없기 마련이다. 비슷한 선율이 끝없이 반복되고 어렵고 추상적이라서 웬만한 인내력으로는 견디기 어려운 경우가 많다. 음악을 전공한 전문가가 남다른 안목으로 감상할 때는 다르겠지만, 우리 같은 범인(凡人)들이 소화해 내기에는 대단한 인내력을 필요로 하는 작품들이 많다. 대중음악이 무대에 오르는 때와는 달리 클래식 음악회에 갈 때는 단단히 각오해야 한다. 혹시라도 깜빡 졸거나 실수해서 주위 사람들에게 폐를 끼치지는 않을까 걱정해야 할 판이다.

특이하게도 지휘봉을 잡고 무대에 등장했지만 그는 서두르지 않았다. 단 위에 바로 올라 연주를 시작하지 않고 뒤로 돌아서서 청중을 향해 가볍게 인사를 건네고 말을 걸었다. 능숙하고 재치 있는 덕담으로 청중들을 웃겨 잔뜩 긴장하고 있는 그들을 단번에 무장해제(武裝解除)시켰다. 다소 어눌한 듯하면서도 할 말을 다하는 이야기꾼이었다. 어떤 곡이든 그를 통하는 순간 쉬우면서도 부드러워진다고 했다. 대가의 역량을 지니지 않고서는 도저히 이를 수 없는 경지가 아닌가. 연주자와 청중 모두를 편하게 해 주는 마법을 지녔다.

그는 일찍이 〈해설이 있는 청소년 음악회〉를 열어 빡빡한 입시전쟁에 내몰려 여유 없고 팍팍한 일상의 늪에 빠져있던 우리 아이들에게 부드러운 심성을 찾아주었다. 연주자들을 바라보는 눈길부터가 달랐다. 자애로운 아버지처럼 믿음과 신뢰가 가득 담긴 눈으로 아이 하나하나를 주목했다. 자신의 역할이 무엇인지 정확하게 인식하여 실수하지 않도록 격려하고 응원하는 모습이었다. 그렇다고 마냥 부드럽고 나긋나긋한 것만은 아니었다. 강조해야 할 곳에 이르러서는 크고 대담한 동작으로 혼신의 힘을 다해 열정적으로 지휘했다.

음악에 대한 귀를 조금씩 열어가면서 지휘자라는 존재를 새롭게 생각하게 되었다. 수많은 악기의 역할과 그들이 표현해야할 음을 꿰뚫고 있어야 한다. 제 때에 들어가고 빠져 나오도록 지시하고, 음의 고저장단(高低長短)을 정확하게 도출해 낼 수 있도록 이끄는 것이 지휘자의 역할이다. 각 연주자는 자신이 맡은 악기가 제 기능을 발휘하여 전체와 조화를 이루어 멋진 작품을 만들게 하면 되지만 지휘자는 다르다. 전체와 부분을 동시에 조망(眺望)하면서 구성원들이 불편 없이 자신의 기량을 완벽하게 표현해 낼 수 있게 해야 한다.

본격적인 연주가 시작되기 전에 청중이 협조해 주어야 할 일들을 부드럽고 완곡한 어법으로 환기 시켜주었다. 앙코르곡이 준비되어 있음을 넌지시 알려주는 솜씨도 일품(逸品)이었다. 악장의 존재감을 부각시키고 존중하는 모습도 인상적이었다. 틈틈이 그와 격의 없이 대화하는 모습은 청중으로 하여금 샘이 나게 할 지경이었다. 대개 지휘자는 성난 듯 경직된 표정으로 주어진 역할만 수행하고 연주가 끝나기 무섭게 서둘러 퇴장해 버리기 일쑤다.

지휘자 금난새는 수많은 업적을 쌓았다. 클래식에 대한 고정관념을 깨고 누구나 쉽게 다가갈 수 있게 한 공로가 크다. 사람들의 관심 밖으로 밀려나 있던 클래식을 청중 속으로 불러들인 사람도 그였다. 클래식도 대중음악 못지않게 즐겁고 재미있을 수 있다는 점을 몸소 보여주고 있는 사람이다. 로시니에서부터 라이네케, 드보르작을 거쳐 베토벤에 이르기까지 다양한 색깔의 명품들을 재미있고 쉬운 해설을 곁들여가며 소개했다. 아름다운 하모니를 이루며 최선을 다해 연주한 그들에게 쏟아진 엄청난 박수세례는 당연한 것이었다.

앙코르곡 공연에 앞서서 또 한 차례 웃음을 선사하여 청중들 가슴속에 희미하게 남아있던 마지막 한 줌의 불안과 긴장까지 완전히 해소시켜 주었다. 아버지가 아들에게 pilot(조종사)이 되라고 당부한 말을 아들이 잘못 알아듣고 pirate(해적)가 되었다는 우스개였다. 지휘자 바로 옆에 자리한 악장에게 일상 대화하듯 질문을 던졌지만 결국 전체 연주자들을 향한 것이었다. 아이들이 긴장을 풀고 파안대소(破顔大笑)하게 하여 장시간 연주로 인한 피로를 잊게 했다. 모두가 하나가 되어 마지막까지 최선을 다하자는 다짐이자 격려였다.

두 시간 남짓 강행군이었으나 탁월한 지도력과 해석력 덕분에 언제 시간이 흘렀는지 지루한 줄 몰랐다. 그가 지휘하는 연주회에 몇 번 참석했지만 매번 새로운 감동을 받는다. 우리 미래는 자라나는 아이들에게 달려있다. 그들을 밝고 건전하며 바른 심성을 지닌 채 남을 배려하고 양보하며 나보다 이웃을 먼저 생각하는 민주시민으로 자라나게 도와주자. 무한한 잠재력을 지녔으니 그 앞날이 어두울 수 없다. 거장(巨匠)은 거장다웠고 악동(樂童)들 또한 악동다웠다. 그들이 함께 빚어내는 멋진 선율이 있어 정말 아름다운 가을밤이었다.

2013년 10월

10월, 그리고 하순

　유난스런 무더위가 사람을 못살게 굴던 때가 어제 같은데 어느 덧 써늘한 바람이 겨드랑이 밑을 파고드는 날씨로 변했다. 아직 한낮에는 따사로운 기운이 느껴지기는 하지만 아침저녁으로는 전혀 딴판이다. 어떤 때는 이러다가 가을을 성큼 건너뛰고 바로 겨울로 직행하는 것은 아닌지 하고 은근히 걱정되기도 한다. 변화무쌍한 세상인심처럼 도대체 알 수 없는 것이 날씨이다. 어렵게 찾아온 가을이 금방 달아날 것만 같아 영 마음이 놓이질 않는다.

　대로변 가로수 나무 밑에 갈색 낙엽이 수북이 쌓여 스산한 바람에 이리저리 쓸려 다니고 있다. 계절의 변화를 인정하지 않을 수 없는 증거이다. 일전엔 가을비까지 내렸다. 길바닥에 깔린 잎은 무심한 행인들 발자국에 사정없이 짓밟힌다. 서걱서걱하는 신음소리에 가슴이 써늘해진다. 존재를 알리려는 비명소리로 들린다. 그래도 은행은 존재감을 지녔다. 고약한 냄새가 흠이긴 하지만 열매를 얻고자 나무 주위에 사람들의 발길이 끊어지지 않는다.

　7월과 8월은 그 경계가 참으로 모호하다. 달라지는 것이 별로 없어 세월의 흐름을 감지(感知)하기 어렵다. 이미 깊어질 대로 깊어진 더위라 차이가 없다. 녹음(綠陰)도 별다른 변화가 없다. 그러나 9월과 10월은 확연히 다르다. 9월부터 가을로 접어든다고는 하지만 변화를 실감하기에는 아직 이르다. 그러다 10월로 들어서면 본격적인 가을 날씨가 된다. 성급한 단풍은 9월말 경에 시작되지만 사람들이 체감하기에는 충분하지 못하고 색깔도 약하다.

　가을이 깊어진다는 것은 그만큼 겨울이 멀지 않다는 뜻이니 마냥 즐거워 할 일은 아닌 듯 싶다. 산천을 불태우는 단풍도 따지고 보면 겨울에 대비하기 위한 나무들의 처절한 몸부림이다. 온몸을 감싸고 있는 거추장스러운 잎을 죄다 떨어뜨려 길고 긴 겨울을 무사히 견디어낼 준비에 착수한다. 현명한 나무가 고안해낸 겨울나기 고육책(苦肉策)이다. 한 번 가면 다시 오지 않는 인간과 달리 새봄과 함께 잎이 돋아나지만 이미 옛날 그 잎은 아니다.

　여름이 풍성하고 요란한 계절이라면 가을은 쓸쓸하고 적적한 계절이다. 펄펄 끓는 열기가 대지를 엄습하고 있어 정신을 못 차리는 가운데서도 세월은 어김없이 흘렀다. 이제 가을이 되어 기온은 뚝 떨어지고 스산한 바람이 소매 속으로 파고들고 있다. 스스로 깊이 침잠(沈潛)하여 사색에 빠질만한 계절이다. 깊어가는 가을밤, 책상머리에 은근하게 불 밝히고 귀뚜라미 소리 벗 삼아 독서삼매(讀書三昧)에 빠져드는 모습은 전형적인 가을풍경이다.

　자꾸 높아만 가는 가을하늘을 누가 감히 끌어내릴 수 있겠는가. 시간은 한 치 어김없이 엄정하게 흐르고 우리네 인생도 덧없이 흘러만 가고 있다. 아웅다웅 다툰다고 해결될 일이 아니며 티격태격 시비를 건다고 없어질 문제도 아니다. 법석 떨지 않고 조용히 목소리 낮추고 느긋하게 세상을 관조(觀照)하는 것이 상책이다. 서둘러서 될 일이 아니지만 나 몰라라 내버려둘 수도 없는 일이다. 자연의 순리에 따르며 스스로 분수를 지키면 될 일이다.

사람은 누구나 시한부(時限附) 인생을 살고 있다. 지위나 연령, 신분, 지식, 성별, 빈부, 직업 등 그 무엇에도 관계없이 누구에게나 공평하게 부여된 것이 죽음이다. 가을날 호젓한 공원 산책로 발밑에 뒹구는 낙엽을 보고 연민을 느끼는 것은 그 낙엽을 통해서 자신의 유한(有限)한 모습을 보기 때문일 것이다. 생명의 본질이란 사람이나 동물은 물론, 식물의 경우에도 전혀 다를 바 없다. 죽음이란 어느 누구도 대적(對敵)할 수 없는 괴물이요 한계이다.

얼마 전 퇴근길에 뜬금없이 마구 내리 쏟아지는 소낙비를 맞았다. 여름날 소나기와 느낌부터 완전히 달랐다. 더위를 식혀주는 고마운 손님이 아니니 달가울 리 없다. 차갑고 써늘한 비를 잠자코 맞고 있기가 결코 탐탁할 수 없었다. 대책 없이 당하기보다 얼른 피하고 볼 일이었다. 깊어가는 가을밤 날씨까지 으스스하여 을씨년스럽다. 어둠 속 음산한 바람을 감내하며 속수무책(束手無策)으로 비를 맞고 있는 가로수들은 무슨 생각을 하고 있을까.

이 지구상 안정적이고 풍요로운 나라는 대부분 온대지방에 위치하고 있다고 한다. 변화하는 기후가 자극제가 되어 생산성을 높여준 결과이다.

날씨가 변하고 계절이 바뀌면 사람들은 긴장의 끈을 늦추지 않고 매사에 능동적, 창의적으로 임한다. 당연히 좋은 결실을 맺기 마련이다. 어제 같이 시작된 10월이 눈 깜빡할 사이에 종반으로 접어들었다. 흐르는 세월과 함께 나이를 먹고 주름살도 늘겠지만 순리에 몸을 맡기면 될 일이니 무슨 걱정이랴.

이즈음 가슴 한구석이 뻥 뚫린 것처럼 허허롭고 서글퍼지는 일이 잦아졌다. 작은 일에도 쉽게 마음이 움직이고 뚜렷한 이유 없이 곧잘 감상적(感傷的)이 되곤 한다. 길고 어두운 겨울을 눈앞에 두고 삼라만상(森羅萬象)이 시들고 마르고 야위어만 간다. 혹독한 추위에 미리 대비하라는 듯 간간이 찬바람 부는 10월 하순이다. '지금도 기억하고 있어요. 10월의 마지막 밤을'로 시작되는 중견가수 이용의 넋두리가 절실하게 가슴을 파고드는 계절이다.

2013년 10월

김통준, 이통준, 최통준

자주 참석하는 모임은 아니지만 모처럼 듣는 시원스런 강의였다. 무거운 주제라 시작할 땐 자못 긴장했으나 곧 말끔히 해소되었다. 주위를 둘러보아도 모두들 가벼운 마음으로 강의에 깊이 몰입하고 있는 모습이었다. 초입에 묘령의 성악가가 우리 민요 신아리랑을 청아한 목소리로 열창한 덕분에 축 처진 분위기를 살리는 효과가 있었다. 통일을 논하는 자리가 아닌가. 우리 정서에 딱 맞는 절묘한 선곡이었다. 십 년 묵은 체증이 순식간에 날아가 버렸다.

일찍이 이 모임에 이런 박수는 없었다. 노교수들을 비롯한 점잖은 분들이 체면을 버리고 길게 박수치는 모습을 보기 어렵다. 배운 사람들을 감동시키기 어렵다고 하지 않던가. 회장님부터 놀라는 눈치였다. 연세 지긋한 분들이 대부분이라 전체적인 분위기가 착 가라앉고 활력이 떨어지는 것이 모임의 특색이었다. 그러한 분위기를 깨고 아낌없이 박수를 보내고 있는 모습이 참으로 뜻밖이었다. 모처럼 천진스러운 민낯과 동심으로 돌아간 표정이었다.

분단국의 양식 있고 책임감 있는 선량한 국민이라면 누구나 통일에 대해서 관심을 갖는 것은 지극히 당연하다. 다만, 먹고 살기에 바빠 일의 우선순위에서 상당히 멀리 뒤로 밀려 있을 뿐이다. 현실적으로 뚜렷한 대안이 없는 점이 통일을 선뜻 화제로 삼아 논쟁을 벌일 수 없는 이유이기도 하다. 정작 열띤 토론을 펼친다고 해도 확실하고 분명한 해결책을 도출하기도 어렵다는 문제도 있다. 꼭 필요하지만 너무 묵직한 주제라 섣불리 다룰 수도 없다.

구릿빛 얼굴에 윤이 나는 이마와 형형한 눈빛이 인상적이었다. 투박한 사투리가 매력적이었다. 5척 단구, 딱 벌어진 어깨에 다부진 체구였다. 목소리에 힘이 실려 있고 소신과 자부심이 넘쳤다. 국가의 통일정책을 좌우하던 분이니 오죽하겠는가. 지구상 유일한 분단국가의 책임 있는 정책 입안자로서 고뇌와 걱정도 많았으리라. 명쾌한 해결책과 방향을 찾기가 정말 힘든 일이 아닌가. 국민들이 납득할 만한 정책을 찾아내기가 무척 어려웠을 터이다.

강사는 이 시대 통일을 위해 모두가 나서지 않으면 안 되는 이유를 열거했다. 아랍권을 중심으로 세계 곳곳에 민주화, 자유화, 개방화의 광풍(狂風)이 거세게 휘몰아치고 있으니 이 시기를 놓치지 말아야 한다고 강조했다. 기아상태에서 극심한 고통을 겪고 있는 북한주민들을 동족의 입장에서 외면하는 것은 사람의 도리가 아니라 했다. 세계적으로 유래가 없는 눈부신 경제발전을 이룩한 남한이 위상에 걸맞은 역할을 해야 될 때가 되었다고 말했다.

중국도 옛날의 중국이 아니란다. 그들이 변하고 있으니 때를 놓치지 말자고 목소리를 높였다. 한중 간 연간 교역량이 북한과의 교역량을 다섯

배나 되고, 매일 백여 대의 비행기가 운항하고 있으며, 지난 해 600만 명이 중국을 방문했고 190만 명이 한국을 찾았다고 했다. 중국 체류 최대 유학생이 한국학생이며 한국에 온 유학생들 중 중국 학생들이 차지하는 비중도 최대다. 그들이 바보가 아니라면 정책에 이런 상황을 감안할 수밖에 없다는 것이다.

정체된 한국 경제가 또 다른 도약을 하기 위해서 통일을 위한 본격적인 준비에 착수해야 한다고 역설했다. 남쪽의 막강한 자본과 우수한 기술력이 북쪽의 풍부한 자원과 넉넉한 노동력과 서로 만난다면 그야말로 호랑이등에 날개를 단 형국이니 국가의 장래는 밝을 수밖에 없다고 했다. 통일조국의 배후를 형성하게 될 중국과 러시아를 보라. 우리가 광활한 그 시장을 발판으로 무한대로 뻗어나갈 수 있으니 이보다 절실한 일이 어디 있겠냐고 반문했다.

우리가 지난날 세계정세에 눈이 어두워 우물 안 개구리처럼 중국 쪽으로만 관심을 쏟고 있을 때 유럽제국은 드넓은 대양으로 세력을 넓혀나갔다. 산업혁명의 결과로 얻은 새로운 문물을 무기로 자신들보다 한 발 늦은 지역을 식민지로 개척하고 영토를 확장했다. 변화하는 시대상황에 제대로 대처하지 못한 우리는 남의 식민지가 되어 이루 말로 다 할 수 없는 고통을 겪었다. 그때의 아픈 흔적이 아직도 말끔히 지워지지 않았으니 통탄한 일이 아닌가.

모든 일에는 결단의 시기가 있다. 결정적인 때에 주저하고 망설이다가 기회를 놓치면 일을 그르치게 되니 제대로 변화를 읽어야 한다고 했다.

언젠가 고향을 찾았을 때 친구들이 출세한 그를 보고 자신들도 최선을 다해 성실히 살아왔건만 어찌 발전이 없었는지 궁금해 했다. 그가 달랐던 점은 세상의 변화를 남보다 앞서서 감지하고 기민하게 대응했으며 적극 준비하고 노력한 것이라 대답했다고 말했다. 변화에 대한 발 빠른 대처가 바로 그 해답이었다.

어렸을 적 낙동강을 헤엄쳐 건너던 경험담도 들려주었다. 반대편 목표 지점에 정확하게 도달하기 위해 풀숲을 헤치고 강변을 따라 3km 이상을 걸어 올라가서 도강(渡江)을 시도했다고 회고했다. 물줄기 흐름의 방향과 속도를 제대로 계산해서 행동에 옮긴 것이다. 도도히 흐르는 강물에 도전하기 위해서 철저하게 계산하고 완벽하게 준비했다. 변화에 과감하게 도전하면 망하거나 흥하거나 둘 중 하나지만 변화를 외면하면 반드시 망할 수밖에 없다고 했다.

미친개가 심하게 짖는다 해도 그에 구애받지 않고 기차는 달려야 한다. 부정적이고 비판적인 사람들은 있기 마련이다. 통일을 위한 구체적인 행동은 바로 지금 이 시간 나부터 시작할 수밖에 없다고 했다. 이 일을 우리 대신 해줄 사람은 아무도 없다. 그냥 가만히 기다리고 있어서는 안 된다. 우리들 스스로 노력하고 의지를 보일 때 주변 열강들도 관심을 표명할 것이다. 바짝 긴장하여 사태 발전에 잔뜩 촉각을 곤두세우고 분주하게 움직일 것이다.

도도히 흐르는 역사에는 크게 꺾이는 변곡점이 있기 마련이다. 그 중요한 시기를 놓치면 또 다른 기회를 찾기가 아주 어렵게 된다. 통일에 대한 논의에서도 적기(適期) 놓치지 말아야 한다. 우리 아이들에게 정확한 역사를 가르치고 사회적 분위기를 활성화해서 올바른 방향을 잡도록 해야 한다. 그 바탕 위에 모든 국민들이 능동적으로 나서서 분단된 국토가 하나가 되도록 발 벗고 뛰어야 한다. 이 세상 그 누구도 우리에게 통일을 그냥 던져주지 않는다.

재직 시의 생생한 경험담도 풀어냈다. 그가 독일을 방문했을 때 전직 대통령이 갑자기 통일을 맞았을 때까지 미리 대비하라고 충고해준 사람이 없어 통독 후 수많은 어려움을 겪었다면서 한국은 그런 전철을 밟지 말라고 당부했다고 전했다. 또 다른 독일인은 자신의 사무실을 찾은 자리에서 준비되지 않는 통일은 축복이라기보다 오히려 재앙이 될 수 있음을 경고했다고 말했다. 그는 미래를 준비해야 현재가 바뀐다는 말로 그때의 교훈을 요약했다.

통일을 위한 주도적 노력을 그는 'unitiative'라고 명명했다. 스스로 고안해낸 신조어로서 'unification'과 'initiative'를 합친 말이었다. 통일의 주도권을 당연히 우리가 쥘 수밖에 없으며 단 하루도 지체함이 없이 즉시 구체적 행동으로 옮겨야 한다는 당위성을 담고 있는 용어이다. 우리 모두 김통준, 이통준, 박통준이 되자는 말로 마무리를 지었다. 김씨, 이씨, 박씨 누구나 통일을 준비하는 역군이 되자는 말이니 나 역시 최통준이 될 수밖에 없지 않은가.

강연 후 달리다시피 만찬장으로 향했다. 그는 자동차 편으로 먼저 도착해 있었다. 현관에서 손님을 맞고 있는 회장님께 인사드리고 곧장 안으로 들어갔다. 혼자 앉아 있다가 내가 다가가 인사하고 명함을 건네자 벌떡 일어나 반갑게 맞았다. 수만 명 학생들의 교육을 책임지고 있는 사람으로서 어찌 그냥 지나칠 수 있는가. 소감과 더불어 아이들에게 통일의 당위성과 필요성을 가르칠 용기와 방안을 찾았다고 신고했다. 그의 손은 따뜻하고 힘이 넘쳤다.

2013년 10월

한가위 보름달

오래간만에 민족 고유의 명절 한가위 보름달을 바라본다. 온종일 분주하게 지내다가 저녁나절 비로소 마음의 여유를 찾고 베란다로 나섰다. 야트막한 야산 위로 솟은 보름달과 마주치는 순간 이런저런 생각이 꼬리를 문다. 모처럼의 호사다. 은은하고 부드러운 달빛을 마주하는 것이 도대체 얼마만인가. 기억조차 없다. 크게 하는 일도 없으면서 괜히 바쁘고 여유가 없었다. 급하게 돌아가는 일상에 묻혀 느긋하게 달을 쳐다 볼 엄두를 내지 못한다.

낮에는 따가운 직사광선이 여름을 느끼게 하지만 저녁때가 되면 완연한 가을 분위기로 변한다. 창문을 열어젖히고 시원하고 상쾌한 바람을 맞는다. 수십 길 아래 어둠이 깔린 땅바닥을 내려다본다. 애잔한 풀벌레 소리에 실려 서늘한 기운이 창턱을 타고 올라온다. 가을이 깊어가고 있다. 맞은편 공원 어두컴컴한 스카이라인 위로 유난히 밝은 달님이 환하게 웃으며 이쪽을 건너다보고 있다. 무엇인가 할 말이 있는 듯한데 마냥 미소만 짓고 있다.

굳이 과학적으로 따질 일은 아니다. 한가위라고 해서 보름달이 유난히 더 크고 밝을 리가 없지 않은가. 그래도 어딘지 모르게 평소보다 훨씬 더

클 것 같고 눈에 보이지 않는 그 무엇이 있을 것이라는 기대를 갖고 대하게 된다. 하늘 높이 홀로 떠있지만 적어도 오늘은 바라보는 사람이 많아 쓸쓸하지 않으리라. 새벽부터 하루 종일 바삐 움직였다. 일가친지들을 찾아 안부를 묻고 소식도 들었다. 가슴 속 깊이 담고 있던 속내도 남김없이 쏟아냈다.

사물은 그것을 바라보는 사람의 정신적, 심리적 상태 여하에 따라 달리 인식된다. 똑같은 물건을 똑같은 사람이 관찰한다 해도 시간과 장소에 따라 느낌이 다르다. 보름달이라고 해서 예외일 수 없다. 차가운 겨울 하얗게 내린 눈 위를 비추는 보름달과 오랜 장마 끝에 마지못해 잠깐 얼굴을 내미는 보름달에 대한 감흥이 같을 리 없다. 인간은 자신이 만나는 사물에 스스로의 경험과 감정을 투영시킨다. 처한 상황에 따라 느낌과 해석을 달리 한다.

보름달에 대해 두 가지 선명한 기억이 있다. 어렸을 적 늦가을 가을걷이가 끝나고 제법 쌀쌀한 기운이 감돌 때였다. 쾌청한 하늘, 휘영청 달 밝은 밤에 개구쟁이들이 동네 앞 텅 빈 논에 모인다. 서로 손 잡고 옆으로 길게 늘어서서 구전동요(口傳童謠) 부르며 앞으로 달려 나갔다가 뒤로 물러서기를 반복한다. 제대로 보조를 맞추지 못하거나 가사가 틀린 사람이 술래가 되고 나머지 아이들은 군데군데 쌓아둔 볏짚더미 속으로 순식간에 숨어버린다.

볏짚 속이 아늑하고 편해서 깜빡 잠이 들어 온 가족이 나서서 아이를 찾는 일이 생기곤 했다. 시간 가는 줄도 모르고 놀다보면 금방 밤이 이슥해진다. 도둑고양이처럼 살금살금 대문을 연다. 발뒤꿈치를 든 채 숨죽이고 조심조심 사랑방으로 스며들어가곤 했었다. 시치미를 떼고 자리에 눕긴 했으나 조금 전까지 함께 뛰어놀던 친구들의 함성과 대낮같이 대지를 밝혀주던 그 허연 달이 자꾸만 눈앞에 어른거려 이리저리 뒤척이며 도통 잠들 수 없었다.

삼십대 후반에 무슨 큰 공부를 하겠다고 까다롭고 어려운 과정을 거쳐 미국으로 유학을 떠났을 때였다. 긴 여정 끝에 3주간의 예비과정을 이수하기 위해 중북부 어느 대학 기숙사에 입사했다. 한여름 무더위 속 이국에서의 그 보름달을 잊을 수 없다. 여름방학 중 대부분 학생들이 귀향하여 적막하기 짝이 없는 교정이었다. 대충 짐을 정리하고 파김치가 된 몸을 큰 대자로 눕히고 무심코 창문 쪽으로 고개를 돌리는 순간 나도 모르게 탄성이 나왔다.

작은 격자창 밖에서 엄청나게 크고 둥근 달이 들여다보고 있지 않는가. 영어시간이나 음악수업 때 자주 등장하던 미시시피 강 위에서 내려다보고 있었다. 기숙사가 강변에 위치하고 있었다. 하지만 그때 그 달에서 전해오던 느낌은 결코 즐거운 것만은 아니었다. 앞으로 다가올 불확실한 미래에 대한 걱정과 낯선 땅에서 감당해야 할 여러 가지 어려움에 대한 두려움이 머릿속을 가득 채우고 있었으니 어찌 편한 마음으로 달을 대할 수 있었겠는가.

계절과 무관하게 변화무쌍한 것이 요즘 날씨라 어떤 변덕을 부릴지 예측하기 어렵다. 멀지 않아 찬바람이 불 것이다. 그때도 한가롭게 보름달을 가슴 가득 안으며 한껏 여유를 부릴 수 있을까. 옛 시인처럼 호숫가 정자에 올라 유유자적(悠悠自適), 술잔을 기울이며 달을 벗 삼아 시를 짓고 노래할 재간도 여유도 없다. 다만, 팍팍한 일상이지만 가끔 고개를 들고 언제 어디서나 변함없이 지켜봐주는 저 달을 맞이할 준비는 하고 있어야 하지 않을까.

2013년 9월

수안보의 초가을

수안보의 가을은 대구보다 적어도 며칠 빨리 오는가 보다. 재직 중 수도 없이 많은 연수에 참가했지만 마지막이 될 퇴직준비를 위한 연수를 받는 처지니 서글픈 생각과 더불어 계절의 변화에도 민감해진 듯하다. 이런저런 심사가 복잡하게 뒤엉킨 결과일 것이다. 사람들의 왕래가 뜸한 한적한 소도시라서 이번 연수를 위한 장소로는 아주 적합한 곳이라 여겨진다.

낮에는 아직 여름 냄새가 나지만 저녁 땐 확실하게 초가을 날씨가 된다. 숙소 창틀 밑에 숨어 밤새 울어대는 풀벌레 소리가 귀에 거슬리지 않으니 가을이 아니고 무엇인가. 현직에서의 마지막 가을을 수 백리 떨어진 객지에서 맞는 느낌 또한 야릇하다. 강사마다 퇴직 후의 자화상을 미리 그려주고 있다. 희망적인 것보다 답답하고 쓸쓸한 내용이 주류를 이룬다.

주위를 둘러 봐도 어깨 축 늘어진 중늙은이들뿐이고 생기발랄한 밝은 표정의 젊은이는 눈을 씻고 봐도 없다. 퇴직을 목전에 둔 사람들의 얼굴에서 활기를 찾기란 무리다. 아무튼 퇴직 후 수십 년은 살아야 할 테니 지나치게 비관적일 필요는 없다. 강사들의 말을 종합하면 기대수명이 30년 내지 40년이라 하니 그 긴 세월을 견디려면 대단한 각오가 필요하다.

삼사십년 동안 공직에 몸담고 있다가 퇴직을 눈앞에 두고 최후의 연수를 받으러 전국 각지에서 모여든 사람들이다. 각급 기관에서 중견 혹은 고급 간부로서 중요 업무를 맡아 조직을 이끌고 기관을 관리하던 사람들이다. 부여된 일에 정신없이 매달리다가 어느 덧 세월이 흘러 정년이라는 복병을 만나 꼼짝달싹 할 수 없는 처지가 된 사람들이 대부분일 것이다.

각자 해당분야에서 최고 권위자가 되어 왕성하게 활동해 온 사람들이다. 정년은 달갑지 않는 난공불락의 장애물이다. 어쩔 줄 몰라 우왕좌왕하는 것은 당연하다. 세상은 험악한 정글이니 정신 바짝 차리지 않으면 직장을 나서는 순간 사나운 이리 떼의 표적이 되어 근면과 성실을 무기로 차곡차곡 모은 금쪽같은 재산을 일거에 날리기 십상이라고 잔뜩 겁을 준다.

어떤 강사는 휴대전화에 저장해둔 무수히 많은 지인들의 번호도 무용지물이 될 것이라고 엄포를 놓는다. 하루가 멀다 하고 수시로 전화해서 어려움을 하소연하고 대소사를 주저 없이 알려주고 진지하게 의논하던 후배나 동료들도 직장 문을 나서는 순간 등을 돌리고 연락이 끊어질 것이니 섭섭하게 생각하지 말 것이며 서글퍼하지 말라고 거듭 강조하고 깨우쳐 준다.

심각한 표정으로 경청하면서 부지런히 적고 있는 사람들을 보면 착한 초등학교 아이들을 떠 올리게 된다. 강사의 한 마디 한 마디에 일희일비하며 때로는 박장대소하고 때로는 탄식하면서 강의에 푹 빠져드는 모습이 그렇게 천진난만해 보일 수가 없다. 하긴 지금까지 무슨 일을 해왔건

이제 사회 초년병으로 조심스런 첫발을 내디딜 신참이니 긴장할 수밖에 없다.

전국적인 명성을 얻어 임금님을 비롯한 귀족들이 행차하여 병든 몸을 치료하고 당쟁이나 어려운 문제와 씨름하던 고관대작들이 고달픈 심사를 달랜 곳이다. 오랜 공직생활로 마음과 몸이 지친 사람들이 기력을 되찾고 구석구석 긴 때를 말끔히 씻어내어 청정한 상태로 회복하기에 이만한 장소가 또 있으랴. 짐을 꾸릴 때는 처량하고 서글펐으나 이제는 아니다.

세상에 영원한 것은 어디에도 없다. 시작이 있으면 끝도 있기 마련이다. 40년 교직생활을 접을 준비를 해야 할 시간이다. 작년까지만 해도 정년퇴임이 남의 일, 강 건너 불로 생각했는데 이제 나의 일로 다가왔다. 지난 8월말 퇴임을 맞는 선배님들을 위한 환송연이 내게 닥친 일처럼 절실했다. 까마득한 벼랑 끝에 서서 곧 낭떠러지 밑으로 추락할 것만 같았다.

강사들마다 서두를 비슷하게 시작한다. 그동안 고생이 많았으며 오늘날의 우리나라가 있기까지 초석을 다진 공로자들이라며 칭송이 자자하다. 그 다음이 문제이다. 세상은 우리가 생각하는 만큼 안전하고, 건전하고, 도덕적이지 않으니 철저히 준비하고 단단히 각오하지 않으면 크게 낭패를 볼 수 있으므로 착실히 공부하고 치밀하게 계획을 세우라고 충고한다.

요새 유행하는 말 중에 333이라는 것이 있다. 태어나서 처음 30년은 인생을 위한 준비를 하고 다음 30년은 왕성하게 활동하며 나머지 30년은 노후생활을 즐기면서 생을 아름답게 마무리하라는 말이다. 이번 연수를 정신없이 달려온 40년 교직생활 조용히 돌이켜보고 앞으로의 여생을 계획하는 계기로 삼아야겠다. 새벽 산책길 수안보 공기가 참으로 상쾌하다.

2013년 9월

더위를 잊은 사람들

대충 어림잡아도 족히 백 명은 되리라. 어둠이 내려앉은 구민운동장이 야간 운동객들로 가득 넘친다. 복장도 다양하다. 이 한여름 무더위에 긴 소매 셔츠에다 후드를 쓰고 모자까지 눌러 쓴 아가씨도 있고, 국가대표 육상선수처럼 어깨걸이 러닝셔츠에 짧은 바지 차림의 근육질 아저씨에 이르기까지 여러 가지다. 낮 동안 한껏 달구어진 땅이 식지 않아 간간이 불어오는 바람에도 열기는 여전하다. 가만히 서 있어도 등줄기에 땀이 흘러내릴 정도이다.

낮엔 텅 비다시피 했던 운동장에 해가 넘어가고 땅거미가 내려앉으면 주민들이 하나둘 모여들기 시작한다. 희한하게도 밤이 깊어질수록 그 숫자가 자꾸 더 많아진다. 요즘 여느 모임이건 대개 그러하듯이 여기도 남성보다 여성이 훨씬 더 많다. 오늘날 각 분야마다 여성들의 활약이 두드러지고 있으니 당연한 현상이다. 남여를 막론하고 운동으로 하루일과를 마감하고자 하는 소망에는 차이가 없으리라. 체력단련을 위한 시간에 자녀를 동반하기도 한다.

운동하는 모습도 아주 흥미롭다. 머리에 수건을 질끈 동여매고 마라톤 선수처럼 옆도 살피지 않고 마구 질주하는 사람도 있고, 남을 전혀 의식하지 않고 넉넉한 배를 당당하게 내민 채 자기 신명에 따라 여유롭게 천천히 걷는 사람도 있다. 그런가하면 날씬한 몸매에 아슬아슬한 옷차림으로 등장하여 운동보다 주위 사람들 시선에 더 많이 신경 쓰는 듯한 멋쟁이도 있다. 전혀 운동이 필요 없을 것 같은 사람들이다. 손엔 휴대전화가 쥐어있기 마련이다.

걷는 속도도 천차만별이다. 여유가 넘치는 가벼운 걸음이 있고, 투박하고 무거운 걸음도 있다. 몸이 불편해서 아주 느린 속도로 걷는 사람도 있고, 남들이 한 바퀴 돌 때 두 바퀴 도는 대단한 체력가도 있다. 청년은 단연 생기가 넘치고 활발하다. 혈기왕성하고 활동적이라서 특별히 운동을 하지 않아도 될 법한데 오히려 더 열심이다. 세상 이치란 참으로 엄정하다. 나이 든 사람이 제아무리 열심히 운동한다 해도 젊은이의 활력을 되찾을 수는 없는 일이다.

새장처럼 답답한 아파트 안에 갇혀 이리저리 뱅글뱅글 맴돌기보다 탁 트인 땅으로 내려오는 것이 훨씬 더 실속이 있다. 더운 바람도 바람이니 쐬는 것이 현명하다. 아홉 시가 넘었는데도 많은 사람들이 북적대고 있다. 혹독한 무더위를 이겨내는 뾰족한 비결이란 어느 누구에게도 없는 모양이다. 그렇다고 범같이 무서운 전기료를 감당하면서 선뜻 에어컨을 가동할 강심장은 흔치 않다. 살인적인 더위가 아니면 켤 엄두를 내지 못하니 그림의 떡이다.

운동장이라고 해서 운동만 하는 곳은 아니다. 가장자리 벤치에 앉아 한담을 듣는다. 방금 운동을 마친 할머니들이 대세를 이룬다. 싫든 좋든 아무 생각 없이 어깨 너머로 듣게 된다. 며느리에 대한 서운한 생각, 이웃 간에 쌓인 감정의 앙금, 갓 돌 지난 손자 자랑까지 끝이 없다. 나야 며느리도 없고 손자도 없으니 그저 덤덤할 뿐이다. 다툰 이웃도 없으니 귀 열어놓은 채 편하게 듣고 있으면 되지만 대화를 나누고 있는 할머니들은 자못 심각해 보인다.

남자들은 운동장을 아예 시국토론장으로 삼는다. 이웃 간에 궁금했던 소식은 양념이고 답답한 남북관계를 비롯하여 풀리지 않는 경제며 이상기후 등 통 크고 굵직한 화제가 등장한다. 귀담아 들어보면 분야마다 전문가가 의외로 많다. 명쾌하고 시원한 해답을 내놓고 앞으로의 사태진전 방향까지도 예측하는 프로급 시사평론가도 있다. 날카롭고 정연한 논리로 현 시국을 분석, 진단하고 정부의 실정을 질책하며 나름의 대안을 제시하는 석학도 있다.

짜증스러운 무더위에 언론매체에서 쏟아내는 소식은 온통 부정적인 것들 일색이다. 생활에 찌든 사람들을 즐겁게 해줄 기꺼운 소식은 어디로 갔는가. 추하고, 탁하고, 더럽고, 흉하고, 역겨운 이야기밖에 없으니 암담할 뿐이다. 그래도 한여름 저녁 한때 부담 없이 찾을 수 있는 공간이 있으니 다행스럽지 않은가. 사람마다 생각이 있고 하고 싶은 말도 많겠지만 대충 참고 억누르며 살아가고 있는 것이다. 못 본채 눈감고 못들은 척 귀 막고 살 뿐이다.

짙푸른 녹음 한가운데 파란 잔디가 깔린 운동장은 바라보기만 해도 막힌 속이 확 뚫린다. 소나기가 한 차례 훑고 가더니 매미소리, 바람소리, 사람소리가 어우러져 하나가 된다. 자연과 인간이 교감하고 소통한다. 온종일 일에 시달리고 더위에 지친 이들이다. 팍팍한 일상 중에도 웃음을 잃지 않고 이웃과 교류하며 스스로를 살필 줄 아는 선량한 시민들이다. 저녁나절 두어 시간 아무 생각 없이 벤치 한쪽을 차지하고 앉아 세상 읽는 맛이 쏠쏠하다.

2013년 8월

벽창호(壁窓戸)

숨이 턱턱 막히는 무더위가 연일 계속되고 있으니 꽉 닫았던 공간을 과감하게 개방할 수밖에 없게 되었다. 밤이 이슥하도록 잠들지 못해 대낮같이 불을 밝힌 채 문이라는 문은 죄다 활짝 열어젖히고 더위와 싸우느라여념이 없다. 만날 수 없었던 맞은 편 아파트 주민들이 사는 모습도 볼수 있고, 듣지 못했던 옆집 피아노 소리도 선명하게 들을 수 있어서 좋다. 고층아파트 전체가 거대한 불야성을 이루어 영화 속 한 장면으로 착각할정도다. 현대생활의 맹점인 이웃간 불통의 벽을 미흡하지만 이렇게나마허물 수 있으니 다행이 아닌가.

공간이나 영역을 나누는 방법에는 여러 가지가 있다. 담을 치고 옹벽을쌓을 수도 있고 길게 둑을 막아 사람의 접근을 차단하기도 한다. 옛날에는 높이 성을 쌓아 외부의 침입을 막고 주민들의 안전을 도모하기도 했다. 성곽 주위에 깊게 해자(垓字)를 파고 물을 채워 외부 세력의 접근을막고 성채(城砦)를 보존하고 주민생활의 평안을 꾀했다. 공간나누기의 대표적 시설물은 주위에서 아주 흔하게 볼 수 있는 벽(壁)이다. 한정된 공간을 또 다시 쪼개어 소통을 차단하고 사적인 비밀을 지켜주며 외부로부터방해 받지 않도록 해 주는 장치다.

벽이 많을수록 사람들 사이에 소통이 단절되고 내왕을 그만큼 더 어렵게 한다. 불필요한 오해가 생기고 쓸데없는 갈등이 발생해 결국 심각한 문제로 발전할 수 있다. 지금 현실이 바로 그렇다. 집과 집 사이의 담이 더욱 견고해지고 높아진 것은 말할 것도 없고 같은 집 안에서도 불필요한 벽이 너무 많이 생겼다. 집안 내에서도 무수히 많은 벽을 쳐서 더 작은 공간으로 나누고 잘게 쪼개어 개인적 영역을 지나치게 많이 두려 한다. 한정된 공간을 세분하다 보니 공기소통은 물론 의사소통에도 문제가 생겨 답답하고 숨이 막힐 지경이 된다.

아주 어렸을 적 외가에 갈 때마다 궁금한 것이 하나 있었다. 큰 방과 작은 방 사이의 벽 최상단부에 작은 구멍을 뚫고 한가운데 백열등 한 개를 달아 양쪽 방이 함께 사용하고 있었다. 우리 집에서는 볼 수 없던 희한한 풍경이라 참으로 신기했었다. 그 연유를 알 수가 없어 궁금했지만 감히 물어볼 엄두를 내지 못했다. 벽은 허물 수가 없었고 조명은 해야겠는데 전기를 아껴야 할 판이니 궁여지책으로 나온 대안이었을 것으로 짐작했지만 여간 불편해 보이지 않았다. 한쪽 방이 먼저 소등을 하고 싶어도 옆방의 동의를 구해야 했으니 말이다.

옆방 코고는 소리까지 들리는 상황이라 사생활이 보장될 수가 없었지만 그런 구조를 택한 데는 어른들의 깊은 뜻이 작용했을 것이다. 요새 상식으로는 이해하기 어려운 장치였다. 그러나 곰곰이 생각해 보면 천장 밑에 뚫린 그 구멍이 두 방 사이의 소통을 돕는 통로 역할도 했을 테니 참으로 지혜로운 발상이 아닐 수 없다. 이처럼 벽이 있으면 그로 인한 단절을 풀어주는 장치인 문(門)이나 창(窓) 등 통로도 있다. 창이 햇빛, 소리,

공기가 소통하게 만든 구조라면 사람이 드나들 수 있게 한 것이 문이다. 문의 반쪽에 해당하는 호(戶)도 있다.

출입하면서도 내부를 공개하고 싶지 않은 곳에 문을 단다. 그래서 문은 대부분 투시형(透視形)이 아니다. 잠금장치까지 달아 외부에서 쉽게 열 수 없게 만든다. 그 내부가 철저하게 사적인 영역임을 뜻한다. 가족이라도 함부로 드나들지 못한다. 그래도 사람은 빛을 보지 않고는 살 수가 없는 법이다. 사방을 완전히 봉할 수 없으니 이를 보완하기 위한 장치가 창이다. 사람들은 스스로 만든 사적 공간에 속에 갇혀 살기를 좋아하지만 암흑세계까지 환영하는 것은 아니다. 누구나 밝고 환한 햇빛을 봐야 하고 맑고 신선한 공기를 쐬기를 즐긴다.

담이 많고 벽이 흔할수록 삭막하며 여유 없고 인간미 부족한 세상이 된다. 옛 사람들은 아예 담도 없고 벽도 없는 탁 튄 공간에서 거침없고 거리낄 것 없이 무한대의 자유를 누렸다. 자신의 신체까지도 가릴 필요가 없는 절대자유를 누렸으니 담이니 벽이니 하는 것은 당치 않는 장애물이었다. 그러나 예의염치가 싹트고 사유재산이 생겨나고 가족제도가 정착되면서 숨기고 감추어야 할 일들이 많아져 벽을 쌓고 담을 칠 수밖에 없었던 것이다. 그로 인한 소통의 부재는 다툼을 낳고 분쟁을 유발하였으며 급기야 부족간의 전쟁으로 발전했으리라.

철벽처럼 답답하고 앞뒤 꽉 막혀 말이 통하지 않는 사람을 벽창호라 한다. 벽창우(碧昌牛)가 변형된 말이다. 평안북도 벽동(碧潼)과 창성(昌城) 특산물인 우직한 소에서 유래했다고 전한다. 세상과의 소통을 거부하고 스스로 감옥에 갇혀 사는 사람들이 경계해야 할 일이다. 사람 사이를 가로막고 있는 장막을 걷어내고 벽을 허물면 강한 응집력과 친화력이 생겨 화학적 통합으로 이어질 수 있다. 아집과 독선의 덫에 걸려 남의 처지를 모른 체하며 이웃의 목소리에 귀를 막고 철옹성 같이 견고한 마음의 벽을 쌓고 사는 것은 아닌지 살필 일이다.

2013년 7월

살며
생각하며

제 2 부
교직사계
教職四季

자랑스러운 후배 은정이 보아라

최재운, 대구광역시서부교육지원청 교육장

　벌써 초여름 날씨다. 그간 잘 지냈느냐? 세 번째 글 보낸다. 편지란 상대에게 마음을 담아 전하는 그릇이니 구태여 아름다운 문장으로 쓰려고 애쓸 이유가 없다. 진심이 담긴 글이면 그것으로 족할 것이다. 정성이 가득한 편지 쓰느라 숙제 덮어두고 예습복습도 팽개친 채 밤을 꼬박 새웠을 것으로 짐작 되는구나. 나를 한 물간 구세대 늙은이라 괄시하지 않고 성실하게 응대해 주어 고맙다.

　내가 모교 교문을 나선 지 43년이 넘게 흘렀고 너는 1년 반이 더 지나야 졸업을 할 테니, 그 길고 긴 시간적 간격을 가늠하기 조차 어려운 것은 사실이다. 현재 직책은 교육장이지만 지난 40여 년 간 중·고등학교 학생들에게 영어를 가르쳤을 뿐만 아니라, 대구외고와 운암고 교장으로 재직할 때 너희 또래의 아이들과 함께 생활하면서 교육현장을 지켜왔으니 간단한 인연은 아닌 듯하구나.

　얼마 전 45년의 격차를 뛰어넘어 너와 내가 같은 교문 앞에 나란히 섰을 때를 기억하느냐? 우린 형제와 다름이 없는 사이인 것이다. 모교 교문은 우리 때나 지금이나 변함이 없더구나. 그래서 같은 학교를 졸업한 사람들을 동문(同門)이라고 부른단다. 같은 해에 졸업한 동기(同期)는 말할 것도 없고 나이 차이가 크게 나는 선후배 사이도 모든 것을 초월하는 각별한 사이가 되는 법이다.

일전에 내가 보낸 조그만 선물과 몇 줄 안 되는 짧은 글이 네게 작은 도움을 줄 수 있다면 그보다 더 큰 기쁨과 보람이 어디 또 있겠느냐? 지갑은 우리 교육지원청 방문객에게 주는 선물이다. 그 속에 지식과 지혜와 꿈을 가득 담도록 해라. 책갈피의 용도는 네가 더 잘 알 것이다. 사회가 복잡하고 이해관계가 뒤엉켜 풀기 어렵다고 하지만 그 해답은 책 속에 있으니 독서를 통해 찾아내도록 해라.

누구나 고등학교 2학년, 네 나이 때가 되면 생각이나 걱정이 많아지기 마련이다. 이런저런 갈등이 자꾸 생기고 장래에 대한 불안과 고민으로 밤잠을 설치는 일이 잦을 것이다. 눈을 크게 뜨고 주위를 한 번 둘러보아라. 이 세상에 걱정 없이 살아가는 사람은 어디에도 없다. 문제는 걱정만 하고 있어서는 못 쓴다는 것이다. 적극적으로 나서서 스스로 그에 대한 해결책을 찾아야 한다는 점에 유의해라.

세월은 절대로 사람은 기다려주지 않는다. 자신의 특기, 적성, 직업적 장래성 등 여러 가지를 신중히 잘 고려해서 장래에 대한 목표를 확실히 정하여 한눈팔지 말고 곧장 앞으로 나아가거라. 수학 등 특정 과목에 자신이 없을 수도 있으나 그런 일은 학생이면 누구나 다 겪는 어려움이다. 가슴을 활짝 펴고 당당하게 헤치고 나아가거라. 네 교장선생님을 통해 전해준 네잎클로버가 너를 지켜줄 것이다.

자성예언(自成豫言)이란 말을 너도 잘 알고 있을 것이다. 목표를 분명하게 설정하고 자신 있게 매진(邁進)하면 반드시 꿈은 이루어지게 되어 있다는 말이다. 아예 꿈도 꾸지 않고 꿈이 이루어지기를 바라서는 안 된다. 네잎클로버가 바로 그 꿈을 이루도록 길을 안내해 줄 것이다. 가까이 두고 나사가 풀릴 때 스스로를 다잡도록 해라. 강한 의지로 꾸준히 노력한다면 이루지 못할 일은 없을 것이다.

공부에는 쉽게 다가갈 수 있는 왕도(王道)란 없다. 그런 가운데서도 잘 찾아보면 자신에게 맞는 적절한 학습법을 찾을 수 있을 것이다. 남에게 맞는다고 해서 내게도 통하라는 법은 없을 것이다. 열심히 기초를 다지고 꾸준히 노력하면 어느 순간 자신감이 생겨 책이 반갑고 공부가 즐거운 때가 올 것이다. 그 이후는 탄탄대로(坦坦大路)가 될 것이니 날로 정진하여 그 고비를 슬기롭게 잘 넘도록 해라.

전교 학생회 부회장, 그거 아무나 맡을 수 있는 일이 아니다. 참으로 영광스럽고 보람되면서도 책임이 막중한 자리이니, 긍지를 가지고 자신과 학교발전을 위해 최선을 다하기 바란다. 부끄러운 이야기지만 나는 내성적이고 소심해서 학창시절 학급반장도 한 번 맡아본 적이 없었다. 비록 지금 어렵고 힘들더라도 드넓은 세계로 향해 힘차게 도약해 나갈 준비를 하고 있다고 생각하면 좋지 않겠느냐?

이 세상에 공짜란 어디에도 없다. 다만 자신이 뿌린 대로 거둘 뿐이다.

남이 하는 일은 쉽고 화려해 보이는 반면 내가 맡은 일은 어렵고 하찮아 보이기 쉽다. 목표가 뚜렷한 사람은 한눈을 팔지 않는다. 아니, 그럴 시간이 없다. 갈 길이 멀고 아득한데 어찌 곁눈질 할 틈이 있겠느냐? 부디 훌륭하고 반듯하게 잘 자라 모교를 빛내다오. 세계 속에 우뚝 선 네 모습을 보고 싶구나. 건투를 빈다.

전번에 말했듯이 적당한 시기에 틈을 내어 사무실에 한 번 들리려무나. 내가 공무상 출장으로 자리를 비우는 일이 잦으니 꼭 미리 연락을 주면 좋겠구나. 따뜻한 차 한 잔 앞에 놓고 못 다한 이야기 나누자꾸나. 너의 연한 연두색 뿔테 안경이 참으로 인상적이었다. 개성 뚜렷하고 자존심 강한 후배로구나 하고 감탄했단다. 생활습관을 가지런히 하고 환절기 건강에 유의하도록 하여라. 또 연락하마.

2013년 5월 31일

서부교육지원청에서 45년 선배가 보낸다

문학회 두 할머니

의자 위에 올라 방방 뛰는 아이 때문에 앞을 볼 수가 없으니 낭패였다. 어른들, 그것도 글을 읽을 쓰고, 읽고, 음미하기를 즐기는 문인들을 대상으로 하는 비중 있는 문학회였다. 그기에 어린 손녀를 데리고 와서 어쩌겠다는 건지 속내를 가늠할 수 없었다. 아이를 동반한 할머니 스스로 저 앞쪽 무대 위에서 펼쳐지고 있는 일에 대해서 별 관심이 없어 보였다. 딱히 돌볼 사람이 없어 함께 나왔다면 다른 사람들에게 폐가 되지 않게 해야 할 것이다.

문학을 알 리 없는 아이에게 나름대로 설명을 해 주고 있었지만 효력이 없었다. 아이가 편하게 볼 수 있도록 신발을 신긴 채 의자 위에 올려 세우고 법석을 떠는 통에 뒤에 앉은 사람들은 난감해졌다. 옆을 보니 나이 지긋한 할아버지가 앉아 있었다. 그분도 점잖은 체면에 차마 말은 못하고 참고 있는 눈치였다. 둘이 번갈아가며 헛기침을 몇 차례 해봤지만 막무가내였다. 할머니가 글을 쓰는 사람이라면 그 글 속에 어떤 감동이 담겨져 있을지 궁금하다.

흥미란 애초부터 기대할 바 아니었다. 긴 행사에 지루해진 아이는 온갖 강짜를 다 부렸다. 주위 사람들이 눈살을 찌푸릴 정도로 시끄럽게 칭

얼댔다. 그래도 할머니는 얼굴색 하나 변하지 않고 씩씩하게 버티고 앉아 있었다. 순서마다 아이의 주의를 붙들어 보려고 무진 애를 썼지만 전혀 먹혀들어가지 않았다. 더 이상 견디지 못하겠다고 판단했는지 할머니가 일어섰다. 아이를 의자에서 끌어내리고 엉덩이를 한 번 툭 치더니 손목을 끌고 밖으로 나갔다.

조손(祖孫) 간의 실랑이가 잔뜩 신경 쓰여 무대에서 진행된 프로그램 몇 개를 놓쳐버렸다. 그들이 떠나고 나니 속이 후련했다. 산만하던 주위가 정돈되어 정말 살 것 같았다. 성가신 장애물이 없어져 모두가 썩 반기는 분위기였다. 기왕 왔으니 뭔가 얻어가야 하지 않겠는가. 바짝 정신을 모으고 자세를 바로 했다. 옆 좌석 할아버지도 머리에 썼던 베레모를 벗어 손에 쥐고 손수건을 꺼내 안경을 닦는 등 본격적으로 행사에 몰입할 준비를 하고 있었다.

그러나 그것도 잠깐이었다. 비슷한 연세의 또 다른 할머니가 그 자리에 들어와 앉았다. 잠시 후 뭔가 급한 불일이 있는 듯 휴대전화를 귀에 대고 큰 소리로 통화하면서 나가더니 한참 후에 다시 돌아왔다. 행사 내용에 관심이 없어 보이긴 그 또한 마찬가지였다. 무엇을 찾고 있는지 사방을 두리번거렸다. 의자 밑을 살펴보고 사람들이 들고 있는 행사안내 책자를 힐끔힐끔 넘겨다보곤 했다. 이곳저곳 자리를 옮겨가며 똑같은 일을 되풀이하고 있었다.

초여름 더위가 기성을 부리는 저녁, 암울했던 시기에 민족의 울분을 시로 승화(昇華)시켰던 분을 기리기 위한 자리였다. 문학적 천착(穿鑿)과 별

반 관계없는 연설을 들으면서 좀 더 본연에 충실할 수 없을까 하고 생각했다. 일이 터지고 말았다. 할머니가 일언반구(一言半句) 양해도 구하지 않고 내가 쥐고 있던 책자를 빼앗다시피 낚아채 가는 것이 아닌가. 어이가 없어 그저 멍하니 보고 있으려니 책장을 홀홀 넘긴 후 아무 일 없었다는 듯 돌려주었다.

참는 것도 한계가 있다. "할머니, 왜 그러세요?" 하고 퉁명스런 목소리로 한 마디 던졌다. 대답이 아주 걸작이었다. "오늘 상을 받는 시인의 서명을 받아둔 책을 여기 어디 놔뒀던 것 같은데 도무지 찾을 수가 없네. 혹시 못 봤어요?" 참으로 어처구니가 없는 일이었다. 수상자가 누군지는 처음부터 관심 밖의 일이라서 더욱 황당했다. 행사의 제목에 나타나 있는 바로 그 시인에 대한 이야기 즉, 그의 작품세계, 문학성, 사상, 생애 등이 관심사일 뿐이었다.

모처럼 없는 시간을 쪼개 찾아온 주요 문학행사에 대한 뒷맛이 개운치 않았다. 문학의 사회적 기능이란 무엇인가. 팍팍하고 메마른 세상을 살맛나게 만드는 것이 아니겠는가. 생활에 지친 사람들의 마음을 어루만져 맑고 밝게 순화(純化)시키는 일일 것이다. 요란한 겉치레보다 실속이 있어야 하지 않을까. 염불보다 잿밥에 관심이 더 많은 사람들로 인해 본질이 왜곡되는 일은 없어야겠다. 문학회는 진정 문학을 애호하는 사람늘의 몫이어야 할 것이다.

2013년 6월

승자의 눈물, 패자의 눈물

대구에서 개최된 제42회 전국소년체전이 막을 내렸다. 나흘간의 일정으로 진행된 본 체육대회는 자라나는 체육 꿈나무들의 등용문이었다. 오랜 시간 갈고 닦은 기량을 마음껏 펼쳐 보이고 자랑할 수 있는 한바탕 잔치마당이었다. 성인들의 세계에서는 찾아볼 수 없는 순수함과 풋풋함, 꾸밈없는 열정을 있는 그대로 내보이는 경연장이기도 했다. 각기 출신 고장의 명예를 걸고 치열하게 경쟁을 벌이는 뜨거운 각축장이었다.

긴 시간 각고의 노력과 엄청난 땀을 흘린 후 치열한 접전을 거쳐 승패가 결정되면 희비가 엇갈린다. 승자는 승자대로 패자는 패대로 감격과 환희, 눈물과 한숨의 소용돌이 속에 휘말린다. 엄숙하고도 경건한 분위기가 겹친다. 다들 연습과정에 실전 못지않게 열심히 참여하고 모든 역량을 기울여 최선을 다하여 기량을 연마한다. 그러나 결과가 좋지 못하면 그모든 것이 헛수고처럼 여겨지게 되니 그런 풍토가 안타깝다.

승자에게 트로피를 전달하고 메달을 걸어주는 일은 참으로 기꺼운 일이다. 만면에 가득 웃음 머금고 새까맣게 탄 얼굴에 하얀 이빨을 드러낸채 시상대 위에 높직이 올라 선 아이들의 모습은 그 무엇과도 바꿀 수 없는 장관이다. 그들이 흘리는 눈물은 천금을 주고도 살 수 없는 아주 값진 선물이며 자부심 그 자체이다. 그와 같은 영광의 순간을 맞이하기 위해서 그동안 흘린 땀과 눈물을 어찌 잊을 수가 있겠는가?

탈락자를 위로할 때는 물론이고 하위 입상자에게 시상할 때도 각별히 조심해야 한다. 시상자 스스로 경직되어 차갑고 무뚝뚝한 느낌을 줄 수 있다. 그렇지 않아도 잔뜩 위축되어 어쩔 줄 몰라 하는 그들이 아닌가. 난감한 분위기가 조성될 수 있다. 애써 등을 두드리고 어깨를 쓰다듬으며 격려하고 위로하지만, 뼛속 깊이 사무친 상실감과 자괴감을 어찌 치유할 수 있겠는가. 모두가 할 말을 잃고 벙어리가 될 뿐이다.

용케도 잘 참는다 싶더니 대회 종료를 하루 앞두고 장대비가 쏟아졌다. 비가 온다고 해서 예정된 경기를 전부 취소할 수는 없다. 불가피한 경우를 제외하고 수중전(水中戰)을 치르게 된다. 럭비가 바로 그런 경기이다. 대구 근교에 위치한 경기장은 최근에 조성된 곳으로 양호한 여건을 구비하고 있었다. 우리 아이들이 준결승에서 만난 팀은 강팀으로 정평이 나있었다. 럭비에 대한 관심이 남다른 학교로 알려져 있었다.

처음부터 상대가 되지 않는 경기였다. 체력, 투지, 기술, 팀워크 등 어느 것 하나 따라갈 만한 것이 없었으니 영패(零敗)를 당한 것은 당연한 결과였다. 교장선생님을 비롯한 많은 선생님들과 수백 명 학생들이 무슨 불번한 교통에도 멀리 달려왔다. 크게 환호하며 목이 터져라 함성을 질렀다. 일방적으로 응원을 퍼부었지만 그야말로 역부족이었다. 전후반 길고 긴 사투(死鬪)를 벌였으나 실력 차이는 어쩔 수가 없었다.

경기 직후 3위 팀을 위한 시상식이 거행되었다. 수상 팀은 방금 경기에서 진 우리 아이들이었고 시상자로 필자가 나서게 되었다. 시상식 역시 빗속에 거행되었다. 난생 처음 럭비 경기장을 밟았다. 멀리서 봤을 때는 자그마한 몸집이었는데 바로 앞에 서니 그게 아니었다. 평균치도 안 되는 왜소한 체구라 당당하고 늠름한 그들에게 완전히 압도되는 느낌이었다. 상대편 선수들 덩치가 너무 커서 작아 보일 뿐이었다.

주장에게 트로피를 수여하고 전체 선수들의 목에 메달을 차례차례 걸어주며 어깨를 토닥였다. 앞으로 더 많은 기회가 있으니 절대로 의기소침하지 말고 한층 더 분발하여 후일을 기약하자고 위로했다. 성한 곳이 한 군데도 없는 손을 잡으면서 차마 그 눈을 정면으로 마주 볼 수가 없었다. 끝없이 쏟아지는 비가 그들의 뜨거운 눈물을 감춰주고 있어 그나마 다행이었다. 눈물인지 빗물인지 굳이 분간할 필요도 없었다.

아마추어 경기는 참여에 의의가 있다고들 한다. 승패에 연연하지 않고 스포츠 정신으로 정정당당하게 싸우면 그것으로 족하다고 말한다. 그러나 경기장에 나가서 비정한 승부의 세계를 가까이에서 직접 목격해 보라. 승자는 환호와 갈채로 그동안 흘린 땀과 눈물에 대해 보상받지만 패자는 무관심과 냉대의 대상이 될 뿐이다. 보상은커녕 사람들의 관심에서 벗어나 죄인처럼 고개를 푹 숙인 채 눈물을 삼키며 퇴장한다.

2013년 6월

교직사계(教職四季)

정년(停年)이 눈앞으로 다가섰다. 어제 같이 교직에 들어선 것 같은데 어느 새 끝이 보인다. 대학시절 고등공민학교 근무경력을 보태면 40년이 넘는다. 세월이 유수(流水) 같다는 말을 실감하지 못했으나 정점(頂點)을 지나 후반으로 넘어가면서 그 말의 참뜻을 깨닫게 되었다. 사람들은 20대에는 20km로, 40대에는 40km로 시간이 흘러간다고들 했다. 이제 60을 훌쩍 넘겼으니 지금 내게 부여된 시간도 60km의 속력으로 질주하고 있으리라. 얼마 전까지만 해도 현직에 있는 젊은 선생님들이 주로 눈에 들어오고 퇴직한 선배님들은 안중에 없었다. 그들과는 별개의 인생을 살고 있다고 생각했다. 그러나 이제 그분들이 시야에 자주 들어오고 있으니 때가 되면 생각도 바뀔 수밖에 없는가 보다.

인생살이에 매듭이 있듯 교직에도 마디가 있다. 교직생활 전체를 네 개의 계절로 나눈다면 어떨까. 사범대학 졸업 후 초임 발령지로 찾아가던 청년교사 때에 교직생활의 봄이 시작되었다. 모든 것이 서툴고 어설프고 요령부득이었다. 하는 일마다 실수요 허점뿐이었다. 의욕과 혈기가 넘쳤지만 경험 부족으로 세련되지 못하고 사려 깊지 못했다. 갖가지 실수도 많았던 시절이었다. 초임시절 경북 어느 중학교에서 1학년 여학생반 담임을 맡았던 기억이 새롭다. 교실이 모자라 100명이 넘는 아이들을 한 반으로 편성하여 복도 없는 큰 교실에 수용했다. 초등학교 티를 벗어나지 못한 아이들이라 재잘재잘 시끄럽고 혼란스러웠다. 앞뒤 못 가리던 초보교사는 진땀을 흘리며 매일 그들과 싸웠다.

젊은 나이에 햇병아리라 시행착오가 많았지만 열정만은 넘쳤다. 너무 큰 것을 요구하였고 과도하게 기대했다. 무식한 사람이 용감하다고 했던가. 어설픈 교육이론을 현장 실정을 고려하지 않고 무모하게 적용하려고 시도했다. 선배님들이나 동료교사의 눈총을 받기고 하고 걱정을 끼치기도 했다. 세월이 흘러 학교를 관리하고 교사를 지도하며 학생들을 교육해야 하는 위치에 처하게 되면서 지난날을 되돌아보게 되었다. 새롭게 교직에 입문하는 선생님들에게 내가 저지른 실수를 답습하지 말도록 당부한다. 여건이 많이 달라지긴 했지만 교육의 본질이 바뀐 것은 아니다. 먼 훗날 뼈저리게 후회하는 일이 없도록 오늘 행동 하나, 말 한 마디를 신중하고 무게 있게 해야 한다고 간곡히 충고한다.

교직 초반 경북에서 근무하다가 대구시내 모 사립 인문계 여고로 자리를 옮겼다. 친구의 권유도 있었고 나름대로 뜻한 바도 있어서였다. 얼마후 같은 재단의 남고로 이동했다. 교직생활에 있어서 중요한 전기(轉機)가 왔다. 그때가 여름에 해당된다. 경력 10년 남짓에 자신감도 생겼다. 학습지도나 생활지도에 나름대로 요령도 생겨 뭐든지 해낼 수 있을 것만 같았고 거리낄 것 없었다. 아이들에 대한 관심도 아주 커서 기대에 부응하지 못하는 녀석들을 호되게 질책하기를 주저하지 않았다. 퇴근길에 동료들과 막걸리 집에 모여 앉아 밤이 이슥하도록 열띤 토론을 벌이기도 했다. 그래도 다음 날 아침이면 언제 그랬냐는 듯 늠름하게 출근하여 또 다시 아이들 앞에 당당히 서던 시절이었다.

지금도 가끔 그 시절로 돌아가 빛바랜 사진첩을 들여다보며 깊은 생각에 잠기곤 한다. 전체 교직생활 중 그때 아이들과 찍은 사진이 압도적으로 많다. 넘치는 정렬과 치열한 사명감으로 똘똘 뭉쳐 교직생활의 재미를 만끽하며 아이들을 위해서 모든 것을 주저 없이 던졌다. 작은 방 두 개를 얻어 어렵게 생활했지만 불편함을 느끼지 못했다. 조용히 연구할 수 있는 별도 공간이 없어 아쉬움이 있었다. 부족하고 어설픈 가운데서도 학교일이 무조건 즐겁게만 느껴졌다. 걸어서 불과 10여 분 거리에 살았기 때문에 집보다는 학교가 훨씬 더 편했다. 큰 녀석이 어렸을 적 휴일에 학교로 자주 데려갔다. 주위를 에워싸는 여고생들의 호들갑에 아이는 잔뜩 주눅이 들어 완전히 넋을 빼앗기곤 했었다.

사람의 일이란 예측할 수 없다. 뜻밖의 계기로 공립으로 옮겼다. 교직생활의 가을이 시작된 것이다. 교육청을 시작으로 연수원, 연구원 등 수많은 기관과 두 학교를 거치는 동안 황금기가 지나갔다. 학생들과 동료들을 내 몸 같이 아끼고 인격적으로 대우하여 감동이 넘치는 직장을 만들자고 노력했다. 사람은 누구나 절대적으로 평등하다. 하는 일이 다르고 역할이 다를 뿐 지위나 나이, 성별 등에 따라 무게가 달라질 수 없다. 만인이 법 앞에 평등하듯 인간의 가치에 우열이 있을 수 없다. 살아살 날이 살아온 날보다 훨씬 많은 아이들이 중요하고 귀하다. 그들은 미래를 살 사람들이 아닌가. 살만큼 산 사람으로서 장래가 촉망되는 그들을 위해 무엇을 해 줄 수 있을 것인가 심각하게 고민한다.

지난 해 전반까지 학교 근무시절 경건한 마음으로 하루를 시작했다. 아이들과 나란히 교문을 들어서는 것 자체가 축복이었다. 밝은 표정, 명랑한 목소리로 인사하는 아이들을 보면 나도 덩달아 젊어지는 느낌이었다. 사계(四季) 중 겨울에 들어선지 한참 지난 시점이었다. 그 젊음이 부러웠다. 학교 아닌 어디에서 재기발랄한 아이들과 함께할 수 있겠는가. 미래를 향해 힘차게 뻗어 가나는 그들을 바라보면서, 지난날을 돌이켜보고 얼마 남지 않은 시간을 허송하지 않고 보람 있게 마무리하자고 다짐했다. 학교는 젊음과 생기가 넘치는 거대한 용광로이다. 무한한 발전 가능성을 품고 있는 미래 지향적 이상향(理想鄕)이다. 젊음 그 자체이며 생명이 용솟음치는 희망의 샘이요 삶의 원천이다.

인간은 태어나는 순간부터 생로병사(生老病死)의 길을 걷는다. 교직 또한 여러 고비와 마디로 구분 지을 수 있다. 멋모르고 뛰어들어 천방지축 거침없이 뛰고 달리던 입문기(入門期)가 있었다. 경험이 축적되고 요령이 붙어 자신감과 신념을 가지고 아이들을 가르치고 인생에 있어서도 내실을 다지던 활동기(活動期)가 이어졌다. 모든 일은 마음먹은 대로 되지 않는다. 세상엔 내가 모르는 일이 많고 내 능력으로 다가갈 수 없는 곳도 많다는 것을 터득하게 되는 원숙기(圓熟期)도 거쳤다. 이제는 지난 교직 생활을 되돌아보고 마무리하는 완성기(完成期)이다. 지난날에 대한 반성이 앞으로의 계획보다 훨씬 많은 때이다. 먼 훗날 뼈저린 후회를 남기지 않기 위해 지금 이 시간 최선을 다하자.

얼마 전 퇴임하는 선배님들을 위한 모임에 다녀왔다. 칠순 전후의 선배들이 후배들을 위해 색소폰을 잡았다. '섬마을 선생님'은 적절한 선곡(選

曲)이었다. 나도 그분들처럼 멋진 모습으로 여생을 즐길 수 있을까. 건강한 몸으로 봉사하며 남을 위해 베풀 수 있을까. 의료기술의 발달과 건강에 대한 관심이 높아지면서 수명이 크게 길어졌다. 높은 연세에도 다방면에 걸쳐 왕성하게 활동하고 있는 그분들이 부럽다. 조금만 힘들어도 몸을 사리고 움츠러드는 나 자신이 한심하고 초라할 뿐이다. 한 치 어김없이 엄정하게 흐르는 세월 속에 한 일 없이 나이만 먹어 오늘에 이르렀다. 선배님들의 아름다운 모습을 본받아 새 마음, 새 각오로 남은 교직생활을 원만하게 마무리하고자 다짐한다.

2013년 5월

인생 백년, 세월 백년

　의술의 발달과 건강에 대한 관심이 커짐에 따라 평균수명이 크게 늘어나고 있기는 하지만 그래도 백년을 채우기란 결코 쉬운 일이 아니다. 최근에 공덕비를 제막한 바 있는 김연철 전 대구시교육감이 모친상을 당했을 때 구미의 어느 병원으로 조문 갔던 기억이 어제 같이 새롭다. 요즘 보기 힘든 굴건제복에 무릎을 꿇고 엎드려 이마를 방바닥에 찧으며 굵은 눈물을 마구 쏟으셨다. 백에 단 하나가 모자라는 구십구 세에 떠나시게 했다며 절통해하셨다.

　장수(長壽)가 일반적인 추세라고는 하지만 백세란 참으로 넘기 어려운 고개다. 눈물과 콧물이 범벅이 된 노 교육자의 처연한 얼굴을 우러러보면서, '영감님은 욕심도 참 많으시구나.' 하고 마음속으로 탄식했다. 그러나 지금 돌이켜보면 당시 구십 초반의 장모님이 계셨던 입장에서 생각이 짧았다는 후회와 함께 경망스러웠던 처신을 깊이 반성하게 된다. 인생 백세, 이젠 놀라는 사람 별로 없을 만큼 고령사회가 되었으니 세상사 정령 모를 일이 아닌가.

　내가 장가를 들었을 때 장모님께서는 육십 둘이셨다. 나보다 서른여섯 해 연장이시라 모시기가 여러 모로 어렵고 조심스러웠다. 항상 단아한 몸가짐에 말 수가 적고 스스로 삼가하며 몸소 솔선수범하는 절제된 모습을 보여주셨다. 그러면서도 하나밖에 없는 못난 사위에 대해서 은근히 염려해 주시고 배려해 주시던 사려 깊은 분이었다. 오십 초반에 홀로 되셔서 또 다른 오십년 세월을 자식, 손자, 증손을 키우고 돌보시느라 바람 잘 날 없었던 분이셨다.

이 세상에 변화하지 않는 것은 어디에도 없다. 인간은 물론이고 동식물 심지어 무생물까지 하나의 모습으로 일관하지 않는다. 장모님에게도 꿈 많은 소녀시절이 있었고 가슴 설레는 처녀시절도 있었으리라. 백년 인생, 감히 상상하기 힘든 엄청난 의미를 갖는다. 세대가 세 번 바뀌는 세월이 아닌가. 아무나 욕심 부린다고 이룰 수 있는 꿈도 아니다. 스스로 최선을 다하는 마음가짐과 나보다는 남을 먼저 배려하고 양보하는 넉넉한 여유가 있어야 한다.

우리네 인생이란 것, 한 가닥 연기요 한 조각 뜬 구름이다. 덧없는 허깨비에 지나지 않는다. 장모님께서는 파란만장했던 기나긴 여정을 고이 접으시고 인적 드문 선산(先山) 한쪽 자락 키 크고 늠름한 소나무 아래 영원한 안식처를 찾으셨다. 언제나 꼿꼿한 자세, 단정한 모습으로 한 점 흐트러짐이 없었던 어른이셨다. 당신보다는 가족과 이웃을 먼저 생각하시던 분이었다. 세상사 대소사에 일희일비(一喜一悲)하지 않는 바위 같이 든든한 버팀목이셨다.

영원불변한 것은 어디에도 없다. 영생을 누리겠다고 온갖 재주를 다 부리며 발버둥을 쳐도 생자필멸(生者必滅)의 거역할 수 없는 법칙 앞에 속수무책일 뿐이다. 어찌 감히 영원하기를 바라겠는가. 장모님께서 백수(白壽)를 누리시다가 가셨지만 어느 시점의 모습이 진면목인지 가늠할 수 없다. 인간은 세상에 태어나는 순간 이미 끊임없이 변화하며 죽음으로 향해야 하는 숙명을 타고났다. 거대한 섭리 앞에 내던져진 미약하고 초라하기 짝이 없는 존재다.

우리 집 장롱에 부모님의 영정용 사진이 있다. 구순(九旬)이 멀지 않았지만 이런저런 핑계로 희수연(喜壽宴)도 차려드리지 못했다. 그런데도 언제 찍으셨는지 도포 차림의 사진을 마련하셨다. 고친 데가 많아 평소 모습과 거리가 있지만 어찌하랴. 갑자기 일을 당하면 경황이 없을 테니 일찌감치 장만해두셨다. 수의(壽衣)도 마찬가지다. 자식들을 생각해서 수십 년 전에 준비하셨다. 윤달에 지어두면 오래 산다는 속설이 있기는 하지만 황송할 뿐이다.

삼라만상은 끊임없이 변한다. 우리 인간도 예외일 수 없다. 꽃이며 나무, 풀, 온갖 짐승 등 눈에 보이는 것도 모두 변한다. 오늘 바라보는 장미는 어제 그 장미가 아니다. 오늘 오르는 산도 어제 그 산일 수는 없다. 매일 대하는 가족도 마찬가지다. 그 변화가 미미해서 알아차리지 못할 뿐이다. 매일 거울을 들여다보지만 오늘 내 얼굴은 이미 어제 내 얼굴이 아니다. 변화무쌍한 인생, 긴 여정의 한 순간을 포착한 모습을 두고 연연해야 할 이유가 없다.

삼우(三虞) 날 산소 앞 실개천 가에서 영정과 사진을 소각했다. 사진 속 얼굴은 서로 사뭇 달랐다. 아무 관련 없는 완전한 남남 같았다. 육신은 이미 산화(散華)하여 한 줌의 재가 되어 흙으로 돌아가셨으니 그분의 실체를 두고 왈가왈부하는 것은 부질없는 일이다. 아내가 유품 정리를 서둘렀다. 주위 분들의 도움을 얻어 두어 시간 만에 마무리했다. 한 세기를 살다 가신 장모님의 흔적이 빛바랜 주민등록증 한쪽 모서리에 손톱만 한 사진으로 남았다.

2013년 4월

삼가 머리 숙여 인사드립니다

　지난 4월 7일 저희 장모님을 여의고 황망 중 넋을 잃고 우왕좌왕 허둥대고 있을 때, 바쁘신 중에서도 먼 길 마다하지 않으시고 달려오셔서 따뜻한 위로의 말씀을 주시고 정성 가득 담긴 격려로 슬픔을 달래주신 은혜에 머리 숙여 감사드립니다. 사정상 직접 오시지는 못했지만 인편 등으로 따뜻한 마음을 보내주신 모든 분들께도 삼가 엎드려 감사드립니다.

　장모님께서는 한 세기를 학처럼 신선처럼 사시다가 구름처럼 연기처럼 표표히 이 세상을 떠나셨습니다. 최근까지 초롱초롱한 정신으로 부족한 사위를 알아보시고 못난 외손자들에 대한 당부 말씀을 잊지 않으셨던 분이었습니다. 오십 초반에 홀로 되시어 또 다른 오십 년 가까운 세월 동안 자식 돌보고 손자, 손녀, 외손, 증손 건사하시느라 바람 잘 날 없었습니다.

　언제나 단정한 자세와 청정한 마음가짐으로 자신보다 가족과 이웃을 먼저 생각하셨습니다. 많은 연세에도 규칙적이고 절제된 생활과 소식(小食)으로 남다른 건강을 유지하셨습니다. 물질과 거리가 먼 탈속적(脫俗的), 수도자적(修道者的) 일상이 몸에 밴 분이셨습니다. 일상사 크고 작은 일에 일희일비(一喜一悲)하지 않는 바위 같은 분이었습니다.

　백수(百壽)를 눈앞에 두셨지만 크게 편찮으신 적이 없었습니다. 자식들에게 부담을 주지 않으시려는 듯 조용하고 차분하게 세상을 하직하셨습니다. 제반 신체 장기의 기능이 골고루 저하되어 아궁이 잿불 사그라지듯 편안하게 가셨습니다. 어이없고 허망하게도 99년 인생을 마감하시고 한 줌 재로 승화(昇華)하시는 데 단 한 시간 반밖에 걸리지 않았습니다.

장모님께서는 융통성 없고 옹졸하여 편히 한 번 모신 적이 없는 사위를 단 한 번도 원망하거나 탓한 적이 없으셨습니다. 최근 들어와서 가끔 저를 알아보지 못하는 때도 있었지만 외손자들만큼은 언제나 정확하게 빠짐없이 하나하나 챙기셨습니다. 비록 저와 피를 나눈 분은 아니지만 저의 평생 반려자를 이 세상에 있게 해 주신 참으로 소중한 분이었습니다.

장모님께서 이제 더 이상 이 세상에 계시지 않는다는 허전함과 아득한 슬픔을 주체할 길이 없습니다. 그러나 어찌하겠습니까. 그분과 제가 사는 곳이 다르니 말입니다. 살아생전 말없는 가운데 몸소 행동으로 보여주셨던 귀한 가르침을 가슴 깊이 새겨 부끄럽지 않는 사위가 되도록 하겠습니다. 많이 늦었지만 장모님의 진면목을 닮도록 노력하겠습니다.

베풀어주신 따사로운 후의에 거듭 감사의 말씀 올립니다. 댁내 두루 평안하심과 모든 일이 뜻한 바와 같이 성취되기를 충심으로 기원합니다. 귀댁 애경사(哀慶事) 시에 연락 주십시오. 함께 자리하여 기쁨은 두 배로 늘리고 슬픔은 반으로 줄일 수 있는 기회를 주시기 바랍니다. 각별하신 은혜 두고두고 갚겠습니다. 정말 고맙습니다. 거듭 감사드립니다.

2013년 4월 17일
대구광역시서부교육지원청 최재운 드림

영원한 청년 남일해

길 잃은 나그네의 나침반이냐 항구 잃은 연락선의 고동이더냐
해지는 영마루 홀로 섰는 이정표 고향길 타향길을 손짓해 주네
바람찬 십자로의 신호등이냐 정처 없는 나그네의 주마등이냐
버들잎 떨어지는 삼거리의 이정표 타 고향 가는 길손 울려만 주네

　암울했던 시대에 호소하듯 가슴을 파고드는 매력적인 중저음으로 뭇사람을 설레게 했던 더벅머리 인기가수 남일해의 대표곡 '이정표'다. 1961년에 발표했으니 반세기 전 노래이다. 3월의 끝자락 일교차 심한 변덕스러운 날씨 탓에 두꺼운 옷을 겹겹이 껴입고 모여든 청중들을 위해 그가 당당히 무대에 섰다. 아담한 체구에 다듬지 않은 짧은 머리의 다부진 그를 어찌 70중반의 노인으로 볼 수 있겠는가. 모처럼 찾은 고향에서 정성을 다해 노래했다.

　세월이 그를 피해간 것은 아닌지 모르겠다. 그의 데뷔 초기에 초등학생이었던 필자도 어느덧 회갑을 넘기고 머리에 허연 서리가 내려 염색으로 감추기에 급급한데, 새까만 머리에 눈 밑에 잔주름 몇 줄 보일 뿐 나이든 표가 나지 않으니 참으로 신통하지 않는가. 목소리 또한 메마르고 윤기 없는 노인의 것은 결코 아니었다. 구수한 재담은 노래할 때보다 더 멋

진 울림으로 다가왔다. 나이 지긋한 남성 팬이 한 아름 꽃다발을 전할 만큼 인기도 여전했다.

 '이정표'와의 인연은 유구하다. 대구시내 모 여고 근무 시절 어느 햇가 학년 초 진학상담, 학급관리, 교재연구로 숨 돌릴 틈이 없어 마음의 여유를 찾지 못하고 있을 때였다. 말쑥한 정장 차림의 청년이 교무실에 들어섰다. 입구 쪽에 있는 선생님에게 뭔가 몇 마디 묻는 듯하더니 주저 없이 성큼성큼 다가왔다. 책을 덮고 자리에서 일어나 맞이하려는데 그가 활짝 웃으면서 먼저 손을 내미는 게 아닌가. 깜짝 놀라 자세히 보니 중학교 때 친구였다.

 의자를 가져와 앉기를 권하고 찻잔을 가운데 두고 마주앉았다. 어깨에 메고 있던 가방을 내려놓더니 주섬주섬 책 몇 권을 꺼내놓았다. 오래 전부터 익히 듣던 영어 학습용 월간지였다. 국내 유명 영어서적 전문 출판사가 제작하고 있던 영어잡지였다. 학교에 드나드는 행상과 소모성 대화를 하지 않는 것을 신조로 삼고 있었지만 이번은 다를 수밖에 없었다. 그에 대한 긍정적인 추억과 영어교사로서 반드시 구독해야겠다는 의무감이 작용한 것이었다.

 상당한 경제적 부담을 안고 2년간 구독하기로 계약했다. 참으로 무끄러운 이야기지만 그게 본격적으로 영어공부를 하게 된 계기가 되었다. 그에 대한 기억이 유독 선명한 데는 까닭이 있었다. 중학교 3학년 봄 소풍 때 반별 노래자랑이 있었다. 그 날 우리 반 대표로 나선 사람이 바로 그 친구였다. 당대 최고 인기가수 남일해의 최고 히트곡 '이정표'를 가수 뺨치게 썩 잘 불렀다. 그때 받은 강렬한 인상 때문에 나도 한때 그 노래에 심취했었다.

과연 남일해였다. '이정표', '첫사랑 마도로스', '빨간 구두 아가씨', '맨발로 뛰어라' 등 무수한 히트곡을 줄줄이 쏟아내어 최고 인기가수로서의 입지를 굳힌 대형 가수답게 50년이 지난 지금도 전혀 변한 것이 없다. 수수한 차림에 꾸미지 않는 담백한 외모가 스스럼없이 다가갈 수 있는 옆집 아저씨였다. 투박하고 텁텁한 경상도 사나이의 기질을 그대로 간직하고 있었다. 최근에는 '안부' 등 신곡을 발표하여 재기의 발판을 다지고 있는 중이란다.

한 분야에 50년이 넘게 꾸준하게 정진하기란 쉽지 않다. 가수는 목소리를 무기로 뭇 사람의 심금을 울리는 예술가다. 나이 들면 성대도 약해질 텐데 그는 아니었다. 반세기 동안 들었던 노래를 지척에서 직접 듣는 감회가 컸다. 그 옛날 책을 들고 왔던 친구의 근황이 궁금하여 백방으로 알아봤지만 아는 이가 없으니 안타깝다. 교직인생 40년은 노래인생 50년과 무엇이 다를까. 나는 무엇을 남길 수 있을까? 정년을 눈앞에 두고 지난 세월을 반추해본다.

2013년 4월

새로운 도약의 출발점에서

새 학년이 시작된 지 한 달이다. 유난히 춥고 어두웠던 겨울을 용케 견디고 새봄을 맞았다. 서부교육지원청 직원과 산하 각급 학교 교사 등 교육가족 일동은 새로운 각오와 열정으로 우리 지역 학생들의 바른 인성 함양과 학력 향상을 위해 최선을 다할 각오를 새롭게 하고 있다. 교육문제의 해결 없이 그 어떤 국가적 과업이나 목표도 달성할 수 없다. 그것은 교육이 국가를 움직이는 기본 동력과 인적자원을 창출하는 산실 역할을 감당하기 때문이다.

누가 뭐래도 교육의 본질은 감동이다. 인격적인 감화를 주고 지식을 전수하여 사람을 사람답게 기르려면 진하고 끈끈한 인간적 유대가 먼저 형성되어 있어야 한다. 교사와 학생, 학교와 학부모 등 교육 공동체 구성원 상호 간 대화와 소통을 통한 감동이 없다면 그 어떤 교육활동도 소기의 성과를 거양할 수 없다. 학교 현장에도 참다운 감동이 있어야 살아있는 교육다운 교육이 가능하다. 그런 토양 위에서만 원만한 인격을 갖춘 인간을 기를 수 있다.

인화단결을 서부의 근무 방침으로 한다. 일요일이나 후일 저녁이 되면 다음 날 동료들을 만날 기대에 부푼 그런 직장을 가꾸어 나가고자 애쓴다. 따뜻한 사무 공간, 오고 싶은 근무처가 되도록 노력하고 있다, 서로 격려하고 배려하는 공동체를 만들기 위해 전체 구성원들은 최선을 다한다. '일은 사람에게 시비를 걸지 않는다. 다만 사람이 사람에게 시비를 걸 뿐이다.'라는 말을 명심하고 가족 같은 인간관계를 유지하기 위해 모두가 노력하고 있다.

사람의 가치는 절대적이다. 세계 인구가 70억을 넘었다고 하지만 이 지구상 어디에도 똑같은 사람은 없다. 인종, 성별, 종교, 재산, 지식, 신분, 지역 등 어떤 기준으로도 사람을 차별할 수 없다. 사람은 각기 천부적 절대 가치를 갖고 세상에 태어났다. 서부교육가족은 엄청난 가치를 지닌 아이들을 맡아 기르는 책임을 다하고자 한다. 제대로 된 교사라면 일체의 선입관을 버리고 모든 아이들을 피붙이처럼 아끼고 사랑하는 정신부터 가져야 한다.

무한한 가능성을 지닌 아이들에게 삶의 가치를 부여하고 각자가 지닌 재능을 찾아내어 신장·발전 시켜주어야 한다. 어찌 이 일을 어찌 가볍다 할 수 있겠는가? 교직은 세상 어떤 일보다 숭고하고 보람된 일이다. 사람을 사람답게 키우는 일보다 값진 일이 어디 또 있을까. 오늘날 우리의 인재들이 국가발전을 위해서 땀 흘리고 오대양 육대주를 누비며 국위를 선양하고 있는 것은 일찍이 선배들이 땀 흘리며 인재 양성에 매진한 덕분임을 부인할 수 없다.

흔히 서부지역은 삭막하다고 한다. 우수 인재들이 다른 지역으로 빠져나가 상대적으로 낙후하고 교육에 대한 부모님들의 관심도 약하다고 말

한다. 그러나 이것은 이해 부족에서 비롯된 편견일 뿐이다. 제 자식을 사랑하지 않는 부모가 어디 있으며 목표 없는 아이가 또 어디 있겠는가. 아이들이 소중한 꿈을 가꾸고 키울 수 있도록 용기를 주고 어떤 경우에도 좌절하지 않고 자신의 길을 향해 묵묵히 나아가도록 도와주는 것이 우리 모두가 해야 할 일이다.

무릇 좋은 일터라면 직원들이 편안하게 근무할 수 있어야 한다. 자기 집처럼 포근하고 안온한 분위기를 유지해야 한다. 각자가 맡은 일이 벅차고 힘들더라도 서로 양보하고 배려하는 가운데 마음이 통하고 정이 오간다면 아무 문제가 없다. 직장 동료들과 더 많은 시간을 보내고 있으니 어떤 면에서는 가족보다 더 가깝고 흉허물이 없을 수 있다. 우리 지원청에 대한 외부 평판이 나쁘지 않으니 다행이다. 직장을 가정처럼 가꾸기 위해 더욱 힘써야겠다.

서부 교육 공동체 전 가족을 하나로 묶어줄 장치가 없을까 하고 고민해 보았다. 서부의 특징을 압축하여 분명하게 표현하고 구성원의 정성과 열의를 한 데 모을 수 있는 구체적 행동의 방향타를 제시한다. 우리 아이들이 기발한 발상과 참신한 생각을 발판으로 삼아 각기 푸른 꿈을 펼칠 수 있도록 도와주기 위해서다. 왕성한 추진력과 진취적인 기상으로 서부 교육의 수준을 한 단계 높일 수 있기를 기대해본다. 서부는 지금 도약을 향한 출발점에 서 있다.

인화단결

인-인간이 인간인 것은
화-화합을 알기 때문이다
단-단단히 하나로 뭉쳐
결-결실을 맺읍시다

약진서부
약-약하다고 말들 하지만
진-진실은 그게 아니지요
서-서부, 아주 강합니다
부-부드럽고 실속 있지요

두 개의 시사회

　세상 근심 걱정 죄다 내던지고 두어 시간 자유여행을 누릴 수 있는 수단으로 영화 말고 더 좋은 게 또 있을까? 영화 속에서는 불가능이란 없다. 영화는 각박한 세상 무엇 하나 쉽게 풀리는 것 없는 답답함에서 벗어나 스스로 왕이 되고 해적이 되고 탐험가가 되고 검객이 될 수 있는 요술방망이를 쥐어준다. 상영 직전 암실 가득한 긴장감은 무엇과도 바꿀 수 없다.

　과장된 허구인 줄 잘 알면서도 스크린에서 눈을 때지 못하는 것은 영화가 주는 감동이 있기 때문이다. 결말이 뻔한 이야기를 보면서도 슬며시 눈물을 훔치고 갈채를 보내는 것은 현실에서 이루기 어려운 일을 거뜬히 해내기 때문이다. 주인공이 엄청난 어려움을 겪어도 조금도 염려할 이유가 없다. 모든 난관을 극복하고 불사조처럼 다시 일어날 것이기 때문이다.

　특히 매력적인 것은 본격적인 개봉에 앞서 실시하는 시사다. 수많은 사람들 중에 특별히 선택되어 전혀 새로운 작품을 감상할 기회를 갖는다는 점이 썩 마음에 든다. 더군다나 무료가 아닌가. 시사회는 관객이 많이 몰리는 시간을 피해 평일 늦게 개최되는 것이 보통이지만 그 정도 불편쯤은 능히 감수할 수 있다. 최근 20여 일 사이 그런 기회를 두 번 얻었다.

그중 하나는 재기 발랄한 대학생들이 아카펠라 합창단을 구성하여 교내대회를 시작으로 전국대회에까지 진출하여 우수한 성적으로 입상하는 과정을 그린 'Pitch Perpect'라는 작품이었다. 한 달에 한 번 정도 조용한 휴일 아침 조조영화를 감상하러 가는 오랜 단골 영화관이 있는데, 바로 그 영화관에서 기획한 행사에 모처럼 응모하여 얻은 소중한 기회였다.

대학생 등 젊은이들이 주로 함께한 시사회라 영화 속의 분위기만큼이나 객석도 활기가 넘치고 밝았다. 다양한 성향과 배경을 지닌 학생들이 여러 가지 어려움과 인간적인 갈등을 슬기롭게 극복하고 절묘한 화음을 이루어 냈다. 각자의 개성을 유지하면서도 통일성을 기하고 서로 다르면서도 같은 마음으로 완전히 하나가 되어가는 모습은 참으로 감동적이었다.

합창은 위대한 예술이다. 모두가 하나가 되어야 한다. 개인의 기량이 아무리 뛰어나도 전체를 위한 배려와 양보가 없으면 안 된다. 나보다 이웃을 생각하는 아량과 여유가 있어야 한다. 남들이 잘 하니까 대충해도 되겠지 하는 요령도 통하지 않는다. 전체를 위한 희생이 필요하면서도 자신의 역할을 다해야 원만한 조화를 이루어 아름다운 화음을 이룰 수 있다.

또 하나는 교총에서 주관한 교사들을 위한 시사회였다. 선택된 영화는 '파파로티'라는 작품으로 경북의 어느 고등학교에서 있었던 실화를 바탕으로 한 것이었다. 성악에 천부적인 재능을 지니고 있었으나 이를 찾아내어 발전시켜줄 지도자를 얻을 수 없어 빛을 발하지 못하고 있던 요령부득의 망나니가 우여곡절 끝에 훌륭한 성악가로 변신하는 과정을 그렸다.

학교현장을 지나치게 회화화(戱畫化)하여 공교육에 대한 불신을 조장하고 교육 본질을 왜곡하지 않을까 걱정스럽기는 하지만 일단 재미있다. 성악가의 꿈을 접고 대충 시간을 때우는 불량교사와 지도자를 만나지 못하고 주먹 세계라는 수렁에 빠져 아까운 재능을 썩히고 있던 인재가 의기투합하여 참된 사제관계를 맺고 세상을 놀라게 하는 엄청난 기적을 이룬다.

오늘날 자살이며 폭력사건이 빈발하여 교사와 학교, 학생과 학부모 등 당사자들은 물론 양식 있는 사회 구성원 모두가 걱정하고 개탄하고 있다. 그러나 제대로 된 교육은 거창한 구호만으로 이룰 수는 없다. 교육이 입시 위주의 경쟁에서 벗어나 소통과 감동을 바탕으로 본연의 모습을 찾을 날은 과연 언제일까? 영화에서처럼 시원스러운 해법은 없는 것일까?

2013년 3월

그 날의 함성을 되새기며

제94주년 3·1절 기념식에 다녀왔다. 겨울의 끝자락 찬 기운이 아직 남아있는 삼월의 첫째 날이다. 94년 전 우리 선열들이 일제에 항거해서 목숨을 걸고 분연히 일어났던 그 날이다. 기념식은 애국가 4절까지 부르는 것으로 시작했다. 손에 태극기를 든 채 모두들 엄숙하고 경건하게 불렀다. 부르고 싶어도 마음대로 부를 수 없었던 우리 노래를 당당하게 불렀다.

천 여 명의 대구 시민들이 꽉 들어찬 문화예술회관의 드넓은 팔공홀은 싸늘한 바깥 날씨에도 한기를 전혀 느낄 수 없었다. 아니, 느낄 이유가 없었다. 불편한 몸으로 그 날의 주인공 애국지사 여섯 분이 부축을 받으며 단상에 올라왔을 때 우레와 같은 박수가 터져 나왔다. 질곡의 민족 수난사를 온몸으로 지켜내신 어른들이니 어찌 존경스럽지 않겠는가.

장병하 애국지사께서 '己未獨立宣言書'를 낭독하셨다. 특이하게도 예년처럼 원문을 그대로 읽지 않으셨다. 국문학자 이희승 박사가 현대식 문체로 고쳐 쓴 것을 낭독하셨다. 학창시절 국어선생님께서는 독립선언서를 공약삼장까지 통째로 외우도록 숙제를 내셨다. 어려운 한자어가 많아 쩔쩔맸던 기억이 되살아났지만 부드러운 글로 다시 대하니 감회가 새로웠다.

대구시장이 애국지사님들께 인삼제품을 기념품으로 드렸다. 대구시립 무용단의 '그 날의 함성'이 이어졌다. 또 한 번 가슴이 뭉클했다. 94년 전 그때의 모습을 깔끔하고 정제된 몸짓으로 오늘에 되살렸다. 만장한 관중들은 숨도 크게 쉬지 못하고 가슴을 조였다. 일본군의 총검 앞에 무자비하게 유린당하는 선열들의 모습을 실감나게 재현하여 큰 박수를 받았다.

삼일절 노래에 이어 만세삼창이 대미를 장식했다. 대구시의회 의장의 선창으로 아래 위층을 꽉 메운 청중이 결연한 의지와 떨리는 가슴으로 목이 터져라 만세를 외쳤다. 일본경찰의 총칼 앞에 마음대로 부르지 못했던 만세가 아닌가. 그 날 그렇게 피 흘린 분들이 있어 오늘 우리는 마음 놓고 만세를 외치고 목청껏 애국가를 부를 수 있으니 얼마나 고마운 일인가.

행사장에는 3·1운동 당시처럼 각계각층, 남여 노소 다양한 사람들이 두루 참석했다. 대구시장은 기념사 말미에 중고등학교 학생이 260여 명 참석했다며 감사와 격려의 말을 전했다. 대견스럽고 다행스럽다. 외래 문물의 무분별한 유입으로 정체성이 흔들리고 있는 이 때, 이들이 있어 든든하다. 오늘 시종일관 손에 쥐고 있던 이 태극기를 오래도록 보관해야겠다.

2013년 3월

그 후 다시 10년

2003년 2월 18일은 대구시민들 뿐만 아니라 범국가적인 비극의 날이었다. 192명이 사망하고 148명이 부상당한 엄청난 사고로 국내는 물론 국제적으로도 주목을 받았다. 필자가 교장으로 재직하고 있던 대구외국어고등학교도 가누기 힘든 큰 슬픔에 잠겼다. 천만 뜻밖에도 희생자들 가운데 불과 엿새 전에 졸업한 이현진 양이 포함되어 있었기 때문이었다. 서울대학교 사회과학대학에 합격하여 신입생 적응훈련 등 모든 절차를 마치고 입학식을 기다리고 있던 터라 애석함과 안타까움이 참으로 컸다. 이 양의 장례식은 그 해 식목일에 청송 노귀재 너머 양지바른 곳에서 가족, 친구, 모교 선생님 등 많은 분들의 오열 속에 엄수되었다.

하늘이 무너지는 슬픔을 당했지만 그 부모님들은 놀랍도록 의연했다. 이듬해 2월 이 양의 1주기를 맞아 부모님들이 학교를 다시 찾았다. 고인(故人)의 뜻을 영원히 기리기 위해 대구외고에 보상금 1억 원을 기탁하여 '작은 시지프 이현진 장학회'를 설립한 것이다. 그기에 그치지 않고 서울대학교 사회과학대학에도 도서구입기금 2,000만 원을 기부했다. 대구외고 동기생들도 뜻을 모아 이 양의 유고(遺稿)와 추모의 글 등을 정리하여 900쪽이 넘는 『작은 시지프의 꿈』이라는 제목의 추모문집을 발간했다. 친구들은 또 묘역에 추모비와 조형물을 세워 추송원(追頌苑)이라 명명하고 장례식 1주년을 맞아 4월 5일 조촐하게 제막식을 거행했다.

아래 글은 필자가 사건 발생 100일을 맞이하여 이 양을 잃은 슬픔과 아쉬움을 달래고 명복을 빌고자 지하철희생자대책위원회 홈페이지에 올렸던 추모의 글이다. 가슴이 미어지는 아픔을 어찌 짧은 글 몇 줄로 다스릴 수 있으랴만, 그렇게라도 하지 않고서는 허전하고 안타까운 마음을 추스를 방도를 달리 찾을 수 없었기 때문이었다. 나무랄 데 없는 모범생이요, 흠 잡을 곳 없는 재원이었으며, 언제나 조용한 가운데서도 자신의 역할과 책임을 다하는 학생이었기에 그만큼 상실감이 더 컸던 것이다. 이 글은 정운찬 당시 서울대학교 총장의 추모사(追慕辭)와 함께 기념비에 새겨져 있으며 『작은 시지프의 꿈』에도 수록되어 있다.

삼가 이현진 양을 비롯한 희생자 여러분들의 명복을 빌면서 그때의 추모시를 여기에 다시 올린다.

2013년 2월 18일
대구광역시서부교육청 교육장 최재운

故 이현진 양의 靈前에

현진아!
현진아!
현진아!
내다.
교장이다.
내 목소리 들리느냐?

지금이라도 당장
3학년 3반 교실에서,
學研齋에서,
기숙사 독서실에서,
동편 대추나무 옆 亭子아래에서
책속에 빠져있는 너의 모습
볼 수 있을 것만 같은데
네가 우리 곁을 떠난 지
벌써,
100일,
100일이나 흘렀구나.

사랑하는 부모님,
믿음직한 병탁이,
자상하신 큰아버님들,
인정 많으신 고모님들,

혈육보다 더 친했던 친구들,
밤낮으로 보살펴주시던 선생님들
보고 싶어 어찌했느냐?

정든 교정 떠난 지
불과 엿새 만에
철석같이 믿었던 지하철에서
그 것도
엄청난 불길, 阿鼻叫喚 속에서
너를 잃을 줄
어찌 꿈엔들 생각이나 했겠느냐?
그때의 슬픔,
그때의 분노,
그때의 놀라움,
그때의 안타까움
어찌 말로 다 할 수 있겠느냐?

현진아!
기억하고 있느냐?
재작년 미국문화체험연수를.
요세미티 국립공원에서
너와 미희, 그리고 나
셋이 함께 찍은 사진 속에
언제나 그랬듯이
잔잔한 미소 머금은

너의 모습 새롭기만 하여
차마 사진첩 덮을 수가 없구나.

사람들이 나무 심던 식목일
청송 노귀재 너머
양지바른 곳에
너를 홀로 두고 돌아올 때
너의 친구들,
너의 선생님들,
너의 가족 모두는
피눈물을 삼켰단다.
너가 남긴 마지막 작품
"길"이 어쩌면 그렇게도
내 가슴을 절실하게 파고드는지
읽고,
또 읽으면서
차마 발길을 돌릴 수가 없었구나.

그러나,
현진아!
이제,
어찌하랴.
너와 우리
사는 곳이 다른 것을.
부디,

이 세상의 모든 근심 말끔하게 잊고,

이 세상의 모든 때 깨끗하게 씻고,

이 세상의 모든 미련 남김없이 버리고,

이 세상의 모든 인연 냉정하게 끊고

그 곳,

걱정 없고,

다툼 없고,

질투 없고,

위험 없고,

슬픔 없고,

고통 없는

낙원에서

너의 못 다한 꿈

마음껏 펼쳐보고,

양 어깨에 큰 날개 달고

짙푸른 창공에

더 높이,

더 멀리

날아보아라.

이곳의 일일랑

모두 우리에게 맡기고,

모든 짐 훌훌 털고,

뒤돌아보지 말고 떠나거라.

네 사랑하는 동생 병탁이

지금은 2학년 되어
가누기 힘든 큰 상처 이기고,
태산 같은 슬픔 삼킨 채
꿋꿋하고,
의연하고,
씩씩하게,
그리고
바위같이 든든하게
큰 꿈 키우고 있으니
이젠,
잊어도 좋겠구나.

현진아!
현진아!
현진아!
너무나 맑고,
너무나 밝고,
너무나 착한
우리 현진아!

2003년 5월 28일
대구외국어고등학교 교장 최재운

살며
생각하며

제3부 네잎클로버 교환권

계사년 뱀 이야기

계사년(癸巳年)을 맞은 지 한 달이 훌쩍 지나고 내일이 설이다. 그동안 설을 쇠지 않았으니 계사년이 아니라는 사람도 있었지만, 양력이 이미 우리 일상생활 전반을 좌우하고 있으니 구태여 따질 일이 아니다. 전통을 지킨다는 뜻에서 음력의 존재를 무시해서는 안 되겠지만, 보편성, 유용성, 합리성 등에 비추어 볼 때 음력으로는 감당할 수 없는 부분이 많다. 더군다나 날로 좁아져만 가고 있는 지구촌 시대를 맞아 양력은 피할 수 없는 선택이 아닐까.

사람들은 뱀이라면 어쩐지 기분이 나쁘고 징그럽다고 생각한다. 나도 그들 중 한 사람이지만 실상은 그렇지 않단다. 뱀보다 깨끗한 동물이 없을 정도라고 하니 말이다. 민담이나 전설에 사악하고 음흉한 동물로 등장하여 사람들로 하여금 부정적인 생각을 가지게 했을 뿐 사실과는 다르다는 얘기다. 평소 사람들 곁에 자주 나타나지 않고 땅 밑 음지에서 살기 때문에 생긴 오해일 수도 있을 것이다. 뱀의 지능지수도 상당히 높은 것으로 알려져 있다.

아주 오래전 이야기이다. 매주 일요일마다 산을 찾던 시절이 있었다. 왜 그렇게 산에 집착했는지 지금 생각해봐도 알다가도 모를 일이다. 주말이면 산에서 살다시피 했었다. 심한 경우 새벽같이 일어나 혼자 시외버스를 타고 멀리 진출했다. 이름난 산을 등반하고 돌아와서도 양이 차지 않아 다시 앞산에 올라 서쪽에서 동쪽으로 종주하곤 했었다. 모든 걸 버리다시피 하고 오로지 산에 몰두했었다. 한창 시절이라 체력이 뒷받침 되어 가능한 일이었다.

어느 해 여름날 별 준비 없이 팔공산 동봉에 올랐다가 내친걸음에 파계사까지 진출하기로 작정했다. 무모하기 짝이 없는 계획이었다. 서봉을 내려서자마자 온 천지가 먹구름으로 뒤덮이더니 폭우가 쏟아졌다. 짙은 안개로 지척을 분간할 수 없었다. 익숙한 길이라고 방심한 것이 탈이었다. 녹음이 우거진 계절이라 분명하던 등산로도 보이지 않았다. 미끄러워 발자국을 옮기기 어려웠다. 갈 길은 멀고 막막하여 그 자리에 그냥 주저앉아버리고 싶었다.

넋 나간 사람처럼 서 있다가 수풀을 헤치며 어림짐작으로 나아갔다. 문득 섬뜩한 느낌이 들어 걸음을 멈추었다. 눈앞을 보고 소스라치게 놀랐다. 바로 앞 넓적한 나뭇잎 위에 속이 훤히 들여다보이는 작은 뱀이 똬리를 틀고 머리를 치켜든 채 쳐다보고 있는 게 아닌가! 혼비백산(魂飛魄散)하여 호흡을 가다듬고 다시 바라본 즉 녀석은 미동도 하지 않았다. 감히 나아가지 못하고 뒤돌아서서 장대비 속을 헤매느라 만신창이(滿身瘡痍)가 되어 하산했다.

두어 달 후 전에 밟았던 그 등산로를 다시 가보기로 하고 단풍이 한창인 팔공산을 찾았다. 기억을 더듬어 폭풍우 속에서 뱀을 만났던 곳을 확인하는 순간 깜짝 놀랐다. 하얀 뱀이 버티고 앉아있던 곳에서 불과 두어 발자국 앞으로 나가니 까마득한 낭떠러지가 나타났다. 그때 뱀이 그렇게 길을 막지 않았더라면 어떻게 되었을까? 수십 길 절벽 아래로 추락해서 불귀의 객이 되었을지도 모를 일이 아닌가. 생각만 해도 온몸에 소름이 돋는 일이었다.

용사지칩(龍蛇之蟄)이라는 말이 있다. 용이나 뱀이 몸을 웅크리고 숨어 적절한 때가 오기를 기다린다는 뜻이다. 걸출한 영웅이나 천하를 호령하는 호걸은 아무 때가 나서지 않는다. 뱀이 동면을 하며 내공을 쌓듯 세상 돌아가는 상황을 살피면서 몸을 일으켜야 할 때를 기다린다. 경거망동(輕擧妄動)하지 않는다. 무릇 시대의 흐름을 잘 타야 대사를 도모할 수가 있는 법이다. 영웅호걸은 아니지만 물러설 때와 나아갈 때를 구별하는 지혜를 배워야겠다.

뱀의 해가 된지 한 달이 지났지만 그들은 아직 땅속에 깊이 숨어 겨울잠에 빠져있다. 인간이 만들어놓은 천간지지(天干地支)를 그들이 알 턱이 없다. 자연섭리를 거스르고 잠자는 뱀을 쓸어 담아 경제적 이득을 취하려는 사람들도 있지만, 하늘이 정해놓은 기본질서를 어기는 일이니 어찌 정상이라 할 수 있겠는가. 흑사(黑巳)의 해를 맞아 서로 다투지 말고 화합 단결하여 세계가 부러워하는 국가를 만들었으면 하고 기대한다면 수제넘은 욕심일까.

2013년 2월

새 팔자 세 가지

달성공원은 대구 도심에 위치하여 시민들이 계절에 관계없이 언제나 쉽게 찾을 수 있는 명소다. 특히 호주머니가 가벼운 어르신들이 마음 편히 소일(消日)할 수 있는 최적의 휴식공간이다. 온종일 집안에 갇혀 며느리 눈치 볼 일 없어서 좋다. 비슷한 나이, 유사한 처지의 벗들과 어울리기에 이만한 장소가 또 없을 것이다. 공원 입구에 노인들을 위한 가게와 간이 음식점들이 다수 문을 열고 있지만 얼마나 많은 분들이 이용하는지 모를 일이다.

옛날처럼 사람들이 많이 찾지 않아 활기를 잃었지만 시대의 흐름이니 어찌하랴. 그래도 각종 진귀한 동물들을 대도시 한복판에서 만날 수 있다는 사실만으로도 매력은 충분하다. 조류, 포유류 등 희귀한 동물을 관찰할 수 있어 어린이들에게 인기가 높다. 몇 년 전부터 공원을 무료로 개방하고 있어 누구나 부담 없이 이용할 수 있게 되었다. 전에도 입장료가 비싼 편은 아니었지만 그래도 공짜는 아니었으니 다소 부담이 되었던 것은 사실이다.

옛 성곽의 원형을 충실히 유지하고 있어 역사적 가치도 크다. 지난 날 대구하면 달성공원을 떠올릴 만큼 인기가 대단했으나 이젠 여건이 많이 달라져 옛날 같지 않다. 주요 고객은 인근에 살고 있는 나이 지긋한 주민들과 아이들을 데리고 온 젊은 부부들이다. 옛날 명성이 헛되지 않아 사람들의 발길이 계속 이어지고 있으니 다행스러운 일이다. 눈빛 초롱초롱한 아이들의 호기심을 자극하고 자연에 대한 관심을 충족시키기에 적절한 학습장이다.

갇혀있는 동물이라고 해서 신세가 모두 다 같은 것은 아니다. 불과 몇 평 안 되는 좁은 공간에서 답답하게 세월을 보내는 짐승들이 있는가 하면, 사자나 호랑이처럼 넓은 우리를 독차지하고 여유롭게 노닐고 있는 귀족도 있다. 원래 서식하던 시베리아나 광활한 밀림지대에 비하면 보잘 것 없지만 다른 동물에 비하면 분명 특별한 대접을 받고 있는 셈이다. 사육사가 던져주는 고깃덩어리에 목숨을 걸어야 하는 신세가 서글프지만 어찌하겠는가.

공원에는 새가 많다. 인공호수에 오리, 거위 등 잘 날지 못하는 새들이 자연 상태에 가깝게 방사(放飼)되고 있다. 우리 주위에서 흔히 볼 수 없는 희귀종은 일정한 공간 안에 갇혀 지낸다. 그렇게 감금된 새들은 이역만리 타국에서 잡혀온 몸값 비싼 것들이 대부분이다. 활동성이 크고 비행실력이 뛰어난 녀석들도 어렵게 구한 귀하신 몸이니 비행능력에 관계없이 보호 차원에서 놓아서 기를 수 없을 것이다.

시간을 보내는 모양도 가지가지다. 좁은 새장 속을 쉬지 않고 이리저리 분주하게 날아다니는 새가 있고, 사람이 설치해준 나뭇가지에 앉아 바깥 세계를 내다보며 여유를 부리는 녀석도 있다. 젊은 부부가 발걸음을 겨우 옮기는 아이와 함께 새장 앞에 섰다. 엄마가 진지하게 설명을 해 주지만 아이는 별 흥미가 없는 눈치다. 그런 모습을 내다보고 있는 새는 무슨 생각을 할까. 우리 눈에 비친 세상과 그의 눈에 비친 인간세계의 모습은 어떻게 다를까.

우리 안의 새를 관찰하느라 잠시 정신을 빼앗겼다가 또 다른 새소리에 놀라 하늘을 쳐다본다. 머리 바로 위 키 큰 참나무 높직이 까치가 십여 마리 앉아 시끄럽다. 저들도 꼭 같은 새가 아닌가. 그렇지만 그 팔자는 하늘과 땅 차이다. 매정하고 무심한 인간의 손에 잡혀 와서 새장 속에 갇힌 딱한 처지의 새가 있는가 하면, 자유롭게 날아다니며 마음대로 벌레를 잡아먹을 수 있는 새도 있지 않은가. 사람 팔자 제 각각이듯 새 팔자 또한 마찬가지다.

새라면 모름지기 탁 트인 창공을 거침없이 날아오를 때 그 존재가치가 있다. 하늘 드높이 치솟아 광활한 지역을 종횡무진 유유히 비행하다 먹잇감을 향해 쾌속으로 내리 쏟아지는 맹금류에서부터, 전깃줄에 옹기종기 모여앉아 도란도란 지저귀는 참새에 이르기까지 무한대의 자유를 누려야 제격이 아닐까. 아무리 귀한들 무슨 소용이랴. 모든 특권을 유보당한 채 좁은 철창 속에 갇혀 기약 없는 감옥살이를 하고 있는 새들이 참으로 딱할 뿐이다.

2013년 1월

겨울 은행나무

일주일 남짓 지나면 해가 바뀐다. 며칠 전에 내린 눈 탓인가 날씨가 무척 차갑다. 한낮에는 직사광선의 온기가 느껴지기는 하지만 옷을 겹겹이 껴입어도 소매 속을 비집고 들어오는 냉기가 매섭다. 무성하던 나무들이 한 해를 마무리하느라 옷을 홀홀 벗은 지 오래다. 현란한 색깔의 단풍으로 자태를 뽐내는가 싶더니 앙상한 몸으로 차가운 칼바람에 맞서고 있다.

대로변 여기저기 얼룩덜룩 짓이겨진 은행 흔적이 아직 선명하다. 지난 가을 큰길 따라 늘어선 은행나무들이 모진 수난을 당했다. 사람들은 앞뒤 가리지 않고 마구 두들기고 흔들어대며 괴롭혔다. 수확하는 과정에 발에 밟히고 채여 터지면서 흉한 상처로 남았다. 줍지 않고 방치한 은행 난알이 행인들의 발아래 무참히 으스러지고 뭉개지면서 엉망진창이 되었다.

채취하는 과정에도 인간의 얄팍한 계산이 깔린 차별이 있었으니 서글프지 않은가. 주변 나무들이 잎사귀와 열매를 죄다 떨어뜨린 채 눈바람을 견디고 있는 가운데 옹기종기 잔뜩 쪼그라든 은행을 무수히 달고 서 있는 나무가 있다. 가까이 다가가 살펴보니 작은 은행 알이 오밀조밀 빽빽하게 매달렸다. 상품 가치가 없어 손대지 않고 그냥 내버려 둔 것들이다.

은행은 자웅이주(雌雄異株)이다. 암수 각각 꽃을 피워 바람에 의한 가루받이로 열매를 맺는다. 허우대는 멀쩡하지만 실속 없는 수나무가 있고 가지가 휘어지게 촘촘히 열매를 달아 힘겨워하는 암나무가 있다. 비록 역할이 분리되어 있지만 종족번식을 위한 책임을 암나무에게 몽땅 떠맡기고 나 몰라라 시치미를 떼고 있는 수나무의 속이 과연 편할는지 모르겠다.

은행나무의 원산지는 중국으로 알려져 있다. 색깔과 성분은 다르지만 모양이 살구를 닮았고 씨앗이 은빛이라 하여 은 은(銀)자와 살구 행(杏)자를 택하여 은행이라 부르게 되었다 한다. 늦가을 대로변에 길게 줄지어 서서 강렬하고 짙은 노란색 단풍으로 주위를 압도한다. 샛노란 잎은 잡티가 없고 깨끗하며 아주 정갈하고 깔끔하여 우아한 멋을 한껏 자랑한다.

매끈한 나무 등걸에 성장하면서 균열이 생긴다. 얇은 잎사귀에는 잎맥이 부챗살처럼 정연하게 펼쳐진다. 꽃은 잎과 함께 돋으며 이십 년 정도 자라면 열매를 맺기 시작한다. 구슬 크기의 은행이 익으면 아주 고약한 냄새를 풍긴다. 그러나 이 몹쓸 악취가 동물이나 곤충으로부터 스스로를 보호하고 널리 종족을 퍼뜨리고자 하는 장치라니 참으로 놀랍지 않은가.

은행나무는 불에 잘 타지 않고 병충해를 잘 견디며 수명이 길어 마을 입구 정자나무나 풍치목, 가로수 등으로 많이 심었고 가구, 바둑판, 밥상의 재료로도 널리 활용되었다. 은행은 맛과 향이 뛰어나고 영양이 풍부하여 각종 음식의 재료나 술안주로 각광받는다. 한방에서도 은행은 해소, 천식 등의 치료재로 널리 쓰이며 원기를 돋우는 약재로 긴요하게 사용된다.

세상사 모든 일이 양면성이 있듯 은행에도 좋은 성분만 있는 것은 아니다. 독성이 강한 성분을 지니고 있어 구토 등 부작용을 일으킬 수도 있다하니 유념할 일이다. 특이 체질을 가진 사람은 은행나무 근처에만 가도알레르기 반응을 일으킨다고 한다. 어렸을 적에 할머니께서는 은행은 옻과 같아 위험하니 가까이 다가가지 말라고 누누이 당부하시곤 했다.

자고로 학문하는 선비들은 은행나무를 각별히 여겼다. 이는 공자가 은행나무 아래 단에서 제자를 가르치고 후진 양성에 힘썼던 전통과 관련이있다. 서원이나 향교에 은행나무를 많이 심었던 것도 그와 같은 취지에서였다. 오늘날 여러 학교에서 은행을 교목(校木)으로 정해 학생들의 정신교육을 위한 구심점으로 삼는 있는 것도 같은 맥락에서 출발했다.

얼마 전 아내가 눈이 부시게 하얀 은행을 얼추 두 되 가까이 들고 왔다. 자주 다니는 산사에서 얻은 선물이라 했다. 마음씨 넉넉한 주지스님이 미리 따 놓았다가 신도들에게 보시(布施)한 것이었다. 불교의 기본 철학이 자비를 통한 중생구제라 했으니 무슨 말을 더 보태랴. 검은 콩과 함께 밥그릇 속 군데군데 숨어있는 은행을 찾아내어 씹는 재미가 쏠쏠하다.

2012년 12월

할아버지잖아!

엄마가 내 바로 옆 빈자리에 앉으라고 다그쳐도 아이는 고개를 저었다. 화를 내며 냉큼 앉으라고 재촉했지만 허사였다. 세 번째 강권에 아이 얼굴색이 어두워지면서 항의했다. '할아버지잖아!' 엄마에게 대들며 뱉은 말이었다. 별 관심 없이 그들의 실랑이를 들으며 사태의 추이를 지켜보고 있다가 가슴이 철렁 내려앉았다. 흰 머리카락이 밀고 올라오긴 했지만 그래도 염색도 하고 나이를 숨기겠다고 내 딴엔 노력하지 않았던가. 벌레를 씹은 심정이었다.

마침내 앉긴 했지만 마음이 편하지 못한 듯 내 쪽으로는 눈길 한 번 주지 않았다. 옆에 서 있는 엄마를 쳐다보면서 뭔가 끊임없이 불평을 늘어놓고 있었다. 이제 와서 그들 사이를 비집고 들어가 중재를 시도할 기분도 아니거니와 마음의 여유도 없어 눈을 감은 채 듣고만 있었다. 슬그머니 화가 났다. 어디를 봐서 내가 할아버지란 말인가. 삼십 넘긴 아들 녀석이 둘 있지만 아직 장가를 보내지 못했으니 명명백백 아저씨이지 아버지는 결단코 아니다.

이 세상 사람들 가운데 자기가 먹은 나이를 그대로 인정하며 수긍하는 사람이 과연 몇이나 될까. 비록 팔순을 넘겼다고 해도 마음은 삼십대에 머물 수 있다. 일부러 부정하고자 해서 그런 것은 아니지만 사정없이 흘러가는 무심한 세월을 향한 반항이요, 야속한 세상인심에 대한 원망일 수 있다. '나이는 자기 혼자 먹는 줄 알고 남의 자식은 자라지 않는 줄 안다'는 말도 결국 살 같이 흐르는 세월에 대한 정면 도전이요 가당치 않는 오기가 아닐까 싶다.

아이 엄마는 연신 내 기색을 살피면서 안절부절못하고 있었다. 그도 그럴 것이 이 녀석은 잠시도 엉덩이를 대고 자리에 얌전히 앉아 있지 못했다. 무슨 불만이 그렇게도 많은지 계속 떼를 쓰고 갖은 앙탈을 다 부렸다. 신발 신은 채로 좌석에 올라서서 뛰기도 하고 쥐고 있던 과자봉지를 쏟아 부스러기가 내 쪽으로 튀어오기도 했다. 지나치다 싶을 땐 경고성 눈길을 던지기도 했지만 전혀 통하지 않았고 오히려 내 채면만 구길 뿐 아무런 효력이 없었다.

그러다가 결정적인 사태가 터지고야 말았다. 녀석이 자리에서 일어나 뛰다가 균형을 잃고 넘어지면서 내 옷자락을 밟았다. 바로 전날 갈아입은 정장이었다. 순간 엄마의 얼굴이 흙빛으로 변했다. 아이의 천방지축에 조마조마하던 터였다. 나와 눈이 마주치자 고개를 푹 숙이면서 몇 번이고 사과하며 어쩔 줄 몰라 했다. 이미 엎질러진 물을 어찌하겠는가. 그냥 잠자코 참고 견디는 수밖에 없었다. 급기야 엄마가 아이의 손복을 삽고 의자에서 끌어내렸다.

다행히도 민망한 광경은 오래 지속되지 않았다. 얼마 가지 않아서 그들이 내렸기 때문이었다. 소란스럽던 차내가 갑자기 조용해지니 오히려 이상한 기분이 들었다. 그때까지 참으며 견디던 승객들의 얼굴에 화색이 돌았다. 곁에서 아이의 행동을 잠자코 지켜보고 있던 중년 신사가 혀를 껄껄 차더니 좌석 위를 쓸어내린 후 조심스럽게 앉았다. 버스는 아무 일 없었다는 듯 정해진 노선을 따라 부지런히 달렸고 무심한 승객들은 계속해서 내리고 또 탔다.

흐르는 세월과 함께 나이가 들지만 그기에 맞게 마음도 함께 늙어가지 않는다. 어느 덧 육십을 넘겼지만 스스로 늙었다고 생각한 적이 별로 없다. 옛날 같으면 곰방대 허리춤에 꽂고 동네 골목을 거닐면서 어른 행세를 할 나이지만 이젠 사정이 달라졌다. 평균수명이 늘어남에 따라 인생 육십을 어린애 돌 만큼도 중요하게 여기지 않는다. 누구네 집 손자 돌잔치 한다는 말은 자주 들을 수 있어도 아무개 회갑 잔치한다는 소리 듣기가 영 어렵게 되었다.

오랜만에 옛 친구를 만나면 변한 모습에 크게 실망한다. 무심한 세월의 흔적이 주름살로 남은 그를 보며 인생무상을 절감한다. 서먹서먹한 기분에 간단한 안부밖에 달리 주고받을 말이 없어 아주 어색해진다. 헤어져 돌아서면서 문득 그가 내 자화상임을 깨닫는다. 그에게 향하던 연민의 정도 결국 내게로 향하게 된다. 오늘 소동을 피웠던 그 아이에게 당부하고 싶다. 나이는 숫자에 불과하다 했으니 겉모양만 보고 할아버지라고 부르지 말아 달라고.

2012년 11월

이젠 내가 갚을 때

천방지축 사내아이 이백 명
청순 발랄한 여자 아이 이백 명
내일 모레 큰 시련 만나게 되었구나
길게 보아 십이 년, 짧게 삼 년
오직 이 날만 보고 달려온 너희들
묵묵히 꿋꿋하게 견뎌주어 고맙다

선생님, 부모님, 선배, 후배들의 바람을
하늘인들 어찌 외면할 수가 있을까
땅도 차마 못 본 채 하지 않으리라
날아다니는 새들도 숨을 죽였고
달리는 자동차도 소리를 낮추었다
오직 너희들을 위하는 일념으로

석 달 전 내가 학교를 떠나던 날
학생 대표가 내민 3분짜리 CD 한 장
삼학년 모두와 선생님들의 합작품
내 작은 정성, 부족한 땀방울에 비해

너무나 과분한 선물이라 목이 메었다
참으로 놀랍고 가슴 벅찬 충격이었다

무더운 여름, 없는 시간 쪼개고
머리 맞대고 온갖 지혜 짜내어
잇고, 붙이고, 자르고, 다듬었다
갸륵한 정성 한데 모은 선물
가슴 떨려 말문 막혀버렸으니
따뜻한 마음 영원히 잊지 않으리라

사무실 컴퓨터 즐겨찾기에 올려두고
허둥지둥 이리저리 헤매다 돌아오면
잠깐씩 띄워 보며 안식을 찾고 있다
두고 온 운암가족, 잊을 수 없는 얼굴들
이 세상 그 무엇과도 바꿀 수 없는
더없이 소중한 자산이요, 고귀한 보배다

이제, 내가 너희에게 갚아야 할 차례
너희 일생이 걸린 아주 중요한 날에
몸과 마음 그대들 곁으로 달려갈 것이다
운암의 천 이백 건아들아
하늘같은 축복, 끝없는 행운
밝은 눈, 맑은 머리, 또렷한 귀

그동안 갈고 닦은 탄탄한 내공
유감없이 죄다 쏟아낼 수 있도록
굽어 살피소서!
큰 힘 내려주소서!
그들 곁 지켜주소서!
간절한 염원 거두어주소서!

2012년 11월

이상한 이별

아무리 생각해봐도 연인일 수 없었다. 40대 후반으로 보이는 여인과 20대 초반이 확실한 청년이 아닌가. 그런데 주고받는 눈빛은 각별한 연인 사이의 바로 그것이었다. 멀리 동쪽 야산 위로 반 동강난 달이 떠 있는 초가을 저녁이었다. 행인의 발길이 드문 한적한 외곽 승강장에서 버스를 기다리고 있던 중 다정하게 손잡은 그들이 나타나면서 정적이 깨졌다. 처음부터 청년은 주위 시선 따위에는 아랑곳하지 않았다. 죄 없는 휴대전화에다 대고 속사포 같이 험한 말을 마구 퍼부어댔다. 아마 저쪽 친구와 뭔가 의견이 맞지 않았던 모양이었다.

장시간 아무 대책 없이 욕설 범벅인 장광설을 꼼짝없이 들으며 참고 견디려니 그 고역이 여간 아니었다. 청년과 함께 나온 중년 여인은 사연을 잘 알고 있는 눈치였다. 가끔 '전에는 안 그랬잖아. 단단히 쐐기를 박아둬야지. 원래 그런 애가 아니었잖아.' 등등 사이사이에 맞장구를 치는 것으로 봐서 대화의 흐름도 어느 정도 따라가고 있는 듯 했다. 영문도 모르고 지독한 소음공해에 갇혀 속수무책으로 당하고 있는 내 처지만 딱할 뿐이었다. 버스나 지하철 등 좁은 공간에서의 막무가내 통화보다는 견디기 수월했지만 괴롭기는 마찬가지였다.

기다리는 것은 언제나 더디게 오기 마련이다. 버스 여러 대가 지나갔지만 내가 타야할 차는 좀처럼 나타나지 않았다. 청년의 통화가 10분 가까이 계속되는 동안 두 사람은 여전히 손을 꼭 잡은 상태였다. 여인은 가끔 청년의 전화기에 귀를 바짝 갖다 대고 상대편의 말에 관심을 보이며 엿듣기도 했다. 갑자기 청년이 바빠졌다. 기다리던 버스가 도착한 것이다. 전화를 끊지 않은 상태로 여인의 손을 놓고 황급히 버스에 뛰어 올라가 버렸다. 혼자 남은 여인이 문이 닫히고 있는 버스를 향해 "아들, 잘 가!" 하고 외쳤다. 그제야 모든 궁금증이 풀렸다.

세상이 달라지고 사고방식이 변했다고는 하지만 모자간의 언동으로는 지나친 감이 있었다. 감쪽같이 속았으니 그들의 언행이 심하게 상식을 벗어났던 것은 분명하다. 모자가 격의 없이 친근하게 지내는 것이야 무슨 흠이 되겠냐만, 그래도 기본적으로 지켜야 할 법도는 있을 터이다. 남의 눈을 의식하지 않는 지나친 파격이 주위 사람들을 불편하게 만들 수 있다. 급속한 사회 변화로 인해 전통적 윤리관이 붕괴되고 미풍양속이 사라지면서 가족관계 마저 왜곡되고 있다. 급기야 친구와 어머니를 구별하지 못하는 지경에 왔으니 통탄할 일이 아닌가.

친구와의 통화가 아무리 절실해도 어머니와의 작별인데 어느 정도 격식을 갖추고 최소한의 예의를 차렸어야 했다. 상대편의 말을 듣지 못했으니 속단할 처지는 아니지만 그가 쏟아냈던 말로 판단하건데, 배웅하러 나온 어머니를 완전 무시하고 통화를 계속해야 할 만큼 긴박한 내용은 아닌 듯했다. 승강장까지 따라 나와 대화 한 마디 못하고 아들을 떠나보낸 어머니도 딱하기는 마찬가지였다. 휴대폰을 귀에 댄 채 뒤도 돌아보지 않고 버스에 오르는 아이에 대해 서운하다거나 아쉽다는 표정 없이 담담하게 돌아섰으니 그 또한 희한하지 않는가.

아들과 어머니 둘 다 그런 식의 이상한 이별에 익숙한 듯했다. 손을 흔든다든가 버스가 멀리 사라질 때까지 간절한 눈으로 쳐다본다든가 하는 애절함도 없었다. 지극히 사무적인 네 음절의 짧은 문장으로 모든 상황을 간단하게 정리했다. 그렇게 침착하고 냉정하게 아들을 보낼 수 있다는 것이 신통할 뿐이었다. 인간관계에 있어 호칭이나 역할문제로 혼란이 야기된 것이 어제오늘 시작된 일은 아니다. 한 치 앞을 예측할 수 없는 급속한 변화의 시대에 가족이란 과연 무슨 의미인가. 가족 구성원 상호 간의 관계는 어떻게 정립되어야 할 것인가.

엄격한 규범과 관습에 의해 통제되고 유지되던 전통사회가 무너지고 그 근본마저 흔들리고 있다. 엄청난 변화의 소용돌이 한가운데 서 있는 가정 또한 온전하기 어렵다. 사회가 바로 서고 가정이 역할을 다 하기 위해서는 저변을 이루고 있는 기본 골격이 제대로 기능을 해야 한다. 질서가 무너진 사회가 온전하기 어렵고 기강이 허물어진 가정이 본연의 역할을 할 수 없다. 어머니는 어머니다워야 하고 아들은 아들다워야 온당한 가정을 이룰 수 있다. 곧 이어 도착한 버스에 오른 후에도 그들 생각으로 초가을 저녁 한때 부질없는 혼란에 빠졌다.

2012년 10월

뜻밖의 조우(遭遇)

햇살 설핏한 저녁나절
저 만치 앞쪽 아주 낯익은 여인
화장기 없는 얼굴, 수더분한 차림새
왼 쪽 어깨엔 누런 무명 망태기
오른 손에는 까만 비닐봉지 둘
생활의 무게 대롱대롱 매달렸다

볼기짝 불쑥 불거져 나온 사과
멀리서도 그 윤곽 뚜렷하고
다소곳한 연두색 오이 세 개
까칠한 머리 삐죽이 내밀었다
대로변 좌판 고향 할머니 단골상품
손때 묻은 청양고추 가벼워서 좋다
껍질 채 담은 옥수수 속절없이 무거워
버릴 게 많을 테니 설거지가 걱정이다

오늘 장보기는 오징어로 끝낼 모양
항상 그 자리 북문 옆 남청색 화물차
밀짚모자 아저씨 손놀림이 빨라졌다
물 좋은 놈이라 에누리 없다지만
부르는 대로 주기는 어쩐지 억울하다
반가운 속내 감추고 가만가만 다가가니
눈치 빠른 아저씨 갑자기 목청 돋운다
사장님도 오시고 해서 잘 해드리는 겁니다

물오징어 덕분에 짐 하나 더 늘었지만
난데없이 나타난 참 익숙한 남자 보더니
얼굴빛 환해지며 멋쩍게 씩 웃는다
축 늘어진 오징어 봉지 잽싸게 받아들고
어깨에 걸린 망태기 슬쩍 낚아챘다

짧은 거리 뜻밖의 데이트 무척 아쉽다

2012년 9월

두고 온 아이들

잠시 한 눈 파는 사이에 덩치 큰 아이가 시야를 가로막고 떡하니 버티고 섰다. 눈을 들어 쳐다 보니 낯익은 얼굴이다. 덩치에 어울리지 않게 부끄럼 많고 순박한 아이다. 지난달까지 근무하던 학교의 학생이다. 친구 20여 명과 함께 밤길걷기대회에 나왔다고 했다. 사람의 감정이란 참으로 묘한 데가 있다. 불과 열흘 사이지만 학교를 떠나 새 환경에 적응하느라 허둥대고 있다가 의외의 장소에서 낯익은 아이의 얼굴을 대하니 혈육을 만남 듯 반가웠다.

손을 덥석 잡고 흔들었다. 학교소식과 부모님 안부를 물었다. 아이 눈에 가는 이슬이 맺히는 모습을 보는 순간 가슴 밑바닥에서 무언가 뜨거운 기운이 솟구쳐 올라왔다. 멀리서 날 알아보고 달려왔단다. 주위 시선에 아랑곳하지 않고 찾아와 인사하니 참으로 고맙다. 하루 몇 번이고 마주칠 때마다 스스럼없이 인사를 건네던 아이였다. 이제 책을 가까이 하기에 좋은 계절이 왔으니 부지런히 공부하여 큰 꿈을 이루라고 당무하면서 어깨를 토닥여주었다.

뜻밖의 인사로 갑자기 학교를 떠나던 날 교장실에는 온종일 선생님과 학생, 학부모의 발길이 끊어지지 않았다. 2년 반 동안 쏟은 작은 정성과 흘린 땀에 비해 너무나도 과분한 대접이었다. 둘씩 셋씩 몰려와 사진 찍는 아이들, 예쁘게 접은 쪽지를 건네주며 눈물을 글썽이는 아이, 문틈으로 고개를 내밀고 "교장선생님, 안 가시면 안 돼요?"라며 목이 메는 아이 등등. 이 가슴 벅찬 감동을 무엇에 비길 수 있을까! 한 아이가 두고 간 편지를 보자.

안녕하세요. 교장선생님,

저는 운암고등학교 3학년 평범한 학생입니다. 부족한 글이지만 정성스레 읽어주세요.

선생님께서 떠나신다는 말을 듣고 얼마나 당황했는지 모르시지요? 아, 교장선생님께 쓰는 편지는 이번이 처음이라서 어떻게 해야 할지를 모르겠어요. 두서없고 서툴러도 예쁘게 봐주세요.

제 인생에서 교장선생님 같은 멋진 분을 만나게 된 것은 엄청난 행운이라고 생각합니다. 말씀하시는 한 마디 한 마디가 정말 학생들을 위하시는 말씀이시고 저희들이 공부만 하는 것이 아니라, 세상을 살아가며 가져야 할 지혜들을 저희에게 전해 주시는 가르침입니다. 그 중 대표적인 것이 바로 젓가락질이 아닐까요? 점심식사 시간 때마다 학생들과 함께 밥을 드시고 젓가락질을 가르쳐주시는 모습은 잊지 못할 것입니다. 제가 '선생님, 저는 젓가락질 잘하죠?'라고 하니, '그래, 넌 잘 하네.'라고 하셨죠. 교장선생님은 기억을 못 하시겠지만요.

또 교장선생님 하면 떠오르는 네잎클로버! 저는 아쉽게도 받지 못했어요. 젓가락질 가르쳐주신 것, 네잎클로버 모두 교장선생님의 사랑인데 이제 그 사랑을 느끼지 못한다니 정말 슬퍼요. 하지만 승진 정말 축하드립니다. 교장선생님께 정말 잘 어울리는 자리 같아요. 그 곳에 가서도 운암고등학교 꼭 기억해 주세요.

시간이 흘러 제가 할머니가 되어도 교장선생님을 잊지 못할 거예요. 그만큼 좋은 분이시고 존경받아 마땅한 분이니까요. 그동안 운암고등학교의 장이 되어주셔서 감사합니다. 잊지 못할 것입니다. 선생님이 운암고의 교장이셨던 2년 반의 시간이 운암의 전성기였을 것입니다. 운암의 학생인 것을 자랑스럽게 만들어주셔서 감사합니다. 사랑합니다.

2012년 8월 30일
운암고등학교 3학년 이○○ 올림

교사는 무엇으로 사는가? 교사의 처신은 어떠해야 하는가? 평생 동안 따라다니는 '선생님!'이라는 호칭 뒤에 숨어있는 엄청난 무게와 막중한 의미를 가늠하기 어렵다. 지금이라도 당장 까마득한 옛적 제자가 전화를 걸어 와 "선생님!"이라고 부르면 온몸이 얼어붙고 바짝 긴장하게 된다. 엄벙덤벙 초보 교사시절 의욕이 앞서고 열정은 넘쳤지만 부족하고 세련되지 못해 저지른 실수가 수십 년 세월이 흐른 지금 부메랑이 되어 되돌아올 수 있기 때문이다.

학교를 떠나던 날 정신이 없었다. 며칠 전부터 주변 정리를 하고 단단히 마음의 준비를 했지만 모두가 허사였다. 사람은 누구나 한곳에 영원히 머물 수 없다는 것을 잘 알면서도 막상 때가 되니 회한과 반성뿐이었다. 마지막으로 교장실 문을 나서는 순간, 2학년 10반 아이들이 방 앞을 지키고 있다가 자신들이 쓴 글을 촘촘히 붙인 종이 두 장을 건네주었다. 늘 자신을 돌아보고 나사가 풀릴 때 스스로 다잡고자 그 값진 선물을 집무실 벽에 걸어두었다.

2012년 9월

네잎클로버 교환권

상당한 시간이 흘렀는데도 한 아이가 네잎클로버를 찾아가지 않고 있다. 1학기를 마무리하고 여름방학에 들어가는 날 전교생을 대상으로 한 훈화에서도 언급한 바 있지만 아직 소식이 없다. 한 주 동안 모 대학에서 실시한 영남지역연수에 참가하느라 학교를 비웠으니 그때 찾아왔을 수도 있다. 내일 수업이 시작되니 찾으러 올 것인지 두고 볼 일이다. 3학년 여학생이라는 것은 확실히 알고 있지만 눈썰미가 없어서 자세히 기억을 못하니 탈이다.

3월부터 점심이나 저녁시간에 식사할 때 아이들 틈에 끼어 서서 배식을 받고 그들과 함께 식사를 한다. 교실 수업이 없어 아이들과 직접 얼굴을 마주하고 대화를 나눌 기회가 별로 없다. 간혹 전체 모임이나 체육시간, 기타 반별 수업시간에 아이들을 만나는 때가 있긴 하지만 아주 드물다. 청소시간이나 점심 혹은 저녁식사 후에 교정 여기저기에 흩어져 휴식을 취하거나 끼리끼리 담소를 나누는 아이들 틈에 끼려고 노력도 해 보지만 신통치 못하다.

그래서 6월부터 택한 것이 네잎클로버 교환권이다. 식사시간에 식당에서 마주하여 밥을 먹은 아이에게 네잎클로버 교환권을 한 장 준다. 받은 아이는 소속과 이름, 날짜를 기입하여 지정된 시간에 교장실로 와서 네잎클로버로 교환해가면 된다. 두 가지 조건이 있다. 반드시 교장과 마주앉아 식사를 해야 하며 식사 중 적어도 한 마디 이상 대화를 나누어야 한다. 시무룩하게 앉아서 눈을 내리깔고 밥만 먹고 일어선 아이한테는 교환권을 지급하지 않는다.

아이가 정해진 시간에 교장실에 나타나도 바로 네잎클로버를 내주지 않는다. 간단한 대화를 계속한다. 학교생활에 대한 의문이나 애로사항은 물론이고 건의하고 싶은 것, 혹은 진로에 대한 계획이나 개인적 고민 등 무엇이든지 다 수용한다. 짧은 시간이지만 식당에서 이미 얼굴을 익힌 터라 기탄없이 속에 있는 이야기를 털어놓는다. 다른 사람이 곁에 없으니 무슨 이야기를 해도 비밀이 보장된다. 까다로운 민원성 제안도 얼마든지 화재가 될 수 있다.

아이들 이야기에 귀를 기울이다보면 마음속으로 깜짝깜짝 놀라는 수가 있다. '아차! 저런 일도 있었구나. 내 생각이 미처 거기까지 미치지 못했구나.' 하는 생각이 들 때도 많다. 천방지축 철없는 아이들 같지만 어떨 때는 산전수전 다 겪은 속이 꽉 찬 늙은이 같아 무서울 때가 있다. 발상이 우리들 구세대처럼 고리타분하지 않고 기발하며 신선하고 진취적인 아이들도 많다. '어린 너희들이 알면 얼마나 알겠느냐.'라는 생각부터 버리고 마음을 열어야 한다.

한동안 학교를 비웠더니 쌓인 일거리가 산더미다. 온종일 컴퓨터 앞에서 수도 없이 클릭 또 클릭이다. 눈 돌릴 틈이 없다. 폭주하는 업무로 인해 담당자를 불러 일일이 내용을 확인하기가 쉽지 않다. 전자결재체제에서는 더욱 그렇다. 중요한 사안에 대해서는 사전에 안을 가지고 와서 충분한 검토를 거치는 것이 상식이다. 서로 얼굴을 마주하기가 쉽지 않으니 이를 때 인간적인 대화도 나누고 준비된 네잎클로버도 한 잎 건네주며 격려해준다.

교장이 하는 역할이 참으로 많다. 학교의 최고경영자로서 학생들을 교육하고 교직원들의 지도하며 학교의 재산과 시설을 원만하게 관리하여 제반 교육활동이 순조롭게 이루어지도록 할 책임과 권한이 주어져 있다. 시대가 급격하게 변하고 사회 전반적으로 사고방식이 달라짐에 따라 교장의 역할도 많이 달라지고 있다. 그러나 사람을 사람답게 만드는 교육의 본질이 달라질 수는 없는 일이다. 따라서 격동하는 환경 속에서도 교육은 항상 의연함을 잃지 말아야 한다.

1,200여 명의 학생과 90여 명의 교직원들이 한 마음으로 앞만 보고 달려왔다. 그간 눈에 보이는 발전도 많았지만 교육의 특성상 드러나지 않는 변화도 있었으리라. 교육활동의 바탕에는 소통과 대화를 통한 감동이 깔려있어야 한다. 솔선수범이야 말로 최고의 교육임은 이론의 여지가 없으니 내가 먼저 실천하고자 노력하는 수밖에 없다. 수많은 아이들에게 네잎클로버를 나누어주면서 세상에 공짜는 없으니 열심히 노력하여 스스로 행운을 만들라고 당부해왔었다.

2012년 8월

사선영어학습법(四善英語學習法)

　英語를研究함에對하야무엇보다四種의能力을養成함이必要하다(一)
눈으로善히見하며(二)귀로善히聽하며(三)입으로善히言하며(四)손으로
善히書하여야한다그런즉吾人이以上에陳述한바를遵守하야硏究할진댄
完全한英語의智識을得할수잇나니此를活用하야成功하고成功치못함은
담언諸君의誠不誠에잇슬것이다

-甲子仲夏 晩園 李奎洪 識

　작년 어느 골동품바자회에서 귀한 책 한 권을 얻었다. 모임을 주최한
분이 소매를 끌고 가더니 빛바랜 책 한 권을 쥐어 주면서, "이 책은 꼭 최
선생님께 가야 할 것 같습니다."라고 말씀하셨다. 평소 존경해 마지않는
분이 권하는 책이라 아무 말 하지 않고 선뜻 책값을 지불하고 가져왔다.
윗글은 본 책자 緖言(서언)의 끝 부분이다. '甲子仲夏(갑자중하)'라 했으니
1924년에 해당된다. 판권 페이지를 통해 이 책은 1945년에 나온 재판임을
확인할 수 있다.

　『English Lessons Self Taught: 無先生 速修 英語自通』이라는 제목부
터 아주 흥미롭다. 90년 전에 쓴 책이라 영어보다 오히려 한글 해독하기

가 훨씬 더 어렵다. 오늘날의 맞춤법과 사뭇 다르고 띄어쓰기가 되지 않았으니 애를 먹을 수밖에 없다. 어떤 때는 영어를 보고 거꾸로 한글 해설을 해독해야 할 판이다. 윗글에서 보듯 어투도 문어체로 되어있어 딱딱하고 무겁다. 그러나 전반적인 흐름이 독자를 공경하고 점잖게 대하는 멋과 은근한 정이 담겼다.

독립선언서 투의 서언에서 저자는 영어와 국어의 차이점을 지적하고 젊은이가 드넓은 세계로 진출하기 위해서 어렵더라도 영어 학습에 매진해야 한다고 강조한다. 기본도 갖추지 못한 사람이 성급하게 단시간에 영어를 습득하고자 하는 폐단이 있음을 지적하면서 단계적으로 차근차근 영어 공부에 임하라고 당부한다. 하지만 이와 같은 주장은 본 책자에 저자 스스로 붙인 부제 '速修(속수)'라는 말과 서로 상충되는 바라 앞뒤가 맞지 않는 점이다.

예나 지금이나 영어 때문에 골치를 앓는 것은 다름이 없는 것 같다. 수많은 학습서가 쏟아져 나오고 서점마다 넘쳐나는 것이 영어 학습을 위한 교재요, 자료다. 결국 영어 공부의 승패는 학습자가 눈과 입과 귀와 손을 동원하여 얼마나 부지런히 듣고 쓰고 읽고 외우느냐에 달렸다. 그 외에 달리 뾰족한 방법이 없음을 90년 전에 이미 강조하였으니 놀랍지 않은가. 무릇 공부에는 비결이 있을 수 없고 흘린 땀과 쏟은 노력에 대한 보상만이 있을 뿐이다.

어디 한 번 생각해 보자. 공부에 왕도가 있었다면 누가 공부 때문에 끙끙거리고 있겠는가. 모두 그 왕도를 쫓아 쉽게 익히고 능률적으로 공부하고 익히면 될 일이 아니겠는가. 수많은 비법이 소개되어 사람들을 현혹하고 판단을 흐리게 하고 있지만, 이거다 할 만큼 눈에 확 들어오는 지름길이 나타난 바가 있는지 의문이다. 그냥 마음을 비운 채 열심히 매달리고 성실하게 매진하면 자신에게 맞는 학습법을 찾게 되어 공부가 한층 더 쉬워지게 될 뿐이다.

세상사 모든 일은 지극히 간단한 원리에서 출발한다. 저자가 주장한 四善學習法(사선학습법) 역시 간단해 보이지만 실천하기 쉽지 않다. 현장교사 시절 입버릇처럼 강조하던 바였다. 많이 읽고, 많이 듣고, 많이 쓰고, 많이 외우라고 귀에 못이 박히도록 당부했다. 아쉽게도 이 당연한 원리를 진심으로 받아들이고 온몸으로 실천하는 아이들은 드물었다. 솔선수범이 최고의 교육임을 알면서도 스스로 철저하게 실천하지 못했으니 민망하고 답답한 일이다.

이젠 교단에서 직접 수업을 하지 않으니 영어에 대한 절박함이 예전 같지 않다. 하지만 뜻밖의 상황에서 복병을 만나는 수가 있다. 영악한 아이들이 교장의 전공과목이 영어라는 것을 용케 알아내고 영어학습법에 대해 묻는다. 수십 년 영어와 함께 살아온 사람으로서 일관되게 들려주는 대답이 있다. 조급증 내지 말고 자신의 수준에 맞은 교재를 택해서 꾸준히 읽고 쓰고 외우고 말하라고 말한다. 지극히 원론적인 이 법칙 말고는 달리 보낼 말이 없다.

2012년 8월

과거, 현재, 그리고 미래

37도를 오락가락하는 살인적인 더위도 아랑곳하지 않았다. 신라 왕릉의 전형이라는 원성왕릉을 찾았다. 가만히 서 있기만 해도 등줄기에 땀이 흐르는 염천에 마음씨 좋아 보이는 해설사는 이마에 흐르는 땀을 연신 훔치면서 해박한 지식으로 속사포처럼 거침없이 해설을 이어나갔다. 능원 초입에 지키고 서서 주인을 호위하고 있는 네 마리 석사자의 익살스러운 모습에서부터 무덤 속 주인공에 대한 이야기에 이르기까지 구수하게 술술 잘도 풀어냈다.

영남대 박물관에서 대구시내 중등학교 교사들을 대상으로 개설한 영남지역 문화에 대한 연수의 마무리였다. 닷새 동안 실시된 본 연수에 참여할 수 있는 기회를 얻은 것은 대단한 행운이었다. 시내에서 통근 거리가 먼 것이 유일한 흠이었다. 푹푹 찌는 날씨였지만 박물관 내부는 활동하기 좋을 만큼 쾌적한 온도를 유지하고 있었다. 양호한 시설의 널찍한 강당에 30명도 안 되는 수강생들이 자유롭게 흩어져 앉아 강의에 몰두하고 있어 더욱 좋았다.

강의 시작 전이나 휴식시간 혹은 점심시간 틈날 때마다 전시실에 들어가 자료를 관람할 수 있었던 것도 특별한 행운이었다. 학술발표회 참석

등 이런저런 일로 영남대를 종종 찾기는 했지만, 이렇게 장기간에 걸쳐 한곳에서 연수를 받기는 처음이었다. 연수 첫날 박물관 현관에 서 있는 광개토대왕비 모형을 대하는 순간 숨이 막혔다. 실물크기의 돌에 입힌 탁본을 읽으면서 지난 날 광활한 만주지역에 세력을 떨쳤던 고구려인들의 기상을 그려 보았다.

연수에 참여하게 된 것은 주제가 지금 현재 살고 있는 우리 고장에 대한 역사와 전통, 문화와 지리, 사회상 등 피부에 바로 와 닿는 것들이어서 바짝 구미가 당겼기 때문이었다. 연수가 진행될수록 참가하기를 정말 잘 했다는 생각을 굳히게 되었다. 오늘은 어제의 바탕 위에 존재한다. 설사 마음에 들지 않아 부정하고 싶은 과거라 할지라도 오늘의 근본이니 어쩔 도리가 없다. 어제를 잘 살핌으로써 오늘을 제대로 알고 다가올 내일에 대비할 수 있다.

얼핏 어설프고 답답해 보이기는 하지만 의·식·주 모든 면에서 우리 조상들의 지혜가 번뜩인다. 그분들의 혜안 앞에 무릎을 쳤다. 오늘날 누리고 있는 첨단문명의 혜택이 아무 근거 없이 하루아침에 불쑥 생겨난 것들이 아니다. 수천 년을 이어져 내려온 우리 조상들의 슬기와 지혜가 축적된 결과인 것이다. 주어진 자연환경을 마음 내키는 대로 훼손하지 않는 가운데 적절하게 활용하고 적응함으로서 스스로 그 속에 동화되어 조화롭게 살았던 것이다.

현대 상식으로 이해가 어려운 부분도 있었지만 당대의 생활상이나 사회 저변을 흐르던 기본사상을 이해하면 충분히 납득이 갈만한 것들이었다. 절대군주가 통치하던 왕조시대의 대표적인 건축이라 할 만한 왕릉을 보자. 우리 같은 범인이 보아도 입이 딱 벌어질 만한 명당에 어마어마한 크기로 조성되어 수천 년을 견디어 왔으니 어찌 놀랍지 않은가. 부족한 기술과 자재 등 어려운 여건 속에서 대규모 인력을 동원한 토목공사가 어찌 순조로웠겠는가.

절대군주의 권위 앞에 찍소리 한 번 내지 못하고 어렵고 힘든 노역에 동원되어 묵묵히 일만 하다가 사라져간 사람들을 기억하자. 아침나절 풀잎 위의 이슬보다 못한 존재로 대접받았지만 그들 덕분에 역사는 오늘까지 명맥을 이어왔고 사회는 발전을 거듭해 온 것임을 잊지 말아야 한다. 궁궐, 왕릉, 서원, 사찰, 향교 등 곳곳에 산재한 이름난 건축물에 대한 이야기를 들을 때마다 그 뒤에 숨어있는 민초들의 피와 땀을 어찌 생각하지 않을 수 있겠는가.

한 번 지나간 시계바늘을 되돌릴 수 없듯 역사에는 가정이 없다. 그러면 역사는 왜 배우는가. 온고지신(溫故知新), 바로 그것이다. 선인들의 발자취를 잘 살펴봄으로써 오늘을 사는 지혜를 얻을 수 있고 나아가 내일에 대비할 수 있는 힘을 얻을 수 있기 때문이다. 참을성 없고 내키는 대로 마구 행동하는 아이들, 요량 없이 설쳐대고 생각 없이 움직이는 우리 아이들에게 역사가 주는 준엄한 교훈을 깨닫게 하여 미래를 슬기롭게 빚도록 가르쳐야겠다.

2012년 7월

독도에서 대구에서

대구시교육청 주관 고등학생 울릉도독도현장체험단의 일원으로 사흘 간 동 행사에 참가하고 돌아온 김기범 군이 귀환보고를 하러 왔다갔다. 아래 글은 일정 중 독도에서의 행사를 마치고 나오는 배 위에서 그가 보낸 문자메시지와 필자의 답신이다. 출발 사흘 전 그를 교장실로 불러서 떠나기 전에 철저히 준비하여 유익한 경험이 되게 하라고 당부했다. 3년 전 서부교육청 근무 시절 명예등대장으로 독도에 들어가 하룻밤을 묵으면서 등댓불을 켜고 끄며 등대 유리창을 닦고 주변을 정리하였던 경험도 들려주었다. 본교 도서관에 비치되어있는 포항해양항만청 발행 소감문집을 읽어 독도에 대한 정보를 충분히 확보하라고 일러두었다.

기범: 지금 독도에서 나와 다시 울릉도로 돌아가고 있는 중입니다. 울릉도로 들어갈 때는 배를 집어삼킬 듯했던 바다가 지금은 어머니가 요람을 흔들 듯이 흔들려 편안하게 왔습니다. 독도에 도착하여 준비했던 플래쉬몹도 하고 나니 평소에는 멀게만 느껴졌던 독도가 이렇게 저의 마음에 가까이 있었다는 걸 새삼스럽게 느끼게 되었고 앞으로도 우리의 아름다운 독도를 지키기 위해 노력해야겠다는 생각이 들었습니다. 앞으로 남은 오늘과 내일을 더욱 열심히 보내고 돌아가겠습니다!

교장: 기범이구나. 배멀미는 하지 않았느냐? 독도는 우리 국토의 최동단 막내이다. 눈여겨 잘 보고, 귀담아 잘 듣고, 가슴에 깊이 새기고 돌아오느라. 혹, 토론회가 있거든 운암 정신을 잃지 말고 당당히 나서라. 남은 일정 순조롭게 잘 마치고 건강한 모습으로 돌아오기 바란다. 운암고를 대표하고 있다는 것을 잊지 말아라. 교장선생님이 보낸다.

기범: 저의 행동 하나하나가 저희 운암고를 내비친다는 걸 항상 마음에 두고 있습니다. 앞으로 남은 일정 건강하고 보람차게 보내고 목요일에 뵙겠습니다!

교장: 알겠다. 유종의 미를 거두고 돌아오기 바란다.

행사를 주최했던 매일신문에 그때의 사진이 실렸다. 김 군을 비롯한 고등학생들이 독도경비대원들과 함께 선착장 위에서 율동을 펼치는 모습이었다. 국가적 위기나 대의명분 앞에 모두는 하나가 되기 마련이다. 너와 나를 떠나 한 마음으로 뭉치는 것이다. 민족의 자존심이요, 겨레의 자랑인 독도에서 일사불란하게 태극기를 흔들며 단결된 몸짓을 보여주었다. 나라사랑의 정신을 온몸으로 표현하는 모습은 정말 감동적이었다. 국가의 앞날을 책임질 동량들이 아닌가. 멀고 험한 길을 마다하고 녹노 현상으로 달려가 대한민국 국민으로서 긍지와 돈독한 조국애를 표현하고 스스로 정체성을 확인함으로서 크나큰 교육적 효과를 거두었다.

김 군이 떠날 때와는 완전히 달라진 모습으로 나타났다. 눈빛부터 달랐다. 아주 씩씩하고 늠름해졌다. 독도에 발을 디뎌본 소감이 무엇인지 물어보았다. 두 번째 날 보낸 문자메시지에서 언급한 바와 같이 상당한 충격과 함께 크나큰 감동을 받았다고 했다. 마치 신병이 상관의 질문에 대답하듯 똑바른 자세로 꼿꼿하게 서서 우렁찬 목소리로 대답했다. 독도가 지니고 있는 엄청난 의미를 확실하게 깨닫게 되었다고 말했다. 기특하게도 대학에서 국사를 공부할 예정이라고 한다. 이번 독도 현장학습이 그에게 아주 소중하고 귀한 경험이 될 것이다. 착실히 준비하여 훌륭한 국사학자가 되라고 격려하고 네잎클로버 한 잎을 건네주었다.

독도 문제는 감정적으로 대처해서 될 일이 아니다. 세계를 향해 치밀하게 홍보전을 펴고 있는 일본의 의도를 분쇄하고 왜곡된 논리를 뒤엎어야 한다. 감히 넘볼 수 없는 우리 영토임을 인식시키기 위해 온 국민이 하나가 되어야 한다. 현재 실효적으로 지배하고 있으니 문제없을 것이라는 발상은 안일하다. 우리 주장의 정당성과 논리의 타당성을 입증해줄 자료를 계속 발굴해야 한다. 국제사회의 인식이 우리 쪽으로 돌아서게 해야 한다. 학생 수백 명이 선착장에 모여 태극기 흔들며 구호 외친다고 해결되지 않는다. 3년 전 밤샘 등대근무를 마친 후 동해를 박차고 떠오르던 태양을 가슴 떨리는 감동으로 바라보았던 기억이 새롭다.

2012년 7월

살며
생각하며

제 4 부
무언호인
無言呼人

북경열차(北京列車)의 Nobody

잠깐 잠이 들었다가 귀에 익은 소리에 화들짝 깼다. 머리 위 2층으로 올라간 중국 여인의 휴대전화 수신음이었다. 생소한 풍물에 대한 호기심도 여섯 시간이나 이어지는 긴 기차 여행에는 속수무책이었다. 애써 잠을 쫓으며 차창을 스쳐지나가는 낯선 풍경을 놓치지 않으려고 무척 노력했지만, 며칠 동안의 강행군으로 쌓인 피로를 이기기 어려웠다. 눈꺼풀이 계속 내려오기를 거듭하다가 마침내 깜빡 잠이 들었던 것이다. 놀랍게도 그 신호음이 원더걸스의 대표곡 'Nobody'였으니 이역만리 타국에서 어찌한 가닥 감회가 없었겠는가.

한류열풍이 거세다. 꼬박 일주일 중국 북경을 중심으로 몇 군데 다녔다. 과연 세상이 좁아지고 있다는 것을 절감했다. 우리 연수단이 닷새 동안 묵었던 호텔 바로 옆만 해도 우리나라에 본사를 둔 편의점이 성업 중이었다. 연수단의 안내를 맡은 중국 토박이 아가씨의 '겨울연가' 예찬 또한 대단했다. 우리나라 모 대학으로 유학까지 했다는 아가씨는 우리 것이면 무조건 좋아할 만큼 열렬한 한류전도사로 변신해있었다. 어색한 우리말 표현이 많아 일행으로 하여금 자주 배꼽을 쥐게 했지만 확실한 지한파로 역할을 단단히 할 것으로 보인다.

매일 오전 오후로 나누어서 한두 군데 유구한 역사가 서린 유적지를 돌아보면서 느낀 바가 참으로 많다. 우선 규모 면에서 거대하다. 상상을 초월하는 엄청난 크기다. 보고 또 보아도 또 볼 것이 남았고, 가고 또 가도 끝이 없으며, 걷고 또 걸어도 마지막이 나타나지 않는다. 보다가 단념하고, 가다가 돌아오고, 걷다가 멈추기를 반복했다. 습관적으로 우리의 것과 비교하면서 감상하게 되었다. 중국이라는 거대 국가의 배포와 대국다운 면모를 보면서 그럴 수밖에 없겠다는 생각을 하기도 했다. 그렇다고 우리 것이 열등하다는 뜻은 전혀 아니다.

한국적 토양에서 아기자기한 모습을 간직하며 자생력을 키우면서 발전해왔다. 특유의 정교함과 세밀함을 누가 감히 흉내 낼 수가 있겠는가. 멋없이 커기만 했지 치밀함과 단아함에 있어서 우리 것의 적수가 될 수가 없다. 어마어마한 크기로 자리 잡고 있는 부처님 어깨에 켜켜이 내려앉아 있는 먼지하며, 단청도 올리지 않은 채 을씨년스럽게 서 있는 사찰 건축물들은 차라리 괴기영화에 나올 법한 패가를 연상하게 했다. 우리나라 사찰은 스님들이 수양하고 있는 도량이요, 신도들이 정성을 드리는 살아 있는 공간인데 비해 여기는 죽은 영역이다.

수만 개의 부처를 바위 속에 새긴 운강석굴의 경우도 마찬가지였다. 일찍이 고등학교 시절 세계사 교과서에서 익히 보았던 낯익은 부처님 앞에 섰을 때 17m나 되는 거대한 체구에 압도당했다. 말문이 막혀 그냥 우러러볼 뿐 한동안 감히 미동도 할 수가 없었다. 석굴 안을 가득 메운 수많은 관광객들 틈에 끼어 이리저리 떠밀리며 한 바퀴 돌고 밖으로 빠져나왔다. 단단한 화강석이 아니라 푸석푸석한 사암(砂岩)이라 잘 허물어지고 마모가 쉬워 망가진 데가 너무 많았다. 오죽하면 보안요원들이 여기저기 지키고 서서 단속을 하고 있겠는가.

대동(大同)에서 북경으로 향하는 기차는 색다른 경험이었다. 원래 비행기를 이용할 계획이었으나 사정이 여의치 못해 택한 대안이라고 했다. 명절이나 주말이 아닌 평일인데도 엄청나게 많은 사람들이 역으로 몰렸다. 주최 측의 배려 덕분으로 일등석 침대열차의 아래쪽을 배정받았다. 한 칸에 아래 위 양쪽으로 네 사람이 들어가게 되어있었다. 가운데에 통로가 있고 창 쪽으로 조그만 탁자가 있어 물병과 작은 꽃병이 놓여 있었다. 장시간 여행이라 승객들의 편의를 위해서 이불 등 침구도 준비되어 있었지만 관리상태가 양호하지 못했다.

누군가 깨우는 소리에 눈을 떠니 점심시간이었다. 교실처럼 좌석이 배치된 식당에는 음식을 기다리고 있는 사람들로 초만원이었다. 간단한 메뉴로 허기를 메우고 돌아오는 길에 화장실 앞을 지나치게 되었다. 많은 사람들이 차례를 기다리고 있는 그 좁은 통로 한쪽 모퉁이에서 중년 남녀가 도시락을 먹고 있었다. 안내원의 설명에 의하면 명절 때 열차는 문자 그대로 아비규환(阿鼻叫喚)이란다. 쾌적하고 안락한 여건에서 여유롭게 여행을 즐길 수 있는 KTX를 떠올려 보았다. 최근 들어 탈이 잦기는 하지만 그래도 얼마나 편리하고 깨끗한가.

이번 중국연수에서 많은 것을 배우고 느꼈다. 수 년 만에 다시 찾은 북경은 활기가 넘쳤다. 여기저기 각종 공사가 진행 중이기는 하지만 도시 전체가 살아 숨 쉬고 있었다. 지난 번 연수 때는 올림픽 준비 관계로 도시 전체가 공사로 정신이 없을 지경이었다. 이젠 정돈된 가운데 성숙한 대도시의 면모를 과시하고 있었다. 북경은 대구에서 비행기로 두 시간 남짓이면 닿는 곳이니 참으로 가깝다. 어디 'Nobody'뿐이겠는가. 거세게 불고 있는 한류바람을 타고 그들과 허심탄회(虛心坦懷)하게 머리를 맞댄다면 서로 얻을 것이 많지 않을까 싶다.

2012년 7월

때 늦은 수학여행

대구교육연수원 주관 관동지역 문학기행 중 백미(白眉)는 경포대였다. 고등학교 때 수학여행 일정에 포함되어 있었지만 사정상 불참했다. 까마득한 옛 일이지만 지금도 동창 모임에서 그때 이야기가 나오면 내놓을 추억이 없어 괜히 기가죽고 주눅이 든다. 44년 세월이 훌쩍 흐른 후 찾아가게 되었으니 어찌 감회가 없겠는가. 휴대전화 덕분에 사진도 손쉽게 찍을 수 있다. 촬영 즉시 확인하고 바로 공유할 수 있으니 참으로 신기하다. 잠자코 점잔을 빼고 있어서는 안 되겠다 싶어 한 장 찍어 남기기로 했다.

경포대는 솔밭 너머 동해를 넘겨다보면서 발밑으로 경포호를 거느리고 있다. 고려 충숙왕 때 인월사(印月寺) 터에 세웠다가 조선조 중종 때 현재 위치로 옮긴 후 중수를 거듭하여 오늘에 이르렀다. 오르는 사람마다 그 탁월한 경치에 탄복하여 찬사를 아끼지 않았을 만큼 수려한 풍광을 자랑한다. 높직한 언덕 위에서 저 아래 광활한 호수를 굽어보고 있다. 시흥(詩興)에 취한 선비들이 네 개의 달을 보고 넋을 잃었다 하니, 하늘에 솟은 달, 호수에 비친 달, 임의 눈에 꽂힌 달, 술잔에 잠긴 달이 바로 그들이다.

경포대에는 특이하게도 다른 필체의 현판 두 개가 앞뒤에 걸려있다. 누각 내부 위쪽 사방에 숙종이 남긴 어제시(御製詩)와 뭇사람을 놀라게 했던 소년 율곡의 경포대부(鏡浦臺賦)를 비롯하여 기라성 같은 문장가들의 글이 빽빽하게 걸려있다. 정자에 이르는 길 양쪽에도 역대 시인묵객(詩人墨客)들의 작품을 새긴 시비(詩碑)들이 도열했다. 주위 절경에 놀란 가슴을 시로 달랜 흔적이라 할 만하다. 비록 시인들은 가고 없지만 그들이 남긴 그윽한 향기는 경포대, 경포호와 더불어 영원토록 은은하고 맑은 빛을 발하리라.

경포호에 달이 뜨면 사람들의 가슴은 설렜다. 내로라하는 재주꾼들이 정자에 올라 쏟아지는 달빛 속에 넘실거리는 호수를 내려다보며 시를 짓고 노래 부르기에 여념이 없었다. 그때 정취가 고스란히 남아 각박하고 어지러운 세상을 살고 있는 우리들의 마음까지 흔들어놓고 있다. 글이 짧고 정서가 메말라 주옥같은 작품을 온전히 새기지 못하는 처지가 안타까울 뿐이다. 그러나 가슴 밑바닥 깊은 곳에서 솟아오르는 은근한 감흥은 억제할 수 없다. 품속에 작은 옥편을 하나 챙겨가긴 했지만 부끄러워 차마 꺼내지 못했다.

호수 한가운데 길게 엎드린 바위에는 다음과 같은 이야기가 전한다. 옛날 호수 근처에 모녀가 살고 있었다. 어느 날 노스님이 집 앞에서 염불을 외며 시주를 청했다. 철없는 딸이 앞뒤 분별하지 못하고 오물을 퍼다 스님의 그릇에 쏟아 부었다. 스님은 얼굴색 하나 변하지 않고 쓰다달다 말없이 발길을 돌렸다. 놀란 어머니가 허겁지겁 스님을 쫓아가 딸의 무례를 용서해 달라며 애걸복걸 빌었다. 한동안 듣고 있던 스님은 그 일대가 곧 물바다로 변할 터이니 빨리 몸을 피하라는 말을 남기고 홀연히 사라졌다.

해질 무렵 과연 스님의 말씀과 같이 호수 주변에 물이 불어나기 시작했다. 다급한 마음에 정신없이 달아나던 어머니는 딸이 혼자 남아있다는 것을 깨달았다. 집으로 돌아가고자 했지만 도도한 물살에 막혀 허우적거릴 뿐이었다. 필사적으로 헤쳐 나갔지만 더욱 깊이 빠져 들어갔다. 사지가 차츰 굳어 마비되면서 꼼짝 할 수 없었다. 피눈물을 삼키던 어머니는 마침내 바위가 되었다. 모녀간의 애절한 사연을 간직한 애미바위는 월파정(月波亭)을 허리 위에 올려놓은 채 드넓은 경포호를 외로이 지키고 있다.

관광객들로 와자지껄 소란스럽다. 경포대가 간직한 의미를 그들은 얼마만큼 인식하고 있을까. 일찍이 어느 시인은 폐허가 된 옛 도읍지를 돌아보며 산천은 의구하되 인걸은 간 데 없다고 탄식했다. 인걸은 물론 산천 또한 의구하지 못하니 무심한 세월을 탓해야 할까. 젊은 연인들이 다양하고 기발한 자세로 카메라에 추억을 담느라 요란하다. 이순(耳順)이 넘어 얻은 지각 수학여행이라 더욱 고맙고 소중하다. 손바닥처럼 납작한 카메라를 향해 어설프게 미소지어보지만 가슴 한 구석 쓸쓸함은 어쩔 수가 없다.

얼굴 없는 사랑들

깜짝 놀랐다. 알록달록한 옷에 테가 넓적한 모자를 푹 눌러쓰고 두 눈과 콧구멍만 내 놓은 채 마스크로 얼굴을 가린 여인이 다가와 만 원짜리 지폐 한 장을 불쑥 내밀면서 무어라고 소리를 치는데 도무지 무슨 말인지 알아들을 수 없다. 버스 기사가 "아주머니, 왜 그러세요. 잠시 앉아 기다리시라니까요."라고 질책하자 내민 손을 거두고 기사 뒷자리로 돌아갔다. 뜻밖의 사태에 한동안 어리둥절했다가 사태를 파악하고 정신을 차렸다.

교통카드 없이 버스에 오른 승객이 만 원짜리를 낸 것이 사태의 발단이었다. 요금을 내고자 올라오는 승객들에게 천 원짜리로 바꾸어 줄 수 있는지 일일이 확인하고 있는 중이었다. 요새 웬만한 결제는 카드로 하고 있으니 천 원짜리를 열 장이나 넣고 다닐 사람이 몇이나 되겠는가. 문제가 해결되는 것을 보지도 못하고 버스에서 내렸지만 복면강도처럼 보이던 깡마른 여인의 그 섬뜩한 두 눈이 지금도 나를 노려보고 있는 것만 같다.

모처럼 한가한 일요일 아침에 신간 서적도 알아볼 겸 시내 중심가를 찾아 나섰다가 기분을 망쳤다. 이런저런 이유로 오랫동안 뜸했었다. 벼르고 벼른 나들이였으니 더욱 그랬다. 매일 출퇴근 시간에 시내버스 창으로 내다보곤 했었지만, 중앙로 거리를 직접 밟으면서 젊은이들 속에 섞여 활기찬 공기를 마음껏 마실 계획이었다. 까마득한 옛날 학창시절의 빛바랜 추억을 되씹으며 여기저기 기웃거려보기로 당찬 꿈을 꾸고 있었다.

마스크의 용도는 다양하다. 겨울철 추위를 이기기 위한 방한용, 농부가 농약을 살포할 때 농약 흡입을 막기 위한 방독용, 외과의사가 메스를 들 때 착용하는 수술용에 이르기까지 여러 가지이다. 황사나 병원균의 침입을 막아 호흡기를 보호하기 위한 방염용 혹은 제독용 마스크도 있다. 그 중에서도 최근 여성들이 많이 착용하는 건강 마스크가 특별히 두드러진다. 강변이나 공원 등지에서 조깅하거나 달릴 때 많이들 애용한다.

집 근처 야트막한 야산에 두어 시간 걷기에 적절한 산책로가 있어 가끔 오른다. 여성들 중 상당수는 완전무장을 하고 나타난다. 장갑에 큰 테 모자는 기본이고 눈과 콧구멍만 내놓은 두 겹 혹은 세 겹 마스크를 쓰고 있는 사람들이 많다. 문제는 그 형형한 눈빛으로 나를 마음대로 노려본다는 데 있다. 이쪽은 속수무책으로 완전히 개방된 상태인데 그쪽은 모든 걸 철저히 감추고 있으니 불공평을 넘어 억울하다는 생각마저 든다.

맑은 공기를 마시며 자연 속에서 바람소리, 새소리에 취하러 났나닌 사신의 모습을 당당하게 드러내는 것은 어떨까. 건강 마스크가 어떤 탁월한 기능을 가졌는지 모르지만, 모든 걸 감추고 숨기려면 차라리 밖에 나오지 않는 것이 좋지 않을까. 햇볕에 피부가 노출되어 상할까 두렵다면 바깥출입을 자제하거나 외출할 때 선크림 정도만 바르면 될 것이다. 과도

하게 방어적이면서 얻는 것이 무얼까. 지나친 자기 보호 본능 탓은 아닐까.

버스에서와 비슷한 낭패를 공원에서도 가끔 당한다. 온몸을 감추고 지나가는 사람이 누군지 알아서 뭣하겠는가. 예리한 눈초리로 날 훑어보든 째려보든 개의치 않고 지나친다. 그런데도 뜻밖의 기습공격을 받는 수가 있다. 마스크도 벗지 않은 채 불쑥 말을 걸어온다. 무슨 특출한 재주가 있어 목소리만으로 사람을 알아보겠는가. 당황하여 우물쭈물하고 있으면 그때서야 무장을 해제하고 본색을 드러내며 인사하니 딱한 일이다.

괜히 아는 체 했다가 번거로워질 것으로 생각하여 그냥 지나가는 사람도 있으리라. 오가는 사람들의 시선을 받으면서 법석떨기가 부담스러울 수도 있다. 여성이 더욱 그럴 것이다. 스스로 장막을 치고 그 뒤에 숨어있는 사람을 구태여 찾아내야 할 명분도 없으니 단념하는 쪽이 마음 편하다. 상대방이 알아보든 말든 면죄부를 받은 셈이 아닌가. 괜히 긁어 부스럼을 만들 이유가 없다. 마스크가 성가심을 덜어주니 오히려 다행이다.

건포도 세 알

　신기하지 않은가. 건포도 세 알을 20분에 걸쳐 먹을 수 있다니 말이다. 반신반의했다. 바짝 쪼그라들어 콩알만 해진 건포도알 셋이 종이컵 속에 담겨있는 것을 봤을 때 별 감흥이 없었다. 초저녁에 시작되는 연수라 잔뜩 허기가 지는 판인데 건포도알을 음미하면서 천천히 먹어야한다니 가혹한 일이 아닌가. 하여튼 닷새 동안의 정신수련 훈련은 시작부터 예사롭지 않았다.

　수십 년 교직생활에 별별 연수를 다 받아보았지만 정말 특이했다. 명상을 통한 스트레스 해소였다. 첫날 이론 수업 후 실습에 들어갔다. 처음 과정이 건포도 먹기였다. 제대로 배를 채우려면 적어도 몇 줌은 삼켜야 할 판이었다. 어디 그 뿐이겠는가. 우유, 빵, 과일 등 다른 식품도 곁들여야 제격일 것이다. 이를 전부 먹는다 해도 10분이면 족할 텐데 건포도 세 알에 무려 20분이었다.

　세상사 마음먹기 나름이다. 건포도를 생소한 물건 대하듯 관찰한다. 색깔이며 형태, 쪼그라진 모양새까지 찬찬히 뜯어본다. 손바닥 위에 올려놓고 감촉을 느끼고 질감을 감지한다. 두 손가락으로 잡고 부비면서 귀에 대고 소리도 들어본다. 맛과 향기, 씹는 느낌까지 챙기며 천천히 삼킨다. 예전에 없던 흥미와 호기심으로 대한다. 별 생각 없이 대하던 사물에서 새로운 의미를 찾는다.

마음의 여유 없이 하루하루 허겁지겁 정신없이 마구 달려왔다. 빠듯한 일상에서 벗어나고 싶은 작은 소망이 작용했던 것이다. 연수 장소가 학교에서 멀어 시간이 많이 걸리는 어려움이 있긴 했지만 정말 탁월한 선택이었다. 차를 몰지 않고 있으니 누구를 탓할 입장도 아니다. 주요 업무가 마무리되고 근무 시간이 끝난 후라 부담 없이 학교를 나설 수 있어 발걸음이 무겁지 않았다.

이것저것 쉽지 않은 결정을 해야 하고 크고 작은 일이 끝없이 일어나는 곳이 학교다. 그럴수록 마음을 다잡고 평정을 유지하는 것이 아이들을 위하고 자신을 위하는 일이다. 선생님들에게 사사건건 예민하게 반응을 보이지 않고 한 박자 쉬면서 느긋하게 대하는 여유가 몸에 배게 하자. 명상수련이 삶의 고통을 완화시켜 편안한 세계로 이끌어 준다 했으니 그 효과를 기대해 보자.

옛 선비는 대추 세 개로 끼니를 때웠다고 한다. 온종일 책상 앞에서 글 읽기에 몰두했던 그들이었다. 바쁠 것 없고 서두를 일 없이 한가롭고 여유 있는 생활을 했을 터였다. 쓸데없는 욕심 버리고 청정한 마음으로 학문 연마에 전념했던 분들이었다. 세속의 재물이나 명예 따위에는 관심이 없었다. 생활이 궁핍하기는 했지만 그기에 얽매이지 않았으니 마음은 풍요로웠을 것이다.

온갖 번뇌 망상이 괴롭히니 중심을 잡고 정신을 한곳에 모으기 어렵다. 부단한 노력과 수련을 통해 내공을 쌓지 않으면 불가능한 일이다. 앞에서 유도하는 데로 따라가면서도 정신이 수시로 옆길로 빠져 생각의 끈을 놓치기 일쑤였다. 성성적적(惺惺寂寂), 지리멸렬하고 혼돈스러운 심리 상태를 가지런히 정돈하고 별빛처럼 또렷한 의식으로 흔들림 없는 경지에 이르도록 노력해 보자.

사람들은 흔히 세상 근심을 혼자 짊어지고 있는 듯 호들갑을 떤다. 마음을 비우고 쓸데없는 짐을 내려놓자. 청정한 정신을 유지하는 가운데 내 참모습을 탐색해 보자. 잡다한 망상을 천리만리 밖으로 쫓아버리고 무념무상의 경지에서 하늘같은 평화를 누려보면 어떨까. 세속의 고뇌와 갈등, 긴장과 고통이 해소된 적멸의 세계로 몰입해 보자. 세상사 서두른다고 빨리 이루어진다는 보장은 없다.

심각하게 대두되고 있는 청소년 문제도 빠질 수 없는 화두다. 아이들은 남을 배려할 줄 모르고 즉흥적으로 행동한다. 그들을 설득하고 순치시켜 학교생활에 적응하게 하자. 먼저 내 가슴을 열자. 자세를 낮추고 눈높이를 맞추어 다가가자. 그들의 가슴을 열고 들어가 무슨 생각을 하며 어떤 일에 관심이 있는지 살피자. 건포도 세 알을 20분에 걸쳐 음미하는 정신이라면 안 될 일이 무얼까.

하루 종일 뭐하세요?

"교장선생님, 하루 종일 뭐 하세요?" 오늘 파고라 벤치에서 느닷없이 받은 기습공격이다. 아이들과 직접 부딪힐 일이 별로 없으니 나올 법한 질문이다. 대답 대신 "하루 종일 무슨 일을 할 것으로 짐작이 가느냐?"고 되물었다. 가끔 복도를 지나다니고 운동장 주위를 돌아보는 모습을 보았지만, 아침부터 저녁까지 그 긴 시간 무엇을 하는지 궁금하단다. 서류결재, 학교경영, 회의주재, 생활지도, 수업참관, 급식업무, 공무출장, 유관기관과의 협의 등등 하루 일과를 낱낱이 설명했다. 아이가 고개를 끄떡였다.

영악한 아이는 교장이 영어 전공자라는 것을 알고 미리 준비하고 있다가 순회할 때 질문을 던지기도 한다. 즉석에서 정확하고 명쾌하게 해설을 해 준다. 아이들이 교장을 바라보는 눈빛이 달라질 뿐만 아니라 애교심과 자아 존중감도 상승하게 된다. 그렇게 하는 동안 아이들과의 틈새도 좁아진다. 대화를 통해 고민이나 문제점에 대한 해결책도 나온다. 아이들의 신상도 자연스럽게 파악할 수 있다. 그들을 진심으로 이해하고 가슴으로 포용하며 혈육처럼 아끼려는 정신자세와 마음의 여유도 생긴다.

티 없이 맑고 구김살 없는 아이들이지만 고민이나 걱정거리도 적지 않다. 학업, 진로, 가정, 교우 등 가슴에 담아두고 있는 응어리가 의외로 많다. 선뜻 표현은 하지 못하지만 이런저런 걱정이 태산이다. 그러면서도 이쪽에서 먼저 말을 걸기 전에 적극적으로 다가오는 아이는 아주 드물다. 이것저것 학교생활 전반에 대한 질문을 툭툭 던져본다. 내성적인 아이는 눈이 마주치는 순간 긴장해서 표정이 굳어지고 말문이 막힌다. 그런 아이에게 서슴없이 입을 열 수 있는 용기를 길러주는 일이 참으로 중요하다.

체육시간도 아이들의 신상을 파악할 수 있는 좋은 기회이다. 종합 시간표를 참고하여 수업이 있는 학반을 미리 확인해둔다. 교장실에 비치된 사진대장을 통해 아이들 얼굴을 한 번 훑어본다. 운동장으로 나가 수업 중인 아이들을 보면서 현장에서 확인한다. 한 사람씩 특징을 잡아 꼼꼼히 관찰한다. 강당에서 수업을 할 땐 훨씬 수월하지만 녹록치 않다. 그 외에도 점심이나 저녁시간, 청소시간, 단체 활동시간 등 아이들에게 가까이 다가갈 수 있는 기회는 많다. 내 아이로 끌어안기 위한 노력은 계속된다.

구태여 찾아 나서지 않더라도 아이들을 만날 수 있는 기회는 또 있다. 교장실 청소를 맡은 반에서 당번이 배당되어 내려온다. 첫날이 아주 중요하다. 잔뜩 긴장해서 어리둥절 요령부득이기 십상이다. 청소용구를 놓고 편안한 마음으로 소파에 앉도록 한다. 이제 차를 대접할 차례이다. 커피, 녹차 등 준비된 메뉴 중에서 주문을 받는다. 정수기에서 뜨거운 물을 뽑아 손수 차를 마련한 후 한 잔씩 돌린다. 아이들을 손님으로 모시고 차 한 잔을 나누면서 그들의 진솔한 이야기를 듣는 시간을 갖자는 것이다.

아이들과 친숙해지고 가까워지면 돈독한 유대관계와 넓은 공감대가 형성된다. 살맛나는 학교가 된다. 형식과 절차보다 인정과 감동이 넘치는 공동체로 바뀐다. 교장은 스스로 만든 감옥 속에 갇혀 고립된 생활을 해서는 안 된다. 아이들 속으로 파고들어가 그들과 동화(同化)되면 하루하루가 즐겁고 사는 보람과 감동이 생겨난다. 아이들도 교장을 어려워하지 않고 스스럼없이 대한다. 보이지 않는 벽이 허물어져 친근한 가운데 부드럽고 원만한 인간관계를 유지할 수 있으니 일석다조(一石多鳥)가 아닌가.

교육에 관한한 누구나 전문가다. 학교교육에 대해서 말들이 많지만 정작 시원스런 해법을 제시하는 사람은 드물다. 몸을 낮추고 아이들에게 다가가 사랑과 열정으로 감싸 안고 온몸을 던지는 선생님을 찾기 어렵다. 학생은 선생님을 존경하고 신뢰하며 선생님은 학생을 사랑하고 아끼어 사람 향기 가득한 학교를 만들어보자. 소통과 감동을 바탕으로 하지 않는다면 가슴 따뜻한 아이를 기를 수 없다. 교장을 무위도식(無爲徒食)하는 한가한 사람으로 인식하는 아이가 생기지 않도록 더욱 분발할 일이다.

애들냥, 애정냥

　점심시간이었다. 여학생 셋과 식탁에 마주 앉았다. 한 아이가 숟가락도 들지 않고 휴대전화를 만지작거리고 있다. 밥은 식어가고 있는데 정신이 없다. "식탁에서는 밥 먹는 일에 열중하는 것이 좋지 않겠느냐"고 했더니 아이의 표정이 심각해지면서 "교장선생님, 친구가 절교하자는데 어떻게 하죠?" 한다. 입안에 든 음식이 갑자기 소태처럼 느껴진다. 도대체 무슨 소리인가. 그렇지 않아도 이런저런 일로 학교사회가 적잖은 어려움을 겪고 있지 않는가. 나날이 살얼음판 위를 걷듯 조마조마한 때다.

　수저를 놓고 정색을 하며 그 사유를 물었다. 친한 친구가 다짜고짜 문자를 보내와 절교를 선언했단다. 그럴 만한 이유가 있는지 확인해 보았지만 그런 일은 없었다는 대답이었다. 그 친구의 입장에서 한 번 생각해 보는 것은 어떠냐고 했다. 자신의 처지에서는 이해가 가지 않는 일도 가슴을 열고 역지사지의 자세로 대하면 실마리가 잡히고 불필요한 갈등이나 근거 없는 오해도 풀릴 수가 있을 것이라고 일러주었다. 무슨 생각을 했는지 한동안 잠잠하게 앉아있던 아이가 수저를 들고 밥을 먹기 시작했다.

　며칠 후 저녁시간에 그 아이와 식당에서 다시 마주쳤다. 조심스럽게 확인해 보았다. 둘 사이의 오해가 풀리고 예전의 관계가 회복되었다는 대답이었다. 반갑고 다행스러운 일이다. 아이들의 심리상태라는 것이 아주 민감하고 즉흥적이라서 시시각각 달라지기 쉽다. 단 한순간도 떨어지면 못살 것처럼 절친하게 지내다가도 작고 사소한 오해가 불씨가 되어 불구대천의 원수처럼 사이가 틀어지기도 한다. 한 여름 어디선가 홀연히 나타났다 사라지는 뭉게구름처럼 예측하기 어려운 것이 아이들의 감정이다.

대구에는 봄이 없다. 비바람 몇 차례 부는가 싶다가 어느 새 여름으로 접어든다. 며칠 사이에 연한 녹색 잎들이 짙푸른 청색으로 변했다. 새잎내기에 인색하던 느티나무도 무성한 잎으로 에워싸여 속을 들여다 볼 수 없다. 녹음 속에 파묻힌 아이들도 덩달아 생기가 나고 표정도 한층 더 밝아졌다. 교정 여기저기 나뭇가지 사이에 숨어 지저귀는 새들도 잔뜩 신이 나서 분위기를 돋운다. 햇살 설핏해지는 저녁나절이면 해맑은 웃음소리로 교정은 활기가 넘친다. 저 아이들 가슴 속에도 그늘이 있으니 어찌할까.

덩치가 커지고 목소리는 변했지만 아이들은 아이들이다. 사소한 일로 곧잘 마음이 상하고 이유 없이 우울해진다. 멀리 내다보는 안목과 의연한 자세가 아쉽다. 옆자리 친구도 시야에 들어오지 않는다. 급우들이 무슨 생각을 하고 있는지, 어떤 고민을 안고 있는지 관심 밖이다. 능력이나 자질이 다소 처지는 아이가 있으면 별 생각 없이 아무렇게 대하거나 툭툭 치고 거친 말로 상처를 준다. 그런 행동이 당사자에게 얼마나 크고 깊은 상처를 주는지 생각하지 않는다. 철들지 못한 천방지축 어린 아이 그대로다.

아이들이라고 어찌 고민거리가 없을까. 새벽같이 학교에 나와 하루 종일 견디고 밤늦게까지 책상 앞에 앉아 있어야 하니 오죽하겠는가. 좁은 교실에 덩치 큰 아이들이 꽉 들어차 긴 시간을 함께 지내야 하니 어찌 다툼이 없고 분쟁이 없겠는가. 많아야 두 명인 형제간에도 간혹 다투지 않는가. 피를 나눈 사이에도 그러할 진데 판이한 성장배경, 생활습관, 사고방식을 가진 아이들이 모인 곳이 아닌가. 상호 간의 갈등을 슬기롭게 극복하고 서로 양보하며 배려하는 마음가짐이 절실히 요구되는 곳이 학교이다.

고교시절은 인생관과 인격이 형성되는 시기다. 맑고 밝은 영혼이 무한한 발전 가능성을 지니고 도약하는 때다. 교육은 순백의 도화지에 그림을 그리는 일이다. 스스로 미래의 청사진을 그리게 도와주자. 인생 목표를 정하고 푸르고 높은 꿈을 꾸게 하자. 정체성을 확립하도록 지도하자. 친구 간의 갈등도 차원 높게 승화시킬 수 있는 역량을 길러주자. 교장이 아이들과 대화할 기회를 찾기란 무척 어렵다. 식당이 그 해답이다. 요새 유행하는 애정남도 좋지만 애로사항을 들어주는 남자부터 되고 볼 일이다.

아주 특별한 선물

지난 스승의 날 우리 학교에서는 일체의 공식행사를 하지 않았다. 작금의 사회 분위기가 학교나 교사들에게 호의적이지 못할 뿐만 아니라 아이들 앞에 도열해서 가슴에 카네이션 한 송이씩 다는 일이 무척 멋쩍고 면구스러운 일이라고 생각했다. 특정한 날을 골라 유난스럽게 호들갑을 떠는 것부터 탐탁하지 않았다. 보이지 않는 곳에서 일 년을 하루 같이 묵묵히 부여된 본분을 다하는 선생님들께 오히려 부담이 될 수 있는 일이다.

그래도 아이들은 그냥 지나가지 않았다. 매시간 수업이 시작될 때면 30여 개 교실 여기저기 경쟁적으로 부르는 스승의 날 노랫소리로 학교가 떠나갈 듯했다. 언제 어떻게 준비했는지 칠판 주위를 오색 풍선으로 장식했다. 형형색색 감사하는 뜻이 담긴 구호가 군데군데 내걸렸다. 평소 선생님들을 향한 존경과 감사의 마음이야 왜 없었겠는가. 가슴 속에 가만히 품고 지내며 표현할 기회를 찾다가 이 날을 택했을 뿐이다.

일과 진행에 대한 논의가 있었다. 정규수업 후 방과 후 교실과 자율학습 등 부가적 활동을 생략하고 하교시키기로 했다. 초등학교나 중학교 때 은사를 찾아뵐 계획이 있는 아이들도 있을 것이다. 아이들뿐이겠는가.

선생님들에게도 자신의 오늘이 있게 하신 은사가 계실 테니 이런 기회에 찾아뵈면 좋을 것이다. 교직 선배로서 인생의 온갖 풍상을 먼저 겪은 원로로서 세상살이에 대한 지혜와 조언을 주실 수 있을 것이다.

늦은 오후 잠시 일손을 멈추고 생각에 잠겨있을 때 교장실 주위가 갑자기 소란스러워졌다. 날씨가 매우 춥다거나 학교행사나 학생지도 문제 등 조용히 논의해야 사안이 있는 경우가 아니면 교장실 문을 항상 열어둔다. 혹시 아이들이 집단으로 뭔가 항의하러 온 것은 아닌지 바짝 긴장하여 사태의 추이를 주시했다. 뜻밖이었다. 남녀 학생 둘이 조심스럽게 고개를 들이밀더니 "교장선생님, 잠시 밖으로 나오시면 안 될까요?" 한다.

3학년 남녀 한 반씩 80여 명이 복도를 점령했다. 2층으로 향하는 계단 난간에까지 둘러섰다. 남학생반 실장의 신호에 따라 스승의 날 노래를 목청껏 합창하기 시작했다. 이미 수도 없이 들었을 노래를 이렇게 또 다시 듣게 된 것이다. 노래를 부르는 사람이나 듣는 사람 모두를 어색하고 쑥스럽게 하는 것이 이 노래다. 노랫말이 선생님의 은혜를 못 잊어하고 감사하는 내용이라 아이들을 마주하고 듣고 있기가 정말 거북하다.

뭔가 답례를 해야 할 텐데 난감했다. 어쨌든 그냥 보낼 수는 없었다. 가까이 있는 아이부터 손을 덥석 잡았다. 한 사람씩 눈을 마주치며 "정말 고맙다", "공부하기 힘들지", "힘을 내야지" 등 격려의 말 한 마디씩 보냈다. 실장 둘은 따로 불러 차 한 잔을 대접하고 네잎클로버 한 잎씩을 건넸다. 스승의 날, 곱지 않은 시선으로 보는 사람도 있지만 교사들에게도 거북하고 힘든 날이다. 편안한 마음으로 아이들을 대할 수 있었으면 좋겠다.

아직 남은 절차가 하나 더 있었다. 여학생반 실장이 앞으로 나서더니 파란색 종이 한 장을 내밀었다. 대학노트 크기의 예쁜 메모지였다. 가운데를 중심으로 동심원을 그리며 짤막짤막한 글들이 빙 둘러앉았다. 얼핏 훑어보았다. 민망하게도 '교장선생님 너무 자상하신 것 같아요. 사랑해요. 운암고를 최고로 만들어주셨어요.', '교장쌤, 정말 기억에 남을 것 같아요. 멋있어요.', '점심시간에 같이 점심 먹어서 좋아요.' 등 찬사로 가득했다.

참으로 소중한 선물이 아닌가. 카네이션 한 송이 달았더라면 며칠 못 가고 시들어 버렸겠지만, 아이들의 정성이 듬뿍 담긴 이 보물은 오래도록 남을 것이다. 복사본을 보관해두고 원본은 코팅해서 집무실 탁자 유리판 밑에 넣어두었다. 탈도 많고 말도 많은 때이다. 오늘날 학교로 향하는 시선이 곱지만 않고 이런저런 어려움도 많지만, 아이들에 대한 열정은 결코 줄어들 수가 없다. 운동화 끈을 단단히 죄고 교내순찰에 나섰다.

대구일보 〈에세이마당〉 2012년 5월 14일

오월에 읽는 편지

18년 전 대구시내 모 고등학교에서 근무하고 있을 때의 일이었다. 겨울 방학이 끝난 후 2월 학년말 바쁜 업무로 교무실 전체가 어수선하기 짝이 없었다. 학적부 정리 등 산적한 업무로 인해 모두가 정신을 못 차릴 정도로 바삐 허둥대고 있을 때였다. 심부름하는 아가씨가 두툼한 봉투 하나를 건네주고 갔다. 무척 궁금하기는 했지만 당장 급한 일들이 많아서 나중에 천천히 읽어 볼 요량으로 책상 서랍 속에 넣어 두고 한동안 까맣게 잊고 지냈다.

3월초 어느 날 새 학년도가 시작되어 새롭게 배정된 담임과 달라진 업무분장에 따라 지정된 장소로 책상을 옮기던 중, 서랍 속에 들어있던 그 봉투가 교무실 바닥으로 떨어졌다. 그제 서야 깜빡 잊고 지냈던 2주일 전 기억이 되살아났다. 대학노트 세 장에 반듯하고 정성스러운 글씨로 또박또박 쓴 편지였다. 그보다 13년 전 같은 재단 소속 모 여자고등학교에서 근무할 때 담임을 맡았던 졸업생으로부터 온 것이었다.

선생님께

구정 때 시골에 다녀오는 길에 심심할 것 같아서 지방지 ○○신문을 사서 남편이 읽고는 우리가 싸온 짐 속에 넣어둔 것을 집에 도착한 후, 다시 제가 꺼내어 읽어보다가 〈대입학습교실 외국어〉란에 선생님의 함자를 보고 반가운 마음에서 바로 편지를 씁니다.

저는 선생님께서 ○○여고 재직 시 1981년도 2학년 담임을 하시던 학생 중의 한 명인 김○○입니다. 아마 오랜 시간이 지났고 또 제가 변변한 학생이 아니었던 관계로 해서 선생님께서는 기억하시기 힘드시겠지만 저로서는 그때가 저 개인의 문제로 해서 방황하던 시기에 선생님께서 직접 교무실로 부르셔서 파카 만년필까지 건네주시던 배려를 잊을 수가 없습니다.

지금도 선생님의 모습이 눈에 선합니다. 크지 않는 체구에 당당하게 걸으시고 2학년 전 학생들의 이름을 얼굴을 보고 정확하게 읽어내시던 일까지 모두 기억이 납니다. 그리고 팝송을 노래까지 손수하시면서 따라 부르게 하시던 수업까지도.

길지 않게 살았지만 고등학교 시절은 항상 자신이 없고 다시 기회가 주어진다면 하는 가정의 시간들일 뿐입니다. 지금은 한 남자의 아내이고 한 아이의 엄마로서 평범한 소시민으로 살아가고 있습니다. 많이 밝아지고 이웃을 살피는 성격으로 바뀌었습니다.

남편은 OO증권에 근무하고 있고 저는 서울대학교에서 그리 멀지 않는 곳에서 대구에 있는 것으로 말하자면 영수학원을 운영하고 있어요. 벌써 5년이나 되었으니 기반은 잡은 셈이지요.

선생님을 지면으로나마 뵌 것이 얼마나 반가운지, 또한 항상 감사드리고 싶은 마음이 있었는데 지면으로나마 마음을 전합니다.

선생님! 항상 건강하시고 기회가 된다면 만나 뵙고 싶습니다. 안녕히 계십시오.

1994년 2월

제자 김OO 올림

감동과 감화를 통해서 사람을 사람답게 만드는 교육은 사회 다른 분야와 확연히 구별된다. 인간본성에 대한 깊은 이해와 사람에 대한 애정과 신뢰가 없이는 불가능한 것이 교육이다. 지식을 전달하고 기술을 전수하기 전에 인간적 교감과 유대관계가 먼저 구축되어야 한다. 출중한 실력을 갖추고 탁월한 교수법을 갖추었다 하더라도 학생들로부터 인격적 신뢰와 존경을 받지 못한다면 교사의 말은 허공에서 머물 뿐 학생들의 귀에 들어가지 못한다.

해마다 5월이면 이 빛바랜 편지를 다시 꺼내 보면서 교직의 무게와 깊이에 대해 심사숙고한다. 아울러 지난날의 교직생활을 겸허하고 두려운 마음으로 돌이켜 보게 된다. 교사가 던지는 말 한 마디 동작 하나가 아이들에게 얼마나 큰 영향을 줄 수 있는가, 생각하면 할수록 더욱 숙연해진다. 무기력이나 나태함으로 나사가 풀릴 때마다 몸가짐을 바로하고 새로운 각오와 자세로 남은 교직생활에 임하고자 스스로를 채찍질하는 계기로 삼는다.

오래된 애듭을 풀면서

　고향집 헛간 천장을 정리하러 휘청거리는 사다리를 타고 조심조심 올라갔다. 밑에서 보던 모습과는 딴판이었다. 오래 전 마구간으로 사용되었던 곳이다. 두 마리나 되던 소는 흔적이 없고 그때 쓰이던 잡다한 기구들이 잔뜩 쌓여있다. 농사에 사용되던 온갖 도구들도 갈 곳을 찾지 못하고 한데 다 모였다. 흘러간 세월은 그 누구도 되돌릴 수 없다. 다시 사용될 가능성 없는 연장을 하나하나 살펴보면서 어설픈 감회에 젖는다.

　농토를 남에게 맡긴 지 이미 꽤 오랜 시간이 흘렀다. 사람이나 도구나 쓰지 않으면 녹이 슬고 망가지게 마련이다. 한두 해도 무서운 세월인데 수십 년간 손 한 번 대지 않고 방치했으니 온전할 수가 없다. 한때 요긴하게 쓰이던 농기구들이 빼곡히 쌓여 두꺼운 먼지를 켜켜이 뒤집어쓰고 있다. 손길이 닿는 순간 먼지 천지가 된다. 눈앞이 보이지 않을 정도로 황색 태풍이 일어난다. 단단히 각오한 일이라 작업을 멈출 수는 없다.

　마스크를 쓰지 않아 숨이 막히고 눈앞이 흐려 작업을 계속하기 어려웠다. 그냥 덮어두고 내려갈 구실을 찾기는 더욱 난감했다. 저 아래 마당에서 아버지가 지팡이에 의지한 채 작업하고 있는 내 모습을 미덥지 않다는 눈으로 쳐다보고 계시지 않는가. 도회지 땟물에 푹 빠진 어중간한 일꾼이 지시한 일을 제대로 처리하고 있는지 아닌지 점검 중이셨다. 팔순이 넘도록 흙 속에 묻혀 살아온 분이니 더 이상 무슨 설명이 필요하랴.

최근 들어 아버지는 헛간을 가득 메웠던 각종 농기구들을 분양하기 시작했다. 당신께선 힘에 부쳐 더 이상 사용할 수가 없지만, 혈기왕성한 젊은 농군에게는 더 없이 요긴하게 사용될 수 있다고 판단하신 것이다. 상당수 진귀한 품목들은 눈 밝은 고물상을 만나 이미 떠나버렸다. 우리 집에 골동품이 많다는 소문을 어디서 들었는지 전문 수집꾼들이 나타나 솔깃한 말솜씨로 아버지를 설득해서 하나하나 야금야금 헐값에 가져갔다.

손이 닿는 곳은 오늘 대충 정리가 되었지만 일부에 대해서는 추가 작업이 필요하다. 남은 것들을 확인하고 그 처분 방안도 생각해 봐야 할 것 같다. 아버지는 짚이나 대나무로 가마니, 멍석, 소쿠리, 통발 등을 만드는 비법을 가지고 계셨다. 날이 궂어 바깥일을 못하는 날에는 온종일 새끼를 꼬고 가마니를 짜고 맷방석을 꾸몄다. 솜씨가 탁월해서 멋진 명품들이 나왔다. 동네 이웃들이 탐낼 정도로 소문이 자자했고 인기도 높았다.

오랜 세월 아버지 손때가 밴 농기구들을 점검하기 시작했다. 버릴 것을 버리고 보관할 것은 골라내는 작업이었다. 서투른 손놀림으로 이것저것 만지고 있지만 감히 당신의 기대에 미치기를 기대할 수 없었다. 새끼나 나일론 끈으로 단단히 결박해놓은 매듭을 하나하나 풀어냈다. 어지럽게 흩어져있는 소쿠리며 맷방석을 한데 모아 정돈했다. 태연히 작업에 임하긴 했지만 평소 하던 일이 아니라 어설프고 둔해서 헛손질하기 일쑤였다.

아버지는 일에 관한 욕심이 남다르셨다. 논밭에 자라는 풀 한 포기 용납하지 못했다. 이웃 밭에 사람 키를 넘는 풀이 마구 자라나도 우리 집 밭은 잡초 하나 없이 깨끗하고 가지런했다. 작업 후 농기구 정돈도 마찬가지였다. 항상 새 것 같이 말끔하게 손질하여 정해진 곳에 보관해두셨다. 언제라도 다시 사용하고자 할 때 전혀 차질이 없도록 미리 준비하셨다. 괭이, 호미, 삽 같은 농기구에 흙 한 점만 남아있어도 불호령이 떨어질 정도였다.

세월을 이기는 장사가 있던가. 아버지도 예외가 아니다. 마음은 청춘이지만 몸이 말을 듣지 않으니 어찌하랴. 대구로 유학을 나오기 전에는 이것저것 집안일을 제법 거들었지만, 이제는 도회지 생활에 찌든 얼치기 농군으로 돌아왔으니 어찌 당신 마음에 들 수 있으랴. 일일이 가르쳐야 하니 얼마나 답답하실까. 수십 년 전 당신께서 지어놓은 매듭을 머리 허연 자식이 끙끙대며 풀어내는 모습을 먼발치서 바라보는 감회가 과연 어떨까.

반백유감(半白有感)

머리 감기가 썩 즐겁지 못해 시작 전에 단단히 마음을 다잡아야 한다. 한 줌씩 허옇게 빠지는 머리털을 보며 횟수를 줄이면 덜할까 하고 주저하게 된다. 젊었을 때는 멋이라도 내기 위해서 자주 손질할 필요가 있었지만 이제 딱히 봐줄 사람도 없으니 괜히 허황된 멋은 부려서 뭣하겠는가. 맵시를 내고 용모에 신경을 쓰는 것도 때가 있고 장소가 있는 법이다. 육십을 넘어선 중늙은이를 관심 있게 주목할 까닭이 없으니 말이다.

머리에 대한 생각과 관심은 나이에 따라 달라진다. 어렸을 적엔 무조건 박박 밀어 스님 머리였다. 그 땐 위생상태가 안 좋아서 그렇게 하는 것이 청결유지의 비결이었고 부스럼이나 종기도 예방할 수 있었다. 무엇보다도 관리하기가 편했다. 세수할 때 그냥 머리 위로 물 한 바가지 끼얹고 대충 한 번 쓰다듬으면 끝나는 일이었다. 그러나 문제도 있었다. 차가운 겨울에 보호해줄 머리카락이 없으니 엄청난 한기를 감내해야만 했다.

빡빡머리는 고등학교 졸업 때까지 유지되었다. 그 시절 사진첩에는 새파랗게 깎은 머리밖에 없다. 두상의 윤곽이 가감 없이 그대로 드러난다. 초등학교에 들어가기 전 친구들과 어울려 놀다가 다친 흉터가 선명하고 정수리에 돌돌 말려 들어간 가마도 생생한 모습 그대로다. 졸업이 가까워지면 포도대장 격인 학생주임 선생님과 숨바꼭질이 자주 벌어지곤 했었다. 재수 없는 친구는 머리 한복판에 고속도로가 뚫렸다.

설날이나 추석 등 명절이 다가오면 밀린 이발을 하느라 모두들 바빴다. 몸과 마음을 정갈하게 하고 조상들에게 제사를 올리는 것이 자고이래의 미풍양속이었으니 어찌하랴. 이발소 가기가 무서워 제 발로 찾아가지 못하는 아이들은 할머니나 삼촌 손에 이끌려 가는 수가 많았다. 탱크처럼 생긴 이발기와 날이 시퍼렇게 선 면도기를 보는 순간 아이는 기겁을 했다. 그렇게 설쳐대던 녀석도 더 없이 얌전한 순돌이로 변하곤 했다.

대학에 들어가서도 머리모양에 큰 변화를 주지는 않았다. 옆과 뒤는 쳐올리고 위는 일정한 높이를 유지한 스포츠형이었다. 입학 직후 학과 봄나들이 때 찍은 사진을 보면 교복차림에 단정하게 머리 깎은 새내기들이 대부분이다. 고등학교 때는 감히 입에도 대지 못하던 막걸리 두어 사발에 긴장이 풀려 자세가 흐트러진 친구들도 보인다. 미리 사회 경험을 쌓은 친구들은 정장 차림에 잘 다듬어진 헤어스타일을 뽐내기도 했다.

수십 년 세월이 흐른 오늘날 아이들은 그때와는 전혀 다른 모습이다. 입학 전 예비소집 때부터 복장규정을 누누이 주지시키고 강조하지만 살 지켜지지 않는다. 그 옛날 단정했던 머리모양을 찾아보기 어렵다. 똑같은 교복에 머리카락이 얼굴을 가려 식별하기가 쉽지 않다. 여학생들은 겨드랑이까지 내려오고 남학생들도 목덜미며 귀가 완전히 덮인다. 깔끔하게 정리하여 학생다운 용모라는 느낌을 주는 아이들이 드물다.

이제 곧 더위가 시작될 텐데 답답하고 부담스러운 머리를 어찌할는지 모르겠다. 학교에서 대부분의 시간을 보내고 집에 가서는 몇 시간 머물며 잠만 자고 돌아오는 그들이 무슨 재주로 그 거창한 머리를 관리하는지 궁금하다. 수업시간에 책상 위에 책 대신 거울을 놓고 있는 여학생도 있다. 선생님 말씀은 건성으로 들으면서 수시로 거울을 들여다보며 머리 만지기에 여념이 없으니 공부는 언제 하는지 참으로 신기하다.

이발소 찾는 날이면 그렇게 시원할 수가 없다. 한 달여 동안 자란 머리를 전기이발기로 사정없이 쳐내면 속이 다 후련하다. 육년 단골이라 말이 필요 없다. 얌전히 앉아있으면 된다. 육십 중반 이발사가 알아서 처리한다. 허옇게 본색이 드러나지만 염려 없다. 집에 도착하자마자 염색하면 그만이다. 반백(半白)은 반백(半百)부터였다. 오십 초반부터 해온 일이라 익숙하지만 녹록하지 않다. 다음엔 이 일도 이발사에게 맡길까 보다.

외로운 동백

동백은 벌써 지고 없는데 / 들녘에 눈이 내리면 / 상냥한 얼굴 동백 아가씨 / 꿈속에 웃고 오네 / 세상은 바람 불고 덧없어라 / 나 어느 바다에 / 떠돌다 떠돌다 어느 모래벌에 / 외로이 외로이 잠든다 해도 / 또 한 번 동백이 필 때까지 나를 잊지 말아요 / 또 한 번 모란이 필 때까지 나를 잊지 말아요

조영남이 불렀던 '모란 동백'이라는 노래의 2절이다. 노래의 흐름으로 짐작할 수 있듯이 1절은 모란을 소재로 했다. 세시봉 열풍이 전국을 몰아칠 때 그가 모 방송국 프로그램에 출연하여 부른 바 있다. 처음 듣는 순간 빨려 들어갈 듯 강력한 매력을 느꼈다. 그의 노래가 대부분 그렇듯이 정통 성악을 전공한 고수답게 장중한 분위기를 물씬 풍기는 격조 높은 노래다. 가만히 눈을 감고 듣고 있노라면 어느 바닷가 조용하고 평화로운 어촌 풍경과 함께 겨울의 끝자락 드문드문 잔설 속에 빨갛게 피어있는 동백이 눈앞에 성큼 다가선다.

학교 현관 동편 화단에 주위 분위기와 어울리지 않는 동백 한 그루가 서 있다. 잣나무 그늘에 반쯤 가려 어정쩡하게 자리 잡은 것으로 보아 설

립공사 당시 식수계획에는 포함되지 않았던 것으로 짐작이 간다. 개교기념식이나 졸업식 등 학교행사 때 누군가 축하화분으로 보낸 것을 마땅히 키울 장소가 없어 화단 귀퉁이에 대충 옮겨 심은 것이 아닌가 한다. 남부 해안지대를 중심으로 서식하는 수종이라 이 지역에서는 썩 잘 어울리지는 않는다. 온실이 아닌 노천인지라 더욱 그렇다. 다른 나무들과 분위기가 사뭇 달라 이방인처럼 낯설다.

그러나 어디 있으나 동백은 동백이 아니겠는가. 겨울의 흔적이 곳곳에 남아있던 3월 초부터 화사하게 꽃을 피우기 시작했다. 한 달 정도 만발하더니 변덕스러운 날씨를 견디지 못하고 죄다 떨어져 버렸다. 생명의 유한함이란 딱히 우리 인간들에게만 적용되는 것이 아니다. 화무십일홍(花無十日紅)이라 했지만 결코 짧지 않은 시간 무척 화려한 자태로 사람들의 시선을 붙잡았다가 사라졌다. 내로라하는 초목들이 겨울잠에서 깨어나기도 전에 꽃샘추위와 동장군의 심술에도 아랑곳하지 않고 의연하게 피어 있던 모습이 참으로 대견스러웠다.

동백나무 등걸은 매끄럽고 깔끔하며 잡티가 없이 깨끗하다. 반질반질 윤기가 나는 잎은 짙은 녹색으로 그 가장자리에 가느다란 톱니가 돋아있다. 선홍색 꽃은 한 송이씩 따로따로 피지만 개체수가 많아 장관을 이룬다. 잎사귀 사이사이에 진한 빨간색 꽃이 촘촘히 박혀 한껏 요염을 떤다. 남해안 주요 서식지에서는 동박새가 여기저기 옮겨 다니며 가루받이를 도와준다고 하지만 학교 화단의 동백은 사정이 전혀 다르다. 엉뚱한 곳에 홀로 떨어져 있는 신세이라서 그런지 동박새는 고사하고 그 흔한 벌이나 나비가 찾아드는 모습을 본 적이 없다.

동백은 삼라만상이 잔뜩 움츠리고 있는 겨울에 의연한 모습으로 피어 사람들의 각별한 사랑을 받았다. 분재로도 널리 애용되어 사람들 가까이에 머물렀다. 자라는 속도는 느리지만 그늘지고 물 빠짐이 좋은 곳에 잘 적응한다. 가혹하게 가지를 잘라내도 끄떡없이 잘 견디며 공해나 소금기에도 강하다. 동백 씨앗으로 짠 기름은 등잔불이나 아낙네들의 머릿기름으로 사용되었다. 전통 혼례식에서 동백은 빠지지 않는 단골이었다. 혼례상에 대나무와 함께 자리 하여 식장 분위기를 돋우고 부부화합과 돈독한 금슬을 기원하는 매개체 역할을 했다.

꽃이 화려하면 향기가 부실하기 쉽다. 외관은 화사하지만 속 빈 강정이다. 꽃이 현란할수록 시선을 끌려고 노력해야 할 필요성은 줄어든다. 가만히 있어도 스스로 찾아오니 구태여 애쓸 이유가 없다. 평범한 꽃은 다르다. 향기로 주목받아야만 한다. 이 얼마나 엄정하고 오묘한 자연의 섭리인가. 그 많던 꽃 죄다 떨어지고 쓸쓸히 서 있는 동백이 안쓰럽다. 누렇게 변색한 꽃송이가 얼마 전까지 자신이 매달려있던 바로 그 나무 밑에 어지럽게 흩어져 뒹군다. 아니, 무슨 걱정이랴. 흙으로 돌아가 내년 3월 또 다른 꽃으로 환생(還生)하면 될 것을.

무언호인(無言呼人)

無言呼人: 소리 없이 사람을 부르라. 깊은 산의 들꽃은 말없이 웃기만 해도 그 향기만으로 벌 나비를 부른다. 참스승은 자신을 말로써 내세우지 않고도 그윽한 인품을 갖춤으로써 수많은 제자의 마음을 살 수 있다.

교원대학교 종합연수원 식당 입구에 걸려있는 휘호다. 점심시간 길게 늘어선 줄 속에서 차례를 기다리던 중 느낀 바가 있어 휴대전화에 담았다. 단 하루 짧은 시간이었지만 많은 것을 얻고 배운 연수였다. 교장자격 연수에 참가했던 어느 선생님이 남긴 글을 대하면서 다시 한 번 스스로를 돌아보는 계기를 얻었다. 나는 어느 쪽인가. 시끄럽게 목소리만 높였지 아이들에게 가슴 떨리는 감동은 주지 못한 수준 미달의 교장은 아니었던가. 한 마디 말 하지 않아도 아이들과 선생님들이 묵묵히 믿고 따르는 그런 교장인가.

12년 만에 다시 찾은 연수원은 외형상 크게 달라진 것은 없었다. 건물 몇 동 새로 들어서는 등 작은 변화 외에 옛 모습 그대로였다. 이번엔 연수생 신분이 아니고 연수생들을 도와주기 위한 멘토 자격이다. 수십 년간 교단생활을 한 후 교장이라는 직책을 받기 위해 공부하는 분들이다. 한 발 먼저 시작한 사람으로서 제대로 된 교장이 될 수 있도록 길을 안내해 주는 역할을 부여받은 것이다. 학교의 모습이 누가 교장을 맡느냐에 따라 엄청나게 달라질 수 있음을 생각할 때 참으로 엄중한 임무가 아닐 수 없다.

세월과 함께 변하지 않는 것은 아무것도 없다. 그렇더라도 사람을 사람답게 만드는 교육의 본질은 변해서도 안 되고 변할 수도 없다. 흔히 교육개혁이라는 말을 쉽게 입에 담는다. 한 번 생각해 보자. 교육이 급격한 개혁의 대상이 될 수가 있는가. 도대체 어떤 분야가 개혁의 대상인가. 무엇을 어떻게 개혁한단 말인가. 백년지대계라는 말이 그냥 생겼겠는가. 교육은 당면한 사회적, 정치적 이해관계에 휘둘리지 않고 먼 장래를 내다보는 거시적 안목이 필요한 분야이다. 아무 때나 마구 손대서 될 일이 아니다.

사회가 복잡해지고 다원화됨에 따라 학교에 요구하는 바도 다양해지고 있다. 지식을 전달하는 것으로 그 임무가 끝나지 않는다. 바쁜 일상 탓에 가정에서 챙기지 못하는 몫까지 학교에서 책임을 져야할 상황이다. 대다수 아이들이 입시라는 멍에에 갇혀 새벽 같이 등교하여 밤늦도록 머물고 있다. 집은 그저 잠깐 들러서 잠만 자고 나오는 하숙집으로 변했다. 학교는 그들로 하여금 하루의 대부분을 활동하고 공부하도록 관리하는 책임을 맡았다. 아침 일찍 등교해서 별을 보고 하교해야 하는 그들이 딱하다.

모두가 학부모요, 자칭 교육전문가라서 교육에 대해서 할 말이 많다. 학창시절에 보고 들은 바를 바탕으로 학교를 논하고 교육을 말한다. 과연 학부모, 선배로서의 역할을 다하고 있는가. 스스로 해야 할 일은 하지 못하면서 감 놔라 대추 놔라 참견하는 것은 아닌가. 교육이란 가정, 사회, 학교가 함께 만드는 종합예술이다. 학교가 제아무리 역할을 다하려 해도 가정과 사회가 든든한 후원자가 되어 뒷받침해 주지 않으면 그 기능을 원만하게 수행하기 어렵다. 학교도 결국 전체 사회를 구성하는 한 부분일 뿐이다.

우리의 미래를 책임질 아이들을 속빈 강정으로 키운다면 교육의 책임이 크다. 그렇다고 당장 눈에 띄는 가시적 효과에만 급급해서는 안 된다. 무작정 서둘러서 될 일도 아니다. 장기계획을 세우고 점진적, 단계적으로 정책을 입안하고 실행해야 한다. 응급환자가 주사 한 방으로 기력을 회복하듯 즉각적인 효력이 나타나기를 기대할 수 없다. 느긋하게 참고 기다릴 줄 알아야 제대로 된 성과를 거둘 수 있을 것이다. 함부로 칼을 들이대고 아무렇게나 난도질해서 만신창이가 되게 해서는 일을 그르치기 십상이다.

연수생 시절 생활하던 기숙사, 강의실, 운동장 등을 한 바퀴 둘러보았다. 교정을 바삐 오가는 학생들을 보는 순간 교원대학에 진학한 졸업생들이 생각났다. 학교로 연락하여 한 아이의 전화번호를 알아냈으나 통화가 여의치 못했다. 궁금해 하던 중 수업에 들어가는 길이라며 급하게 연락을 해왔다. 길게 이야기할 형편이 아니었다. 無言呼人(무언호인)이라 했으니 무슨 긴 이야기가 필요할까. 착실히 실력을 쌓고 인격을 닦아 존경받는 참스승이 될 바탕을 단단히 다지라고 일러주는 것으로 아쉽지만 대화를 끝냈다.

나무 위의 종이비행기

사람이면 누구에게나 물질을 탐하는 마음이 숨어있기 마련이다. 물욕이 없다면 죽은 목숨이거나 성인의 반열에 올라야 할 사람이다. 이 세상 땅 위에 발을 디디고 사는 인간이라면 정도의 차이는 있겠지만 재물에 대한 욕심이 전혀 없을 수는 없을 것이다. 완전한 백지상태나 순진무구한 무욕무념의 경지에 이를 수 있다면 비록 육신이 속세에 남아 있다 하더라도 그 영혼은 이미 달관한 신선의 세계에 이르렀다고 봐야 할 것 같다.

수십 억 재산을 가진 사람도 그 흔한 세제 몇 봉지 얻으려고 백화점 사은행사장에 길게 늘어진 줄 맨 뒤에 붙어 선다. 뒤집어 생각해 보면 그런 절약정신과 검소한 생활습관이 몸에 밴 덕분에 오늘의 부를 이룬 것이 아니겠는가. 가진 것 없으면서 허세 부리는 것도 우습다. 돈이 있어야 돈을 모을 수 있다는 엉뚱한 논리에 갇혀 아예 포기하고 펑펑 쓰고 보자는 고약한 심리가 작용해서 마구 카드를 긁어 댄다면 결과는 뻔하다.

물질에 대한 애착이나 관심을 무조건 배척하거나 경원해야 할 이유는 없다. 자원은 부족하고 사람은 넘쳐나니 선의의 경쟁을 통한 재화의 획득은 말릴 수 없는 일이다. 경쟁이 없고 다툼이 없으면서 생존에 지장이 없다면 그것은 바로 이상향이다. 제한된 자원밖에 없는 상황에서 그건 한 낱 허황된 꿈에 지나지 않는다. 현실을 직시하고 이웃과 정당하게 경쟁을 벌이는 가운데서도 배려하고 양보하는 미덕을 기르면 될 것이다.

요즘 아이들은 대책 없이 이기적이고 자기중심적이다. 휴대전화 등 몇몇 값나가는 물건만 챙길 줄 아는 속 좁은 왕자요, 공주가 대다수다. 바로 옆 친구의 어려움이나 애로에 대해 둔감하고 학급이 어떻게 굴러가든 관심이 없다. 자기 배만 부르면 그만이고 친구가 굶는지 먹는지 상관할 바 아니다. 먹고 싶으면 장소를 가리지 않고 아무데서나 먹고 졸리면 그냥 그 자리에서 엎드려 자면 그만이다. 남의 이목 따위는 신경 쓰지 않는다.

하루에 두어 번 교내를 순회하다보면 온갖 물건을 다 줍게 된다. 수거한 물품 중에는 이용가치가 다한 것도 있지만 쓸 만한 것도 많다. 가위, 지우개, 연필, 볼펜, 자, 노트, 책 등 학용품은 말할 것도 없고, 신발, 옷, 양말, 손수건, 모자, 컵, 치약, 칫솔, 안경, 실내화 등 거의 모든 생활용품이 망라된다. 잃어버려도 아쉬워하지 않는다. 한 술 더 떠서 운동장, 화단, 교실, 계단, 복도, 화장실 등 장소를 가리지 않고 마구 버린다.

우유팩이 개봉도 안 된 채 창밖으로 던져져 보드블록 위에 사방으로 허옇게 퍼진다. 집에 가 있어야 할 가정통신문이 종이비행기로 변신해서 나뭇가지에 걸려 바람에 나부낀다. 무엇을 챙겨야 하는지 도대체 관심이 없다. 없으면 다시 사면 그만이니 구태여 찾으려고 애쓸 필요도 없다는 심보다. 가까이 두고 아껴 쓰던 물건에 대한 애착심이 그렇게도 없을까. 수족처럼 간직하던 물품에 대해 그토록 철저하게 무심할 수가 있을까.

쓸 만한 물건이라면 남의 것이라도 가지고 싶은 것이 보편적 정서일 진데 자신의 소유물에 대해서 무슨 말이 더 필요하겠는가. 어렵고 힘든 시절을 겪지 못해서 그렇다고 치부해버리면 그만이겠지만 간단한 일이 아니다. 땀 흘려 애써 번 돈으로 합당한 값을 치루고 얻은 물건이 아니라서 그렇다. 천방지축 개념 없는 아이들에게 자신이 간직하고 있는 물품 뒤에 숨은 뭇사람들의 땀과 노력을 깨닫도록 지도하기가 참으로 어렵다.

집무실 책상 위 두 개의 필통은 아이들이 버린 학용품으로 가득하다. 순회 중 주워와 잘 손질해서 담아두었다. 상태가 양호한 것을 골라 아이들에게 나누어준다. 보온성이 좋은 머그와 다자인이 예쁜 컵도 있지만 예외다. 정이 듬뿍 들어 분양할 생각이 없다. 티끌 모아 태산이라 했다. 절약하고 아껴 쓰는 버릇을 길러주어야 할 텐데 걱정이다. 어렵고 험한 세상을 슬기롭게 살아갈 수 있도록 가르치는 일이 녹록하지 않다.

살며
생각하며

제 5 부
존사애생
尊師愛生

꽃샘바랑 선거바랑

　변덕스러운 날씨에 꽃샘추위까지 심술을 부리곤 했지만 새 학년은 어김없이 시작되었다. 선생님들이 바뀌고 신입생들이 들어와 교정에 활기가 넘친다. 학교의 주인은 아이들이다. 그들이 있어 학교가 있고 선생님들이 있다. 일반계 고등학교의 특성상 대학입시를 염두에 들 수밖에 없어 다양한 활동을 펼치지 못하는 점이 아쉽지만, 그런 가운데서도 아이들의 숨은 재능과 소질, 남다른 끼를 선보일 마당을 펼치고자 노력하고 있다.

　국가적 중대사인 국회의원 선거전이 치열한 가운데 학교도 한동안 선거열기로 뜨거웠다. 기성세대를 흉내 내어 다양한 방법으로 유권자들의 관심을 끌고자 했다. 참모들은 아침 일찍 등교하여 교문을 지키며 학우들에게 한 표를 호소했다. 다양하고 아기자기하게 꾸민 피켓이 등장하고 포스터도 빠지지 않았다. 몇 년 후면 스스로 유권자가 되어 투표에 참여할 것이니 민주시민의 역량을 미리 배우고 길러두는 것도 좋을 것이나.

　유행가를 개사한 기발한 로고송도 등장했다. 매일 수차례 반복해서 듣다가 보니 어느새 중독이 되어 덩달아 흥얼거릴 정도가 되었다. 선거운동 기간 중 내내 자신의 공부도 팽개치고 목이 쉬도록 구호를 외쳐대던 아이들이었다. 친구를 위해 몸을 던져 운동을 펼치는 우정이 놀라웠고 그 순수한 열정이 감동적이었다. 매년 신입생을 위한 특강 때마다 강조한 바 있지만, 학창시절 인간관계가 참으로 소중하다는 것을 절감했다.

선거공고가 나가던 날 교장실 문을 조심스럽게 두드리는 소리가 나더니 학생 둘이 들어섰다. 그중 한 아이가 이번 학생회장 선거에 출마하기로 했다며 알아볼 일이 있어 왔노라고 했다. 입후보하게 되면 공약을 내걸어야 할 텐데 준비하고 있는 것이 과연 공약으로 적합한지 또 실천 가능한지 확인하고 싶다고 했다. 공약이란 것이 구체적으로 무엇인지 들어보았더니 채택함직한 것도 있었지만 여건상 어려운 것도 있었다.

선거란 원래부터 다 그런 것이다. 대통령, 국회의원, 지자체단체장, 지방의원에 이르기까지 선거 때마다 수많은 후보들이 엄청난 공약을 쏟아내지만, 당선 후 얼마나 성실하게 이행하던가. 마구잡이로 남발하는 공약 중에는 누가 들어도 코웃음 칠 만큼 한심한 것도 적지 않다. 우선 당선되고 보자는 안일한 심보가 작용한 탓이다. 상식적으로 도저히 실천 불가능한 허황된 약속으로 유권자들의 판단을 흐리는 경우도 많다.

학생회장 선거도 선거가 아닌가. 아무것도 모르고 호기롭게 선거전에 뛰어들었지만 행여 지나친 인기영합으로 선거판을 혼탁하게 만들지 않도록 경계했다. 기성 정치인 흉내를 내지 말고 실천 가능한 공약을 내세워 유권자들을 감동시키라고 했다. 당선되면 공약을 다시 점검하여 쉬운 것부터 하나하나 이행하도록 노력하라고 했다. 참신하고 매력적인 공약으로 승리한다면 공수표가 되지 않도록 도와주겠다고 약속도 했다.

이번 선거에 출마한 여러 명의 후보들 중에 그 아이 말고 미리 찾아와 상의하는 학생은 없었다. 다른 후보들이 찾아와 또 비슷한 요청을 했다면 난감한 처지가 되었을 것이다. 그가 실제로 어떤 공약을 내놓았는지 모르지만 내 작은 조언이 도움이 되었기를 바랄 뿐이다. 이제 선거는 끝났고 당선자도 공고되었다. 어떤 공약이라도 학생대표가 한 것이니 재정 여건 등을 고려해서 최대한 실현될 수 있도록 최선의 노력을 해야겠다.

선거 준비도 만만치 않았다. 지역 선거관리위원회에 협조공문을 보내 기표대 등 투표에 필요한 물품을 대여 받았다. 각반 반장들을 중심으로 선거관리위원회를 구성하고 선거인명부도 작성했다. 실제 투표에 소요되는 시간은 길어야 일분 정도였으니, 오랜 기다림 끝에 찾아오는 소중한 기회치고는 참으로 싱겁다. 그러나 아이들의 진지한 표정에서 밝고 맑고 건강한 이 나라의 미래를 보는 것 같아 숙연해질 수밖에 없었다.

손바닥에 숨은 시

인간에게는 치명적인 결함이 있다. 삼라만상 가운데 자신이 듣고 싶은 것만 골라서 듣고 보고 싶은 것만 골라 보고자 한다. 보기 싫어도 눈길을 던져주고 듣기 싫어도 들어주려고 하는 아량과 배려가 부족하다. 결과적으로 소견과 안목이 좁아져 사고방식이 편협해진다. 남을 있는 그대로 봐주는 관용의 미덕이 모자라게 된다. 내 생각과 다르면 무조건 틀린 것으로 단정해버린다. 세상사를 자신의 잣대로 시비를 가리려 든다.

집 바로 뒤에 멋진 산이 있는데도 그 진가를 발견하지 못하고 이른 새벽 이름난 산을 찾아 머나먼 길을 나선다. 사랑하는 가족을 비롯하여 주위에 귀한 사람들이 수없이 많은데도 구태여 먼 곳까지 나가서 찾으려 한다. 자신과 자신이 가진 것을 스스로 가볍게 여기고 외국 문물을 무작정 숭상하며 부러워하는 모순도 범한다. 자신감이 부족하고 정체성이 확고하지 못해 내 나라 말을 경시하고 남의 말을 남용하는 현상도 생긴다.

달포 전 어느 모임에서 감동적인 강의를 들었다. 기초학력이 떨어져 학교생활에 흥미를 잃은 아이들을 대상으로 한 특별활동이었다. 아이들 속에 깊이 감춰진 끼를 찾아내고 삭막한 영혼을 윤택하게 하고자 펼친 투쟁

기였다. 교육의 본질은 감동이다. 상호 교감을 통해서 마음이 하나가 되어야 한다. 아이들의 닫힌 가슴을 열어야 선생님의 말씀이 귀에 들어간다. 그러기 위해서 선생님이 먼저 가슴을 열고 아이들에게 다가가야 한다.

강의 서두에 강사가 수강생들에게 각자 왼손을 펴서 손바닥에 뭐가 있는지 잘 살펴보라고 주문했다. 회갑을 넘긴 중늙은이 손바닥에서 깊숙하게 골이 진 세월의 흔적밖에 찾을 것이 또 뭐가 더 있을까. 놀랍지 않는가. 한 번도 본 적이 없는 '시'라는 글자가 눈에 들어왔다. 그뿐만이 아니었다. 오른손 바닥에도 똑같은 글자가 대칭으로 나타났다. 세상에 태어날 때부터 이미 거기에 그렇게 있었지만 아둔한 탓으로 알지 못했을 뿐이다.

그가 아이들을 위한 시낭송회를 열고 그 제목을 '사람은 누구나 시를 품고 산다'라고 달았다고 했다. 참으로 기발한 작명이 아닌가. 비록 공부에는 재미를 느끼지 못한다 하더라도 자신이 있어 하고 잘 할 수 있는 분야가 있기 마련이다. 선생님이 할 일은 그런 아이들의 숨은 재주나 소질을 찾아내어 적극 키워주는 것이다. 아이들이 자신들의 존재가치를 발견하고 나아갈 방향을 찾을 수 있도록 도와주는 것이 바로 선생님의 책임이다.

사람들은 흔히 시가 난해하고 추상적이라서 시인이라는 특성 십단이 배타적으로 쓰고, 읽고 또, 즐길 수 있는 분야라고 단정 짓곤 했다. 그러나 이제 사정이 많이 달라졌다. 인터넷을 비롯한 첨단 통신시설과 워드프로세서라는 아주 편리한 장치가 개발되어 누구라도 시를 짓고 발표 하며, 마음만 먹으면 언제라도 책으로 엮어 낼 수 있는 시대가 열렸다. 누구나 시를 가까이 할 수 있는 여건이 되었으니 가히 범국민시인시대라 할 만하다.

시는 결코 우리와 멀리 떨어져 존재하는 것이 아니다. 일상사 자체가 시이다. 매 순간 뱉어내는 말에 운율을 더하고 호흡을 조절하여 음악성을 보태면 그게 바로 시다. 우리네 할머니들은 모두가 등단하지 않은 재야시인이셨다. 고된 일로 허리가 휘어도 걸쭉한 노동요(勞動謠) 한 소절 읊조리며 참아냈다. 아이들이 간직하고 있는 시심(詩心)을 깨워주자. 시를 통해 따뜻하고 부드러운 심성을 길러 이웃을 배려할 줄 아는 사람으로 키우자.

며칠 전 무심코 TV 채널을 돌리다 윤정희 주연의 '시'를 다시 만나는 행운을 잡았다. 극장에서와는 달리 남을 의식하지 않고 여유를 부릴 수 있어 좋았다. 최신 음향시설과 대형화면은 갖추지 못했지만 극장에서 놓쳐 버렸던 잔잔하고 미세한 감동을 찾아낼 수 있었다. 우리네 인생 하나하나가 장편 서사시(敍事詩)이고 그것을 스크린에 옮긴 것이 영화라면 그 또한 시가 될 수밖에 없다. 시는 이렇게 우리들 가까이에 있는 것이다.

민들레에 담긴 온정

작년 이맘 때였다. 운동장 주위를 돌아보던 중 남쪽 아파트 단지와 경계지점에 할머니 한 분이 웅크리고 앉아 계셨다. 가까이 다가가 무엇을 하고 계시는지 여쭈어 보았더니 댁의 아드님에게 달여 먹이려고 민들레를 캐고 있다는 대답이었다. 학교 설립공사 때 객토를 많이 한 관계로 어디선가 민들레 씨앗이 유입되었던 것이다. 작년 봄에도 잎이 넓적하고 꽃이 화려한 외래종 민들레가 교정을 온통 뒤덮지만 채취할 생각은 하지 못했다.

부모님의 사랑이란 무궁무진하여 그 깊이를 가늠하기가 어렵다. 할머니 연세가 줄잡아 80은 넘은 듯했으니 그 아들이면 60 정도는 되었을 터였다. 자식 나이가 아무리 많아도 자식은 자식일 뿐이다. 회갑을 넘긴 자식도 부모 눈에는 여전히 어리고 미숙하여 미덥지 못하고 불안하다. 우리 부모님도 예외가 아니다. 예나 지금이나 뵐 때마다 머리 허연 아들에게 변함없이 던지시는 질문이 있으니, 밥은 먹었는지 수중에 차비는 있는지 등이다.

사람들은 민들레를 구덕초(九德草)라 불렀다. 역경을 이겨내는 인내력,

스스로 일어서는 독립심, 먼저 꽃 피우는 근면성, 약재로 쓰이는 유용성, 벌 나비를 끌어들이는 친화력, 순서를 지키는 준법성, 근친 교배를 피하는 윤리성, 천기를 알아내는 민첩성, 인간에게 도움을 주는 홍익성이 바로 그것이다. 할머니가 달여 먹인 민들레 속에는 자식의 건강을 염려하는 모정(母情)과 함께 아홉 가지 덕목도 고스란히 녹아들어 있었으리라.

민들레의 약효는 익히 알려져 있다. 동장군의 시련을 견뎠으니 특별한 효력을 지녔다고 믿었다. 한방에서는 민들레를 귀한 약재로 여겼다. 꽃피기 전 잎을 채취해서 말렸다가 감기나 소화불량 치료제로 이용했다. 뿌리나 줄기를 자를 때 흐르는 하얀 즙은 산모를 위한 최유제(催乳劑)로 쓰였다. 남의 이목에 개의치 않고 민들레를 캐던 할머니가 효능을 상세하게 알지는 못했겠지만 자식 사랑하는 정성은 누구보다 각별했을 것이다.

계절의 변화는 정확하고 무섭다. 그 매섭던 동장군도 기세가 꺾였다. 아침나절 소매 속을 파고드는 한기가 만만치 않지만 한낮에는 봄기운이 완연하다. 코트를 벗고 나니 때로는 다시 입어야 하지 않을까 갈등이 생기기도 한다. 미세하긴 하지만 사람들의 차림새에서 변화의 조짐이 보인다. 변덕이 심한 날씨라 겨울옷에 대한 미련을 완전히 버리지 못하고 있다. 그래도 밝고 화사한 옷들이 거리를 가득 메울 날도 멀지 않으리라.

생명이란 신기하고 경이롭다. 엄동설한을 용케 이기고 수북이 쌓인 낙엽을 뚫고 숨어있던 민들레가 고개를 내밀었다. 온갖 화초며 나무가 자라고 있지만 노골적으로 봄 냄새를 풍기는 것은 아직 찾아보기 어렵다. 앙상한 가지에 성급한 새들이 앉아 지저귀고 있을 뿐 새잎을 움틔울 엄두를 내지 못하고 있다. 본관 바로 앞 산수유가 노란색 꽃을 얌전하게 피우고 있어 삭막한 분위기를 한결 부드럽게 해 주고 있으니 그나마 다행이다.

　모든 일에는 때가 있기 마련이다. 온 천지에 퍼지고 있는 봄기운을 누가 감히 막을 수 있겠는가. 한겨울 내내 아무도 주목하지 않는 삭막한 교정 한 귀퉁이를 지키며 매서운 추위를 온몸으로 이겨낸 민들레다. 기온의 변화를 남보다 먼저 알아차리고 두껍게 쌓인 낙엽을 뚫고 솟아올랐다. 활개를 활짝 펴고 꼿꼿이 고개를 세웠다. 잎도 나오기 전에 서둘러 꽃을 피운 산수유가 유일한 벗이다. 그 강인한 생명력에서 무엇을 배워야 할까.

　민들레의 계절이 왔으니 할머니가 다시 교정을 찾으실지 모르겠다. 민들레가 아드님 건강을 지키고 가정을 굳건히 세우는 데 도움이 되었으면 좋으련만, 혹 그렇지 못해 올해는 발걸음을 끊으실까 걱정이다. 지성(至誠)이면 감천(感天)이라 하지 않았던가. 자식을 향한 어머님의 정성을 하늘인들 어찌 모른 척 할 수 있을까. 꽃샘추위 속 매서운 바람을 맞으며 장갑도 없이 무딘 호미로 민들레 뿌리 캐기에 여념이 없던 할머니가 궁금하다.

다시 듣는 그 노래

엄청난 충격이었다. 순박하고 앳된 이미자가 소녀시절 다소곳이 부르던 '섬마을 선생님'이 아니었다. 노브레인이 연주하고 노래하는 전혀 다른 노래였다. 눈을 감으면 아득하게 펼쳐지곤 했던 바닷가 한적한 섬마을 풍경이 아니었다. 현대화된 도시 한복판 팽팽한 긴장감이 감도는 경연장 안이었다. 엄청난 에너지가 넘치는 빠르고 강한 음악이었다. 신기하게도 금속성 목소리가 처음에는 몹시 생소했으나 차츰 익숙해져 갔다.

초창기 이미자의 자료화면이 아주 인상적이었다. 가장 한국적인 가수 이미자는 긴 세월 국민들과 애환을 함께 해왔다. 팔순 중반의 부모님과 육순을 넘긴 우리 내외가 사랑하고 아끼는 가수이다. 사실 부모님은 여자 가수 중 이미자를 빼면 아는 사람이 별로 없다. 십여 년 전까지만 해도 고향집 사랑방에 그의 초창기 LP판이 있었다. 주옥같은 노래로 민초들 가슴 속에 응어리진 한을 시원하게 풀어준 초대형 국민가수이다.

사범대학 졸업 후 경북의 어느 중학교에 발령받아 근무할 때도 불렀다. 겨우 두 달 반 만에 입대하게 되었을 때 환송회 자리에서 선배들이 불러준 것도 이 노래였다. 때 묻지 않는 청정한 정서와 초록빛 낭만이 가득 담긴 서정시이다. 섬마을은 순진무구함과 무한한 가능성 그 자체이다. 이 노래를 듣고 있으면 초보교사 시절 어렵고 낯설었던 기억이 어제 일 같이 성큼 다가온다. 조심스럽고 어설펐지만 꿈도 많았던 시절이었다.

노래 속의 섬마을은 지금도 어디엔가 있을 것이다. 그런 이상향을 구현하기 위해 우리 선생님들은 최선을 다하고 있다. 오늘날 급속한 변화의 소용돌이 속에 교권은 크게 약화되었다. 그들을 향한 시선도 옛날 같지 않다. 그런데도 절대 다수 선생님들은 확고한 사명감과 교육적 소신으로 묵묵히 자신의 길을 가고 있다. 아이들이 티 없이 맑은 심성을 기르고 비단결 같이 곱고 푸른 꿈을 가꿀 수 있도록 지도하고 있다.

'섬마을 선생님'과의 인연은 군대생활 중에도 이어졌다. 늦게 입대한 탓에 웬만한 고참보다 나이가 많았다. 군대에선 오직 밥그릇 숫자가 말할 뿐 아무것도 힘을 쓰지 못한다. 교사였다는 이유로 전역하는 고참병을 위한 회식 때마다 불러야 했다. 세월이 흘러 스스로 고참이 될 때까지 수도 없이 불렀다. 탁한 목소리로 고래고래 고함을 질렀다. 벌레 씹은 얼굴로 마지못해 목청껏 불렀다. 내 기분과는 상관없이 무조건 시켰다.

햇병아리 총각교사도 이제 회갑을 넘겼으니 그때 그 아이들도 50줄에 들어섰으리라. 의욕이 넘치고 혈기왕성했으나 부족한 점이 많은 초보교사였다. 엄벙덤벙 좌충우돌, 하는 일마다 실수였을 것이다. 교사의 말 한마디, 행동 하나는 아이들의 인격형성과 정서발달에 엄청난 영향을 미친다. 담임과 아이들은 닮는다고 한다. 무엇으로 이를 설명할 수 있을까. 교사의 감화력이다. 교사의 역할이 그만큼 크고 무겁다는 뜻이다.

요샌 사통팔달 도로가 뚫려 벽지라는 개념이 희박해졌지만 그 땐 육지 속의 섬이나 다름없는 오지가 많았다. 첫 발령지는 예외 없이 첩첩산골이었다. 산 넘고 물 건너 버스를 몇 번씩 갈아타며 온종일 찾아가야 했다. 온갖 악조건 속에서도 아이들을 위하는 정성 하나로 모든 난관을 이기고 교단을 지켰다. 금년에도 신임교사 두 분이 부임해 오셨다. 무려 38년이란 간격이 있지만 그 옛날 내 모습을 보는 듯 무척 반갑다.

노래라고 어찌 생명이 없겠는가. 빛바랜 어제에 묻혀 오늘을 잊을 수는 없다. 그 옛날 이미자가 불러주던 '섬마을 선생님'만 고집할 일이 아니다. 향수에 젖어 대책 없이 허둥댈 수도 없다. 세상이 변하고 풍속이 달라졌으니 어찌하랴. 어제는 어제일 뿐 오늘일 수 없고 오늘 뒤에 다시 어제가 올 수 없다. 시대변화에 따라 노래도 달리 해석될 수 있을 터이다. 노브레인 버전이면 어떤가, 마음을 비우고 수용하면 그만인 것을.

적자생존

아무리 뒤져봐도 찾을 수가 없다. 분명 상의 안주머니에 넣은 것으로 기억하고 있는데 이런 낭패가 있나. 강의는 이미 시작되어 놓쳐서는 안 될 중요한 내용도 있었건만 필기구가 준비되지 않아 그냥 듣고만 있을 뿐이다. 이런 실수를 잘 하지 않는데 이젠 나이 탓인지 도대체 알다가도 모를 일이다. 할 수 없지 않는가. 오늘은 강사의 말씀을 귀로 잘 듣고 그 핵심을 확실하게 가슴에 새겨가는 수밖에 없다. 어떤 사람은 녹음기에 담아가서 다시 듣는다고 하지만 그 또한 쉬운 일은 아닐 것 같다.

도처에 널린 것이 교양강좌다. 저렴한 비용 혹은 무료로 들을 수 있는 강좌가 부지기수다. 자치단체나 공공 도서관, 대학, 문화회관 등에서 개설하는 강의도 무수히 많고 다양하다. 관심과 열정만 있다면 얼마든지 수강 가능하다. 시간이나 거리는 문제가 될 수 없다. 불가능하다는 말은 게으름을 합리화하는 말이며 궁색한 변명일 뿐이다. 두어 시간 할애하면 한 분야에서 일가를 이룬 분들이 평생 동안 쌓아온 풍부하고 경이로운 경험과 세상살이에 대한 유익한 지혜를 얻을 수 있지 않는가.

수십 년 인생을 압축한 강의를 아무런 준비도 없이 한쪽 귀로 듣고 한쪽 귀로 그냥 흘러 보낸다는 것은 강사에 대한 예의가 아니며 자신을 위해서도 온당한 일이 아니다. 사람의 기억에는 한계가 있기 마련이다. 들을 때는 알 것 같지만 자리를 뜨는 순간 일부만 머리에 남을 뿐 대부분 잊어버리게 된다. 강의를 듣는 동안 내용을 요약하여 적어보면 체계가 잡혀 머릿속에 확실하게 저장된다. 그렇게 초안을 잡아 두었다가 귀가하는 즉시 기억을 되살려 잘 정리해두면 지적재산으로 굳어지게 된다.

전자통신기술이 하루가 다르게 발전하고 정보와 지식이 홍수를 이루고 있다. 복잡한 세상을 살아가기 위해서는 적는 습성을 기를 필요가 있다. 눈을 크게 뜨고 주위를 살피면서 능동적으로 대처하자. 어딜 가든지 남의 말을 경청하고 무엇이든 적을 준비가 되어 있어야 한다. 기록하려면 집중해서 들어야 한다. 잘 듣지 않고서는 적을 수 없다. 귀담아 듣고 들은 바를 일목요연하게 정리해 두어야 한다. 그렇게 축적된 지식과 정보는 어려운 시대를 살아가는 데 더 없이 좋은 지원군이 된다.

얼마나 빨리 최신 정보와 지식을 접하고 어떻게 활용하느냐에 인생의 승패가 달려있다고 해도 과언이 아니다. 언제 어디서나 필요한 정보와 지식을 찾아내고 요령 있게 관리하며 적절히 활용할 줄 아는 사람이 살아남을 수 있다. 어느 분야에서든 전문가가 되고 달인이 되고자 한다면 경청하고 적는 일부터 능통해야 한다. 따끈따끈하고 유익한 정보나 지식을 놓치지 않고 차곡차곡 쌓을 수 있도록 우리 아이들을 훈련시키자. 연필과 노트를 휴대하여 언제라도 적을 준비를 하도록 가르쳐야겠다.

적자생존, 적는 자가 살아남을 수 있다는 이 말이 우스개일 수 없다.

명석한 두뇌를 갖지 못했더라도 남의 말을 주의 깊게 경청하는 아이, 들은 바를 체계적으로 정리할 줄 아는 아이는 그 꿈을 이룰 가능성이 크다. 반면에 자신의 머리만 믿고 진득하게 참고 견디며 끈기 있게 매달리지 못하는 아이, 주어진 일에 최선을 다해 몰두하지 못하고 쉽게 싫증내는 아이의 미래가 밝을 수 없다. 정보와 지식이 마구 쏟아지는 오늘날, 행운도 명석한 두뇌를 가진 사람보다는 귀담아 잘 듣고 열심히 적는 사람에게 찾아오지 않을까.

지니고 다니던 필기구를 빠뜨렸으니 낭패를 당해도 할 말이 없다. 종이 몇 장과 볼펜 한 자루면 족한 것을 말이다. 날로 총기를 잃어가는 정신력을 뒷받침해 줄 친구가 그들인 것을 어찌하겠는가. 신입생을 위한 학교장 특강을 준비할 때가 왔다. 중학생 티를 벗지 못한 아이들이라 순박하기는 하지만 남의 말을 귀담아 듣고 제대로 정리할 줄 모른다. 작년엔 강의실을 가득 메운 학생들 중 귀를 쫑긋 세우고 경청하며 부지런히 적는 아이를 찾아보기 어려웠다. 올해는 과연 어떨지 자못 기대가 크다.

교학상장(敎學相長)

봄방학 중이라 겉으론 조용하지만 물밑에서는 새 학년 준비로 매우 분주하다. 어려운 관문을 통과하여 새롭게 교직으로 들어선 새내기 선생님들도 신학년도 준비를 위한 교무회의에 참석했다. 때 묻지 않은 순수함과 넘치는 열정, 그리고 풋풋한 향기가 물씬 풍기는 유망주들이다. 이제 모든 준비를 끝내고 꿈에 그리던 교단에 설 날도 얼마 남지 않았으니 얼마나 가슴이 설렐까. 햇과일처럼 싱그럽고 발랄한 그분들이 엄청난 어려움을 겪고 있는 교직사회에 신선한 바람을 불어넣어 주기를 기대해본다.

그때를 생각하면 눈앞이 캄캄하고 오금이 저린다. 입대휴직 후 경북의 어느 상고에서 근무하다가 여러 가지 사정을 고려한 끝에 대구시내 인문계 여고로 자리를 옮겼다. 건방지게도 시골지역 상고 근무시절의 안일한 타성을 버리지 못했다. 교재연구와 수업준비를 소홀히 했다. 부임 첫날 전임자의 시간표만 확인하고 준비 없이 수업에 들어간 것이 돌이킬 수 없는 실수였다. 교사의 생명은 교단에서의 권위에 좌우된다. 쥐구멍이라도 찾고 싶었던 그 날을 생각하면 등줄기에 식은땀이 맺힐 지경이다.

백 개가 넘는 눈이 쏘아 보고 있는 가운데 무수한 질문이 사방에서 날

아들었다. 감히 시선을 맞출 수가 없었다. 어느 것 하나 시원스럽게 대답하지 못하고 한 시간 내내 진땀을 흘리면서 허둥댔다. 그때까지 한 번 듣도 보도 못한 희한한 내용들이었다. 영어깨나 하는 아이들이 단단히 작정을 하고 아주 난해한 구문이나 이상한 단어를 찾아내어 질문하였던 것이다. 새로 부임한 교사의 자질을 검정하는 필수절차였다. 체면과 위신을 완전히 구기고 속수무책 참담한 몰골로 호된 신고식을 치렀다.

기진맥진하여 퇴근한 후 밤새 잠을 못 이루고 고민에 빠졌다. 과연 이 일을 어찌할 것인가. 손상된 자존심을 어떻게 회복할 것인가. 해답은 단 한 가지, 실력을 쌓는 것뿐이었다. 마침 아는 아이가 있어 조용히 불러 확인해 보았다. 신임교사가 반드시 거쳐야 하는 통과의례였다. 어려운 질문으로 된통 골탕 먹여 기선을 제압코자 하는 선제공격이었다. 자신들의 입맛에 맞도록 길들이기 위한 고도의 심리전술이었다. 그 쓰라린 경험이 교직에 임하는 자세를 근본적으로 바꾸는 계기가 되었음은 물론이다.

세월이 흐른 뒤 시교육청 근무 시절 모 중학교 영어수업발표대회 때였다. 협의회 말미에 지도조언을 하기 전 좌중을 둘러보았다. 천만뜻밖에도 옛날 비극의 현장에 있었던 그 학생이 맨 앞줄에 앉아있는 것이 아닌가. 그동안 영어교사가 되어 수업참관을 하러온 것이다. 그가 내 밑천을 훤히 꿰 뚫고 있을 뿐만 아니라 속까지도 빤히 들여다보고 있다는 생각에 식은땀을 흘리며 더듬거릴 수밖에 없었다. 회의가 끝난 뒤에 물어보았더니 나의 영향으로 영어교사가 되었노라고 답해 할 말을 잃었다.

교학상장(教學相長)이라는 말이 있다. 가르치고 배우는 것이 별개가 아니고 배우면서 가르치고 가르치는 것이 곧 배우는 것이다. 개념이 확실하게 잡혀있지 않았던 것도 아이들 앞에서 설명하는 과정에서 앞뒤가 통하고 그 실체를 명확하게 파악하게 된다. 덜 여문 지식이 가르치는 동안 확고한 실력으로 굳어진다. 교사가 항상 겸손하고 심사숙고하며 매사에 신중해야 할 이유가 바로 여기에 있는 것이다. 백 개를 정확하게 알아야 하나를 확실하게 가르칠 수 있다는 것을 가슴 깊이 명심해야 한다.

새로운 지식에 목말라 하고 깨어있는 정신으로 끊임없이 탐구하고 연구하는 자세는 아이들에게 최고의 본보기가 된다. 현실과 타협하여 어렵고 힘든 일은 외면해버리고 편하고 쉬운 일만 쫓는다면 발전은 없다. 아이들은 선생님이 교단에 서는 순간 모든 것을 단박에 알아차린다. 과연 자신들이 따르고 배울 만한 분인가. 인격적 자질과 교과 면에서 탁월한 전문성을 갖춘 분인가. 교사라는 직업이 정말 어려운 것은 아이들의 다양한 기대수준을 채워줄 수 있는 역량과 그릇을 구비해야 하기 때문이다.

두 아이

한 해를 마무리 지은 학교는 시간이 멈춘 듯 적막하다. 그러나 속을 들여다보면 내부도색, 시설 개·보수 등 무척 분주하다. 개교 10주년이라 손댈 곳이 많다. 건물도 사람 냄새가 나야 생기가 도는 법이다. 한 학년이 떠나고 일부 선생님들도 자리를 옮겨 썰렁한 기운이 감돌고 있지만 이제 곧 새 가족들이 들어오면 생기를 되찾게 되리라. 학교가 빨리 원래의 활기를 회복할 수 있도록 공동체 구성원 모두가 지혜와 힘을 모아야겠다.

아이들은 떠났지만 학교는 남았다. 평소와는 달리 느긋하게 여유를 부리며 천천히 운동장 주위를 돌아본다. 살을 에는 강추위에도 한 무리의 축구광들이 프로선수단 못지않은 멋진 복장으로 운동장을 누비고 있어서 학교가 쓸쓸하지 않았다. 그들과 합류하지 않고 골대 곁에 앉아 있는 두 아이에게 말을 걸었다. 쓰레기장에 가서 통 하나를 들고 오겠느냐고 했다. 한 아이는 선뜻 일어나는데 다른 한 아이는 들은 척도 않았다.

통이 도착했을 때 반응이 없었던 아이에게 셋이서 운동장 주위에 흩어져 날아다니고 있는 쓰레기와 오물을 줍자고 권해 보았다. 그는 눈 하나 깜짝하지 않고 골키퍼와 곧 교대를 해야 하기 때문에 그럴 수 없노라고 대답했다. 상의는 요새 학생들 사이에 인기가 많다는 방한용 고급 파커 차림이었고 하의는 말쑥한 교복이었다. 경기에 합류할 만한 복장이 아닌 데도 얼굴색 하나 변하지 않고 당당하게 대답하니 별 도리가 없었다.

그 아이의 당돌함에 놀라기는 했지만 달리 대책이 없지 않는가. 단념하고 통을 가져온 아이와 둘이서 작업을 시작했다. 우리 아이들이 버린 쓰레기도 많겠지만 본교를 드나드는 지역주민들이나 외부인들이 보탠 것들이 훨씬 더 많으리라. 인근 지역 꼬마들이 내버리고 간 잡동사니도 상당 수다. 대로변에 흩어져있던 물건까지 바람에 날려 들어와 이리저리 나뒹굴어다닌다. 구석구석에 어지럽게 널려 있어 여간 흉한 모습이 아니다.

차근차근 살폈다. 특별한 장비 없이 맨손으로 주워 담았다. 통을 옮겨 가며 잡히는 대로 그냥 주웠다. 교장에겐 아이들과 개인적인 대화를 나눌 기회가 별로 없다. 스스로 기회를 찾아 나서야 한다. 점심이나 저녁식사 시간을 기다린다. 젓가락 잡는 법을 가르치고 자세를 바로해 주는 등 식사예법을 지도할 때를 놓치지 말아야 한다. 배식을 도울 때도 얼굴을 맞대고 대화를 나눌 수 있어서 좋다. 오늘 참으로 좋은 기회를 잡았다.

축구단이 일으키는 먼지가 만만치 않았다. 뿌연 흙바람이 풀풀 날리는 운동장 주변 디근자 모양의 녹지대를 한 바퀴 돌았다. 아이에게 말을 걸어보았다. 진로계획, 장래희망, 학교생활이며 부모님들의 교육방침, 집안사정, 교육환경 등 이것저것 생각나는 대로 질문을 던졌다. 처음에는 다소 주저하는가 싶더니 이내 말문이 열렸다. 표정이 점점 밝아지고 대답도 곧잘 했다. 거리낌 없이 속을 드러내 보여 이야기가 잘 풀려나갔다.

교장이 해야 할 일이 수도 없이 많지만 최우선으로 삼아야 할 것이 인성교육이다. 외부와 접촉을 피한 채 교장실 문을 굳게 걸어 잠그고 고고하게 앉아 유유자적할 때가 아니다. 스스로 만든 감옥에서 나와야 한다. 최고의 교육은 솔선수범을 통한 감동과 감화다. 입은 다물고 귀는 열어놓은 채 부지런히 먼저 발로 뛰어야 한다. 아이들과 선생님들, 그리고 학교를 위해서 무엇을 할 것인가 끊임없이 생각하고 고민해야 한다.

함께 청소하는 동안 친해졌다. 고민을 알았고 애로사항도 들었다. 이제 내가 나설 차례다. 어떻게 그를 도울 것인지 방도를 찾아보자. 작업을 마친 후 아이를 교장실로 초대했다. 직접 준비한 차 한 잔을 내놓고 네잎클로버 한 잎을 건넸다. 감사의 뜻을 전하고 따뜻하게 격려했다. 교장실 문은 열려있으니 언제나 환영이라고 일러주었다. 창문 너머 내다보니 골키퍼는 아직 바뀌지 않았고 아까 그 아이는 어디론가 사라지고 없었다.

아무도 알릴 수 없었다

유래 없이 혹독한 날씨가 돕지 않았으나 그것은 큰 문제가 되지 않았다. 인간의 의지와 노력, 그리고 막강한 뚝심으로 최선을 다해 노력하면 극복하지 못할 일이 없고 안 되는 일이 없을 것이기 때문이다.

행사 전날부터 더 넓은 행사장에 대형 온풍기 다섯 대를 설치하고 시운전에 들어갔다. 당일에는 행사 개시 두 시간 전부터 가동하여 엄청난 냉기에 도전한 결과 그 예봉을 상당 부분 꺾을 수 있었다.

가동을 시작했을 때 강당 실내온도가 영하 1도였다. 행사 분위기가 점점 고조됨에 따라 냉기도 많이 완화되었다. 온도가 얼마나 상승했는지 잘 모르겠으나 운집한 사람들의 체온을 더 보탠 결과 견딜만 했다.

기록적인 강추위에도 졸업생, 재학생, 학부모, 교사가 적극 협조하고 능동적으로 참여한 결과 모두가 만족해하는 멋진 졸업식을 치를 수 있었다. 악조건을 잘 견디어준 모든 분들께 감사한다.

침울하고 심각한 종례의 졸업식 분위기에서 탈피하여 첨단 디지털시대에 걸맞은 잔치마당을 벌였다. 최고 수준의 음향 및 조명기기를 동원하여 모두가 주인인 축제의 장이요 모두가 함께 즐기는 놀이판을 펼쳤다.

어려운 여건 속에서 심혈을 기울여 행사를 준비한 모든 분들께 심심한 감사의 말씀을 드린다. 그리고 축복 속에 3년간의 학교생활을 성공적으로 마감한 사랑스러운 졸업생들에게 따뜻한 축하의 말씀을 전한다.

이제 뿔뿔이 흩어져 사회 각 분야에 진출하여 각자의 길을 가더라도 모교를 잊지 말고 자신의 성장과 발전을 위해 매진하기 바란다. 더 넓은 세상으로 나아가 운암의 역사를 더욱 빛낼 영원한 아바타가 될 것으로 믿는다.

세상은 여러분을 가만히 기다리고 있지만 않을 것이다. 스스로 우리를 박차고 나와 더 넓은 세상으로 향해 나아가라. 창공을 향해 힘차게 비상하는 그대들에게 끝없는 축복과 하늘같은 행운이 항상 함께 하기를 충심으로 기원한다.

2012년 2월

옥도장과 생수병

    매년 치르는 행사지만 해마다 분위기가 다르다. 해가 갈수록 생기가 넘치고 역동적이다. 삼 년 간 몸담아 생활하고 공부했던 배움터를 떠나는 날이니 어찌 특별한 감회(感懷)가 없겠는가. 떠나는 사람이나 남는 사람 모두 진지하다. 떠난다고 학교가 없어지는 것은 아니다. 후배들이 꿈을 가꾸고 공부할 터전으로 남는다. 양호한 환경에서 공부할 수 있게 물려주는 것은 당연한 도리이건만 어지럽고 혼돈스러우니 아쉬울 뿐이다.

    아이들이 빠져나간 학교를 한 바퀴 둘러본다. 창문 너머 안으로 들여다본다. 애지중지(愛之重之)하던 머그잔이며 치약, 칫솔, 손거울 등 일용품을 비롯하여 개봉도 하지 않은 생수병, 음료수캔, 노트, 휴지, 신발, 실내화, 필기구, 체육복 등 온갖 잡동사니들이 널브러져 있다. 심혈을 기울여 제작한 학교신문이며 학원 선전용 유인물에 이르기까지 다양하다. 흔적을 남기지 말아야 할 텐데 도대체 물건 귀한 줄 모르고 아낄 줄 모르니 답답하다.

    오늘 400여 명이 학교를 떠났다. 옛날과는 달리 졸업식은 축제 마당으로 변했다. 떠나기 아쉬워 눈물짓거나 침통한 표정으로 의기소침(意氣銷

沈)한 아이들을 찾아보기 어렵다. 사전에 제작된 영상물과 최신식 음향 기기를 동원한 무대에서 신나고 걸쭉한 놀이판을 펼친다. 가는 사람, 남는 사람 모두의 얼굴에 웃음이 가시지 않는다. 대부분 진학하고 일부는 내년을 위해 준비해야 할 처지이지만 부끄러워하거나 계면쩍어할 이유는 없다.

잔뜩 멋을 부리고 세련된 복장으로 나타났던 아이들이었지만 그들이 머물다 간 자리는 어지럽기 짝이 없다. 졸업생과 학부모, 선배와 후배, 지인(知人)들 등 수많은 사람들로 소란스럽다가 썰물처럼 빠져나가고 정적(靜寂)만 남았다. 내일 아침엔 습관적으로 학교를 생각하겠지만 그것도 잠깐이다. 새 환경에 적응하면 까맣게 잊으리라. 보름의 공백을 거쳐 대학문에 들어서는 순간 고등학교 생활은 기억의 저편으로 사라지게 될 것이다.

구태의연(舊態依然)한 악습을 타파하고 새롭고 신선한 학교문화를 정착시키고자 여러 사람들이 장기간 준비해왔다. 덕분에 분위기가 완전히 달라졌다. 엄숙하고 심각한 프로그램보다 활기 넘치고 역동적인 볼거리와 실속 있는 내용들이 가득하다. 썰렁하고 침울한 졸업식장이 되지 않도록 노력했다. 교육청에서도 전폭적으로 지원했다. 알차고 의미 있는 행사가 되도록 중지(衆智)를 모으고 밤잠을 설쳐가며 연구하고 기획한 결과였다.

삼 년 간 몸담았던 정든 교정이 아닌가. 왜 미련이 없겠는가. 바쁜 생활 일상 속에 잊고 지내다가도 어디선가 '雲岩'이란 이름을 듣는 순간 옛날로 돌아가리라. 학창시절 이야기로 시간가는 줄 모르리라. 지금은 모르겠지. 아니, 생각하고 느낄 여유가 없을 것이다. 세월이 흐르고 나이를 먹어감에 따라 마음의 고향은 역시 이곳 모교라는 것을 깨달을 때가 있으리라. 여우도 죽을 때는 고향 쪽으로 머리를 둔다고 하지 않았던가.

청소년 폭력이니 자살이니 하는 문제들로 국민들의 이목(耳目)이 학교로 집중되고 있다. 혹시 있을지 모를 불상사를 사전에 예방하고 탈선을 경계하기 위해서 인근 경찰지구대까지 나섰다. 많은 인력이 동원되어 학교 주변을 순찰했다. 심한 자괴감(自愧感)에 빠지게 되는 것은 어쩔 수가 없다. 천진난만(天眞爛漫)한 아이들이 꿈을 키우는 학교에 경찰관까지 배치되어야 하다니. 여기에 이른 오늘의 교육현실이 부끄럽고 민망하다.

삼십여 년 전 모 여고 졸업식 날이었다. 그 땐 진학을 포기하고 직업전선으로 뛰어드는 아이들도 많았다. 분위기가 차분하고 엄숙했다. 흐느낌 소리가 끊이지 않았고 어깨를 들썩이며 오열하는 아이들도 있었다. 아이들이 떠난 교실은 말끔했다. 목도장 한 개만 달랑 남아 있었다. 주인에게 연락하여 찾아가라 했더니 필요 없다며 그냥 버리라고 했다. 혹시나 하여 한동안 보관하다가 폐기했지만 마음속은 영 편하지 않았다.

존사애생(尊師愛生)

2월은 무척 바쁜 달이다. 3학년은 학교를 떠나고 1, 2학년은 한 해를 마무리 짓고 진급 준비하느라 분주하다. 나무에 나이테가 있고 마디가 있듯 학교도 하나의 획을 긋고 다시 시작하는 계기가 되는 시점이다. 학년을 올라갈 준비가 되어 있지 않더라도 떠밀려 올라갈 수밖에 없다. 우리네 인생이란 것이 원래 다 그런 것이다. 가만히 들여다보면 자신의 의지대로 되는 것은 별로 없다. 주위 여건에 의해 피동적으로 이리 밀리고 저리 부대끼는 신세다. 그렇다고 매사를 운명에 맡길 수는 없는 일이다.

곧 졸업식에 이어 종업식이 있을 것이다. 해마다 반복되는 행사지만 느끼는 바는 매년 다르다. 아이들이 점점 더 어려보이는 것은 그만큼 내가 늙어간다는 증거일 것이다. 학생들의 절대연령은 변함이 없는데 내가 느끼는 상대적 나이 차이가 점점 더 커지고 있는 것이다. 식장 분위기도 옛날과는 비교도 되지 않을 만큼 달라졌다. 정중하고 엄숙하며 차분한 모습을 찾아보기 어렵다. 앞쪽에서 진행되고 있는 의식에는 전혀 아랑곳하지 않고 자기네들끼리 자유분방하게 떠들며 희희낙락하기 일쑤다.

목이 메어 송사(送辭)를 읽어 내려가지 못하는 재학생도 없고 눈물이 앞을 가려 답사(答辭)를 계속하지 못하는 졸업생도 찾아보기 어렵다. 미리 제작된 영상물을 중심으로 축제를 벌이듯 웃고 즐기는 졸업식으로 변했다. 3년간의 학교생활을 압축한 내용들이 담겨 있어 때로는 긴장하게 만들고 때로는 깊은 생각에 잠기게 하기도 한다. 시대가 바뀌고 풍속도 달라졌다. 사고방식 또한 혁명적인 변화를 거쳤으니 지극히 당연한 결과가 아니겠는가. 학교도 전체 사회의 한 부분이니 바뀌지 않을 수 없다.

학교를 떠나는 그들에게 인생의 좌우명이 될 만한 멋진 이야기를 들려주고 싶어도 여의치 못하다. 시선을 모으고 주의를 끌 수 있는 재주가 모자라기도 하겠지만 아이들도 정신을 집중해서 끈기 있게 들을 줄 모른다. 유감스럽게도 훈련을 시키지 못했다. 질서교육과 정신훈련을 강조하고 사회성 교육을 강도 높게 실시한 적도 있었지만 지금은 자유롭고 개방적인 훈육이 대세다. 남을 배려하고 양보하며 어렵고 힘들어도 인내심으로 견뎌내는 정신력이 현저하게 약화되어 손을 쓰기 어려운 지경에 이르렀다.

선생님들의 말씀을 금과옥조(金科玉條)처럼 따르기를 바라지 않는다. 존경은커녕 정면으로 도전하는 아이들이 교실을 점령하고 있으니 그분들의 어깨가 축 처지고 말씨와 발걸음에 힘이 실리지 못하는 것은 당연하다. 오늘날 학교는 혼돈스럽고 불안하며 풍전등화(風前燈火)와 같은 위기상황에 내몰려있다. 휘몰아치는 광풍의 한 가운데에 갇혀 방향을 잃고 갈피를 잡지 못하고 있다. 교육이라는 멍에 때문에 항변(抗辯) 한 마디 하지 못하고 무자비하게 두들겨 맞아 만신창이(滿身瘡痍)가 되었다.

폭력이나 자살 문제만 해도 그렇다. 많아야 둘인 아이를 그 부모가 제대로 가르치지 못하고 아이가 무엇을 하는지 무슨 생각을 하고 있는지 모르는 판국에 많게는 천 명이 훨씬 넘는 아이들을 맡아 관리하는 학교에게 전적으로 책임을 묻는다는 것은 무리일 수밖에 없다. 게다가 인권이니 자율이니 하는 한가한 주장들이 판을 치고 있는 현실이 아닌가. 이런 분위기 속에서 아이들이 선생님에게 고분고분하기를 바란다는 것은 참으로 안이하기 짝이 없는 발상이다. 어찌 학교가 온전하길 바랄 수 있을까.

몇 년 전 자매결연기관 방문 차 중국 연변지역을 돌아볼 때였다. 민족의 성지 백두산으로 향하는 길이었다. 머나먼 길을 소형버스에 몸을 싣고 달리던 중이었다. 차창 밖 저 멀리서 눈에 확 빨려 들어오는 것이 있었다. 허름한 단층 시골학교 지붕 위에 '존사애성(尊師愛生)'이라고 큼지막하게 써놓았다. 무릎을 쳤다. 교육의 핵심을 압축한 명언 중의 명언이 아닌가. 학생은 선생님을 존경하고 선생님은 학생을 사랑한다면 학교현장에 무슨 문제가 있으랴. 존경과 사랑이 넘치는 학교, 그건 이룰 수 없는 꿈인가.

새해 해묵은 다짐

눈발이 가늘게 날리는 퇴근길 버스에서 내려 조심조심 발걸음을 옮겼다. 모퉁이를 돌아 저만치 아파트가 보이는 곳까지 오니 긴장이 풀린다. 어디선가 귀에 익은 소리가 들려왔다. 청아하고 고운 오카리나 소리였다. 고개를 들어 쳐다 보니 5층 건물 꼭대기가 음악 학원이다. 방학을 맞아 여유가 생긴 아이들이 오카리나 공부를 하고 있는 모양이다. 잠시 걸음을 멈추고 귀를 기울여보았다. 작년 이 맘 때 생각이 난다. 주제 파악도 못하고 생소한 악기를 배우고자 과감하게 도전했다.

처음부터 무리였고 가당치 않는 도전이었다. 어찌할 것인가. 이미 절차를 거쳐 수강신청까지 마쳤으니. 연수대장에 등재하여 번호까지 부여받았고 방학 중 교육계획 앞머리에 올라가 있지 않았던가. 수십 년 간 여러 분야에 걸쳐 수없이 많은 연수에 참여했고 온갖 특강을 들었지만 이번에는 전혀 성격이 달랐다. 단단히 각오를 해봐도 불안하기는 마찬가지였다. 고등학교 음악 시간에 악보를 읽으며 노래 부르는 실기시험을 통과하지 못해 쩔쩔매다가 하마터면 낙제할 뻔했던 경험도 괴로웠다.

물어물어 찾아간 연수 장소는 어느 초등학교 4층 교실이었다. 나지막하고 앙증맞은 책상이며 장난감 같이 자그만 의자에 아담하고 아기자기한 환경 구성이 정겨웠다. 덩치 큰 아이들이 온종일 북적대는 고등학교와는 분위기가 판이하게 달라 이색적인 느낌마저 들었다. 닷새 동안 오카리나와 씨름해야 할 장소였다. 연수팀은 초등학교 선생님들이 대다수였고 중학교 선생님 십여 명과 고등학교 선생님 몇 분으로 구성되었다. 현직 교장도 네 분이나 계셨다. 공부에 대한 열정이 대단한 분들이었다.

화려한 경력에 연주 실력도 출중한 강사님이 열정적으로 지도했다. 낯선 악기라 호기심이 동했다. 실력을 쌓아 언젠가 사람들 앞에서 멋지게 연주해 보고 싶은 소망도 있었다. 자세를 바로 하고 경청했다. 간단한 이론수업에 이어 바로 실습에 돌입했다. 젊은 분들은 이론과 실기에 밝아 곧바로 이해하고 악기연주에도 즉각 적응했다. 도대체 난 무언가. 속수무책으로 아무것도 할 수가 없었다. 음정 감각이 없을 뿐 아니라 악보도 읽을 줄 모르고 손놀림조차 둔하니 낭패가 아닌가.

수업은 일사분란하게 진행되었다. 전날 배운 곡을 한 차례 복습한 후에 다음 단계로 넘어갔다. 반음을 높이고 낮추는 법이며 초고음 발성법에 이르기까지 차례로 배웠다. 단순히 소리만 내는 차원을 넘어 강약조절이나 음색조절 등 음악에 맛을 더하는 기법도 익혔다. 기본기를 터득한 사람이 탐낼 만한 기교를 총망라한 셈이었다. 하지만 모든 것이 기초가 없고 준비가 되지 못한 내게는 그저 그림의 떡일 뿐이었다. 뜬 구름처럼 허망한 남의 이야기일 뿐 실행에 옮길 수가 없었다.

이 세상 어디에도 쉬운 일은 없다. 여러 해 전 어느 선배님의 정년 퇴임식 때였다. 젊은 선생님 한 분이 아이들 장난감 같은 물건을 품속에서 꺼내더니 귀에 익은 곡을 멋지게 연주하는 것이 아닌가. 그 청아한 소리에 완전히 취해 연주가 끝난 후에도 한동안 멍하니 앉아 있었다. 그때 악기가 오카리나였다. 지금 바로 내 곁에도 있지만 자유자제로 만질 수 없으니 무용지물이 아닌가. 연주법을 익혀 그림의 떡이 되지 않게 해야겠다. 어렵고 힘들겠지만 마음을 비우고 차분히 익힐 일이다.

임진년이 열린 지 한 달이다. 손가락이 굳고 감각이 둔해져 생각 같지 않다. 어디 악기뿐이랴. 가만히 있으면 더욱 무디어질 뿐이니 부지런히 움직이자. 그게 건강에도 좋고 남들이 보기에도 미덥지 않을까. 안쓰럽게 보일 수도 있겠지만 남을 의식하고 체면을 차릴 때가 아니다. 나이에 구애받지 않고 새로운 일에 도전하는 자세야말로 후배들에게 귀감이 되고 아이들에게도 희망을 줄 수 있지 않을까. 나이는 숫자에 불과하다는 말을 믿고 자신과의 싸움에서 이길 수 있도록 새로 시작하자.

2012년 1월

여럿 모여 하나 되니

만사를 제쳐두고 단숨에 달려갔다. 50초반에서 80중반에 이르는 남녀 노소 다양한 배경의 사람들로 구성된 남자의 자격 청춘합창단을 가까이에서 만나보기 위해서였다. 3천여 명의 지원자들 중에서 뽑혔다는 사실만으로도 대단한 기량을 지닌 고수들임을 짐작하고도 남음이 있지 않은가. 만만치 않은 사연을 품은 단원들과 공감하면서 깊숙이 몰입해 들어갔다. 순탄치 않는 연습과정이 언론에 수차례 공개된 바가 있어 음악적 능력 못지않게 인간적인 면에 대해서도 관심을 갖고 있었다.

공연장을 가득 메운 청중들은 청춘합창단원들이 무대 위로 등장했을 때 우레와 같은 박수로 환영했다. TV에서 익히 보았던 얼굴을 실제로 대면하니 참으로 반가웠다. 다만 낯익은 얼굴 몇몇이 보이지 않고 그 자리에 낯선 얼굴이 섞여 있어 아쉬웠다. 전체 출연자 수도 단출해 보였다. 지휘자도 원래의 지휘자 대신에 다른 사람으로 교체되어 있었다. 그가 기량이나 능력 면에서 원래 지휘자와 조금도 손색이 없다는 점을 알고 있었지만 영상을 통해 익힌 분위기와 거리가 있음은 어쩔 수가 없었다.

대표곡 '사랑이라는 이름을 더하여'부터 시작했다. 음악은 모르는 사람도 친하게 맺어주고 쓰리고 아픈 가슴을 어루만져주는 위력을 지녔다. 감미로운 음악을 들으며 얼굴 찡그리는 사람은 없으리라. 감성에 호소하여 잠자고 있는 영혼을 깨우며 스스로 깊은 사색 속으로 침잠하게 해준다. 합창이 쉬운 일이 아님을 잘 알고 있다. 마음이 통하지 않고 갈등이 있으면 불가능하다. 자신을 죽이고 전체를 위해 희생하지 않으면 불협화음이 생긴다. 모두가 하나의 가슴이 될 때 가능한 일이다.

각자 맡은 역할을 실수 없이 잘 해야 전체가 산다. 개인이 아무리 잘해도 동료가 실수하면 함께 빛을 잃게 된다. 그래서 인간적 유대관계가 무엇보다도 중요하다. 연습과정을 담은 영상을 볼 때마다 전부가 하나의 거대한 가족 같다는 생각을 했다. 가족보다 오히려 더 깊은 정서적인 일체감이 있어야 감동적이고 위대한 화음을 탄생시킬 수 있는 것이다. 연장자를 배려하고 우대하는 훈훈한 모습도 인상적이었다. 학생을 지도하는 입장에서 지극히 모범적 사례로 본받도록 가르쳐야 할 바이다.

그들이 어느 경연대회 본선에 참가했을 때의 모습이 기억난다. 최고령인 할머니가 카메라를 향해서 손바닥을 펴보였을 때 놀랍게도 '다가오라'라는 말을 사인펜으로 쓴 희미한 글씨가 나타났다. 수없이 반복한 터라 완벽하게 외운 단어지만 혹시 잊지 않을까 하여 손바닥에 적어둔 것이다. 인간 수명이 길어졌다고는 하지만 나이 여든넷을 어찌 가볍게 볼 수 있으랴. 그 나이면 건강한 노인도 거동이 불편하기 쉬울 터인데 손자뻘 되는 사람들과 함께 강행군을 한다는 것 자체가 대단한 일이다.

지휘자가 어머니를 생각하며 지었다는 노랫말부터 이미 심상치 않았다. 합창 연습에 돌입하기 전에 어느 전문합창단이 연주하는 모습을 보는 순간 목이 메고 가슴이 터질 것만 같았다. 편안한 자세로 TV를 보다가 정신을 차리고 자세를 바로 했다. 백발성성한 노지휘자의 노련하고 원숙한 지휘로 완벽한 천상의 화음을 연출해내고 있었다. 단원들의 면면에서 이루 말로 다할 수 없는 경외감을 느꼈다. 여럿이 하나가 되어 멋진 작품을 이루는 모습에서 인간 능력의 진면목을 느낄 수 있었다.

인생 내면에 대한 깊은 성찰의 의미를 담고 있는 노랫말이 송곳처럼 가슴을 파고들었다. 가사 전체가 한 편의 아름다운 시였다. 그중에서도 '모든 건 이유가 있었으니' 라는 대목이 단연 압권이었다. 천지만물 중에 이유 없이 존재하는 것이 어디 있으랴. 하물며 사람의 경우에 말해 무엇 할까. 인생을 살만큼 산 사람들이 풀어내는 넋두리요, 지난 세월에 대한 회한과 눈물의 결정체였다. 온갖 부류의 사람들이 한데 모여 서로 부대끼며 살아가는 이 세상 자체가 거대한 합창단이 아닐까 싶다.

살며
생각하며

제
6
부
갓
바
위
에
모
인
염
원

백묘(白卯)와 흑룡(黑龍)

굵직한 사건사고가 유난히 많았던 신묘년(辛卯年)이 가고 역사적으로 큰 의미를 지니고 있는 임진년(壬辰年)이 밝았다. 전국토를 초토화했던 임진왜란이 발발했던 해는 1592년이었다. 육십갑자를 일곱 번이나 돌아 또 다시 임진년을 맞이했다. 임(壬)이 흑색을 뜻한다고 해서 올해를 흑룡(黑龍)의 해라고 말하고 있다. 지난해가 백묘(白卯)였으니 대비(對比)가 되는 일이 많으리라. 개인적으로나 국가적으로 어떤 변화와 고비가 있을지 모르겠지만 긍정적이고 희망적인 것들이었으면 좋겠다.

어렸을 적 집안에 토끼를 키우던 기억이 난다. 논에서 흙을 파다가 마당 한 모퉁이 담장에 붙여 작은 언덕을 쌓았다. 흙이 굳어진 후에 굴을 파고 토끼 한 쌍을 사와서 굴속에 집어넣었다. 매일 하교 후 들판에 나가 풀을 뜯어와 넣어주고 관리하는 책임은 아이들 몫이었다. 신기한 일이 아닌가. 두 마리가 겨우 생활할 만한 공간을 마련해줬을 뿐인데 굴이 깊어지고 복잡해졌다. 새끼를 낳아 개체수가 엄청나게 늘어났다. 토끼의 번식력이란 것이 정말 놀라워서 삽시간에 크게 불어난 것이다.

삶이 고달프고 어려울수록 자식이 많다고 한다. 오늘날 인간세계에서는 그런 상식이 통용되지 않겠지만 상당히 설득력이 있는 논리였을 것이다. 할머니께서 살림살이가 고단한 집일수록 아이들이 많다는 말씀들을 자주 하곤 하셨다. 집안사람들의 반대에도 막내 삼촌이 고집을 부려 시작한 토끼사육은 그럭저럭 성공을 거두었지만, 장마철 위생관리가 치밀하지 못해 결국 실패하고 말았다. 하지만 주어진 여건을 선용하고 잘 적응해서 생존의 길을 찾는 그들의 지혜에서 배운 바가 많았다.

새해의 상징인 용은 여러 가지 면에서 토끼와 비교된다. 용은 12지지(地支)에 등장하는 동물 중에 유일하게 실존하지 않는 동물이다. 세속의 동물들과는 달리 신통력을 지닌 영물(靈物)이다. 임금이나 황제 등 절대 군주의 상징이었으며 신성불가침(神聖不可侵)의 권능을 지닌 존재였다. 제왕의 옷에 새겨져 살아 숨 쉬며 호사(豪奢)를 누리기도 했다. 서민들이 함부로 꿈꿀 수 없는 황송한 존재였다. 등용문(登龍門)이란 말에서 짐작할 수 있듯 입신양명(立身揚名)과 출세의 표상이기도 했다.

화룡점정(畵龍點睛)이란 말이 있다. 미완의 작품에 결정적으로 작용하여 깔끔하게 마무리하는 것을 말한다. 일이란 벌이기는 쉬워도 마무리 짓기 어렵다. 의욕이 넘쳐 시작은 거창하게 해 놓고 마무리가 신통치 못한 경우를 용두사미(龍頭蛇尾)라고 한다. 용과 뱀은 얼핏 비슷해 보이지만 하늘과 땅만큼 차이가 있다. 땅 속에 숨어사는 뱀과 하늘을 날아다니는 상상 속의 영물인 용이 어찌 같을 수가 있을까. 용의 머리와 뱀의 꼬리를 한데 놓고 비교하는 것 자체가 참으로 우스운 일이 아닌가.

해가 바뀌면 사람들은 나름대로 인생에 대한 감회를 가진다. 누구도 불

들어 둘 수 없는 것이 세월이다. 세상 만물은 태어날 때부터 언젠가 죽을 운명을 몸속에 안고 있다. 똑똑한 채, 고귀한 채, 잘 난 채 해봤자 죽음이라는 태생적(胎生的) 한계를 벗어날 수 없다. 언제 어떤 모습으로 다가올지 모르는 죽음을 인식하지 못하거나 애써 모른 채 할 뿐이다. 흑룡의 해에 태어난 아이에게는 천운(天運)이 따를 것이라는 속설(俗說) 때문에 금년에는 출산율이 높을 것이라는 예측이 있긴 하지만 부질없는 일이다.

정신없이 허둥대다가 속절없이 나이만 먹어 회갑(回甲)을 넘겼다. 큰 매듭 하나를 짓고 새롭게 출발하는 해다. 예로부터 전해 내려오는 풍습이나 의식을 살펴보면 밑바탕에 깔려있는 선인(先人)들의 합리적인 사고방식에 감탄하면서 번뜩이는 혜안(慧眼)에 무릎을 치게 된다. 회갑이 어린아이 돌보다도 못한 대접을 받는 시절이 되었지만, 인생 육십이 결코 호락호락한 일이 아니다. 굴곡의 삶을 살아오지 않은 사람이 어디 있으랴. 다만 가슴 속에 응어리진 한(恨)을 뱉어내지 않을 뿐이다.

『사람과 문화』 제6호 2012년 1월 8일

교장선생님표 네잎클로버

　오늘날 학교폭력, 자살문제, 체벌금지, 무상급식 등 각종 교육현안에 대한 사회적 논의가 그 어느 때보다 뜨겁다. 일부에 국한된 지엽적인 문제를 확대재생산하여 교육현장이 비리와 무능의 복마전인 것처럼 매도하기도 한다. 물론 오늘날 학교가 순도 100%를 자랑할 만큼 깨끗하지 못하다는 데는 변명의 여지가 없다. 그러나 교육현장을 속속들이 알지도 못하면서 몇몇 부정적인 사례를 침소봉대하여 까발림으로써 보이지 않는 곳에서 묵묵히 본분을 다하고 있는 절대다수 선생님들의 의욕을 꺾고 의기소침하게 만드는 것은 심각한 문제이다.

　사회가 복잡하고 다양해짐에 따라 학교의 역할도 달라졌다. 교장이 학교를 경영하고 학생을 교육하는 방법 또한 마찬가지다. 교육철학과 학교경영 방침, 역량에 따라 학교의 모습도 크게 달라진다. 논의의 본질은 학생을 보는 근본적인 시각을 어디에 두느냐에 달렸다. 교육의 근본이 소통과 감동을 통한 인간성 변화와 지적 능력 배양이라는데 이견이 있을 수 없다. 입시경쟁의 와중에서 지식전달 위주로 교육이 흐르고 있는 것은 심각한 문제이다. 그럴수록 학교가 단단히 중심을 잡고 그 역할을 할 수 있도록 구성원 모두가 최선을 다해야 한다.

학교경영의 최고 책임자인 교장은 자신이 구축한 밀폐된 공간에 갇혀 구성원들과 단절된 생활을 해서는 안 된다. 교장실 문을 닫아두어 출입이 자유롭지 않게 하거나 일방적인 지시로 학교를 경영하던 시대는 지났다. 교사가 아이들 교육에 미치는 영향력이 하나라면 교장이 행사할 수 있는 감화력은 그 백 배는 될 것이다. 교사가 감당하지 못하는 영력을 교장이 찾아내어 역할을 다할 때 학교는 살아 숨 쉬는 역동적 공간으로 거듭날 수 있다. 구성원들이 스스로 결정해서 행하고 책임도 지는 가운데 감동이 넘치는 학교를 만들 책임이 있다.

가족들에게 다가가는 방법으로 네잎클로버를 택했다. 어디서 들었는지 교장실에 오면 네잎클로버를 얻을 수 있다는 얘기를 듣고 찾아오는 아이들도 있다. 어찌 소문이 나지 않을까. 지난해 봄부터 결재 들어오시는 선생님들부터 시작해서 전체 여선생님들과 학교의 명예를 빛낸 학생들을 비롯해서 학부형들에게도 배부했다. 올해는 작년에 빠뜨린 선생님들과 새로 오신 분들, 칭찬받을 일을 한 아이들에게 나눠주고 있다. 운암고의 전 가족이 정서적으로 안정된 분위 속에서 행복하고 즐겁게 학교생활에 전념할 수 있게 도와주고 싶을 뿐이다.

학교 시설을 잘 관리하여 제반 교육활동이 원활하게 진행되도록 살피는 것이 교장의 책임이자 임무다. 출장이나 특별한 일이 없으면 하루 두 차례 학교 구석구석을 돌아본다. 아침나절 바쁜 시간을 보내고 수업이 시작되면 주위가 정돈되고 조용해져 마음의 여유가 생긴다. 당일 해야 할 중요한 업무를 점검해 처리해 놓고 방을 나선다. 매일 반복되는 일이지만 날마다 새로운 기분이다. 교장이 직접 나서서 눈으로 확인하고 살펴볼 필요가 있다. 1,200명이 넘는 학생들과 80여 명 직원이 생활하는 공간이니 어찌 잠시라도 마음 놓고 지낼 수가 있겠는가.

작년 언젠가 운동장 주위를 순회하면서 이것저것 살피던 중에 클로버 군락지를 찾았다. 혹시 네 잎을 찾을 수 있지 않을까하는 기대를 하게 되었다. 확률적으로 그 가능성이 만 분의 일이라고 한다. 일종의 돌연변이라 할 수 있는 네잎클로버를 얻기가 그만큼 어렵다는 이야기이다. 그래도 희망을 버리지 않고 한 번 찾아보기로 했다. 아이들의 지닌 조그마한 가능성도 단념하지 않고 적극 찾아주어야 하는 이치와 흡사하다. 이게 웬일인가. 예상 밖의 수확이었다. 도회의 혼탁한 공기가 만들어낸 기형적 산물이란 생각이 들어 마냥 즐거운 것은 아니었다.

네 잎을 찾는 일이 결코 간단하지 않다. 침착하고 용의주도하게 수만 개의 잎사귀를 하나하나 꼼꼼히 눈여겨보아야 한다. 요모조모 형태를 잘 살피면서 차근차근 관찰해야 한다. 잘만 살펴보면 그중에서 네 잎은 물론이고 다섯 잎, 여섯 잎 클로버도 시야에 들어오게 된다. 쉽게 싫증내고 한 가지 일에 몰두하지 못하는 사람은 네 잎을 찾을 엄두를 내지 않는 것이 좋다. 공부도 꼭 마찬가지다. 나보다 좋은 점수를 받고 더 많은 것을 아는 아이, 나를 앞서가는 그런 아이는 나보다 더 많이 노력을 하고 더 많은 땀을 흘렸기에 그런 결과가 있는 것이다.

노력은 하지 않고 남보다 앞서기를 바라는 것은 일종의 도둑 심보에 가깝다. 세상의 모든 일이 똑같다. 사회 각 분야에서 두각을 나타내고 탁월한 기량을 발휘해서 많은 사람들로부터 부러움을 사고 있는 사람들의 뒷

이야기를 들어보라. 단 한 사람도 만만한 사람은 없다. 모두가 오늘이 있기까지 호된 대가를 지불했다. 남모르는 고통과 엄청난 시련을 겪으면서도 남보다 몇 배 더 많은 노력을 하여 오늘의 위치에 이른 사람들이다. 남만큼 해서는 남보다 앞설 수 없다는 말처럼 이 세상 어디에도 그냥 되는 것은 아무것도 없다는 것을 명심해야 한다.

네잎클로버를 나누어주면서 당부하는 것이 있다. 행운도 준비된 사람에게 오는 법이니 가만히 기다리지만 말고 스스로 노력하고 공부하여 행운을 지어라고 말한다. 모든 일에 최선을 다하고 사람으로써의 도리를 다하면 멀리 있던 행운도 감동해서 가까이 다가올 것이라고 일러준다. 행운도 눈이 있고 귀가 있어 아무에게나 무작정 다가가는 법이 없다고 충고한다. 꼭 필요한 사람, 하늘이 도와주라고 가르쳐주는 사람에게만 접근한다고 말해준다. 불로소득은 이 세상 그 어디에도 없으니 가만히 앉아서 행운이 오기를 기다리지 말라고 당부한다.

희망이 있다는 것은 좋은 일이다. 세상 사람들은 어떤 처지에 있든지 각자 나름대로 희망을 가지고 열심히 오늘을 살아가고 있다. 희망을 잃은 사람은 이미 죽은 것이나 다름이 없다. 그렇다고 모든 희망이 전부 가치가 있는 것은 아니다. 우선 분수에 맞아야 하고 이치에 합당해야 한다. 그리고 실현 가능성이 있어야 한다. 터무니없는 과대망상이나 황당한 꿈은 꾸지 말아야 한다. 네잎클로버 한 잎을 손에 넣었다고 해서 만사형통할 것으로 기대해서는 안 된다. 정당한 노력 없이 주체 못할 행운이 어디서 굴러 들어오기를 바라서는 안 된다.

정당한 노력과 땀의 대가로 작은 것부터 차곡차곡 이루어 나가면서 보람을 찾고 성취감을 맛보도록 우리 아이들을 가르쳐야 한다. 공짜는 이 세상 어디에도 없으며 모든 것은 정당한 값을 치룬 후에야 얻을 수가 있다는 진리부터 깨우쳐주자. 혹시라도 허황된 요행에 현혹되어 높고 푸른 목표를 향해 성실히 나아가는 아이들의 어깨에 힘이 빠지게 해서는 안 된다. 각종 경연대회에 학교 대표로 참가하기 위해 떠나는 아이들에게 네 잎클로버를 나누어 주면서 당부한다. 행운이 노력하지 않는 사람에게 찾아오는 법은 절대로 없다고 말이다.

부임 초 특별히 계획하여 실천하는 몇 가지 사업이 있다. 새로 전입해 오신 선생님들을 모시고 학교장과 대화의 시간을 갖는 것이 그 첫째이다. 직장을 옮겨 생소한 환경에 적응하느라 긴장하고 계실 선생님들이 내 집 같이 편안하게 학교생활에 임할 수 있도록 도와드리기 위해서다. 수십 년 간의 교직생활 중 스스로 터득한 현장경험을 토대로 성공적인 교직수행을 위한 비결을 전수한다. 시대상황이 변하고 세상인심이 달라지고 사회 관습이 바뀌었으니 교직 또한 옛 모습 그대로 유지될 수 없다. 변화하는 환경에 적응해야만 살아남을 수 있다.

어느 사회보다 침체하고 변화에 둔감하기 쉬운 곳이 학교다. 교사는 교실에 들어서는 순간 제왕으로 군림한다. 경력이 많든 적든 관계없다. 아무도 간섭할 사람이 없으며 눈치 볼 사람도 없다. 교내 장학활동 중 교장, 교감이나 동료교사가 참관하기도 하지만 지극히 제한된 경우이다. 그래서 교사 스스로 노력하고 공부하지 않으면 언제나 그 모습 그대로 답보상태를 벗어나기 어렵다. 이와 같은 현상을 막기 위해 교장은 수시로 새로운 교수법이나 교육이론을 소개하고 알려주어야 한다. 끊임없이 연구하고 공부하여 교사들에게 전달할 책임이 있는 것이다.

다음은 학생교육이다. 간부학생들을 대상으로 지도자 교육을 실시한다. 학생회 간부, 각 반 실장과 부실장 등이 그 대상이다. 지도자는 스스로 되는 것이 아니라 주위 사람들이 만들어주는 것임을 인식시킨다. 산이 높은 것은 계곡이 있기 때문이며 자신이 잘나 보이는 것은 주위에 못난 사람들 덕분임을 강조한다. 능력 있고 재주가 넘쳐날수록 자세를 낮추고 겸손하라고 가르친다. 능력과 재주가 출중한 사람이 겸손하고 예의바르며 이웃을 배려하는 모습을 보일 때 주위에 사람들이 모여 들어 자연스럽게 지도자로 부각될 수가 있는 것이다.

성장기 혈기왕성한 청소년들이 모인 학교에는 예기치 못한 복병들이 기다리고 있다. 각자 판이하게 다른 환경에서 왕자나 공주처럼 곱게 자란 아이들이다. 온실 속에서 자라 양보할 줄 모르고 남을 배려할 줄 모른다. 생존경쟁이 치열한 사회에서 살아남고 지도자로 부상하기 위해서는 남다른 덕목과 인격을 갖추어야 한다. 남과 똑같이 욕심을 부리고 이웃을 위한 배려나 희생정신이 없다면 누가 그런 사람을 지도자로 우러러보며 따를 것인가. 양보와 희생정신이야말로 이 사회가 요구하는 지도자가 갖추어야 할 필수자질임을 부정할 수 없다.

신입생들을 대상으로 실시하는 정신교육도 빼놓을 수 없다. 중학생 티를 벗어나지 못한 새내기들이지만 그들에게 거는 기대는 크고 무겁다. 고등학교 생활을 막 시작하여 모든 것이 서툴고 생소하다. 어리둥절하여 우왕좌왕하기 쉽다. 그들을 잘 지도하여 하루 빨리 학교생활에 적응하게 도와주어야 한다. 열 개 반을 두 개조로 나누어 조별로 한데 모아 특별교육을 실시한다. 학교의 역사와 전통, 고등학생의 자세, 효과적인 공부 방법, 지도자의 자질, 국제화 시대가 대비하는 법, 효과적인 영어학습법 등 교장 자신의 경험을 토대로 강의한다.

어느 연구조사에 의하면 우리나라 학생들이 사교육에 시달리는 이유가 학생 스스로에게 있기보다는 어머니의 강권 등 수동적 요인 때문이라고 한다. 이미 예견된 결과이기는 하지만 우리 어머니들의 엄청난 교육열을 감안하면 지극히 당연한 결과다. 자식을 자신과 동일시하여 스스로 이루지 못한 꿈을 자식을 통해 실현하려는 대리만족 심리가 작용하고 있다. 어렵고 힘든 시대를 살아온 자신과는 달리 자식만큼은 남부럽지 않게 호의호식하며 살게 하고 싶다는 욕구가 강하게 작용한 것이다. 우리 사회가 처한 특수 상황이 만들어낸 결과이다.

자신이 학교를 택한 아이들도 일부 있지만 우연에 의해 강제 배정된 아이들이 훨씬 더 많다. 자신의 뜻과 무관하게 입학한 그들의 마음을 헤아리고 어루만져 하루 빨리 한 식구가 되도록 해야 한다. 전체 교육가족이 화학적 통합을 이루도록 지원해야한다. 모두가 하나가 되어 함께 웃는 가운데 살맛나는 공동체로 만드는 데 교장이 팔 걷고 나서야 한다. 아이들은 교장을 쉽게 다가설 수 없는 존재로 단정을 짓고 가까이 접근하기를 꺼린다. 그런 잘못된 관행을 깨고 그들과 가까이 소통하는 교장이 되기 위한 적극적인 노력이 필요하다.

전·출입 신고, 청소 등의 용무로 교장실을 찾는 아이들을 그냥 보내는 일은 없다. 무슨 일로 왔던 안온하고 밝은 얼굴로 맞이하여 긴장을 풀어준다. 자리에 앉히고 준비된 몇 가지 메뉴 중에서 선택하게 한 다음 직접 차를 마련하여 한 잔씩 돌린다. 편안하고 부드러운 분위기에서 대화가 이어지도록 유도한다. 학교생활 중의 애로나 건의사항도 듣는다. 대화가 끝나고 아이들이 방을 나갈 때는 네잎클로버를 한 잎씩 나누어준다. 행운이라는 것도 자신이 하기 나름임을 상기시키고 오늘 최선을 다하여 내일 후회하는 일이 없도록 하라고 당부한다.

급변하는 세태에 남의 귀한 아이들을 맡아 가르치는 학교는 그 책임이 막중하다. 교육에 대한 사회적 관심이 어느 때보다 높은 지금 학교가 중심을 잡고 바로 서야 한다. 아이들이 자신의 실체를 정확히 알고 스스로의 능력을 확실히 꿰뚫어서 역량에 맞게 목표를 세우고 오직 그 방향으로 한눈팔지 않고 나아가도록 지도해야 한다. 자신의 강점이 무엇인지 정확하게 깨우치게 해야 할 것이며 남의 눈치를 살피지 않고 당당하게 나아가도록 지도해야 해야 한다. 그릇된 사고방식, 삐뚤어진 생각을 바로 잡아주어야 제 길로 나갈 수 있을 것이다.

모두가 교육이 문제라고 목청을 높인다. 그러나 어느 누구도 시원한 처방을 내놓지 못하고 있다. 후세교육의 막중한 임무를 지고 학교현장에서 말없이 땀을 흘리고 있는 선생님들을 생각하자. 그들이 편안한 마음으로 자신의 교육적 신념에 따라 소신껏 아이들을 지도하고 가르칠 수 있는 분위기와 환경을 만들어주자. 국가의 미래를 짊어지고 나갈 우리 아이들을 바르게 이끌 수 있도록 도와주고 격려하자. 신뢰와 애정으로 정성을 다해 밀어주자. 그렇게 할 때 선생님들이 어깨를 펴고 아이들 앞에 서서 사명을 다하고자 온몸을 던질 것이다.

　사람 사는 곳 어디엔들 경쟁이 없을까. 절해고도에 혼자 살지 않는 한 생존을 위한 경쟁은 필수다. 피할 수 없는 상황이라면 갈등을 슬기롭게 이겨내고 이웃과 조화를 이루는 가운데 선의의 경쟁을 펼치도록 가르치면 된다. 소통과 감동을 통한 교육공동체 형성이 그 해법이며 대책이다. 날로 각박해져만 가는 오늘날의 세태에 스스로 정체성을 유지하면서 남과 더불어 사는 지혜는 생존을 위한 필수자질이다. 다음 네잎클로버의 주인공은 누가 될 것인가. 오래 전 교육법전 속에 고이 잠재워 두었던 네잎클로버 몇 잎을 꺼내 봉투에 넣어둔다.

2012년 1월

차가운 겨울밤, 따뜻한 음악회

대학 강단을 물러난 지 10년이 넘은 노교수였다. 긴장한 탓일까. 어깨에 힘이 들어가 한쪽으로 넘어갈듯 부자연스러웠다. 색소폰 쥔 손에 밴 땀을 손수건으로 연신 닦아냈다. 어딘지 모르게 아마추어 냄새가 났다. 정성을 다해 빚어내는 음률이지만 어색하고 불안했다. 그러나 진심이 가득 담겨져 있고 땀으로 점철된 구수한 가락이 홀을 가득 메울 때 청중은 숨을 죽이고 음악의 세계로 빠져 들었다. 수십 년간 교단생활을 했지만 오늘은 또 다른 도전을 하고 있는 그였다.

재직 시에는 강의준비에 바빴고 연구에 몰두하느라 정신이 없었다. 이제 숨 막히던 굴레에서 벗어나 자유로운 몸이 되었다. 현직 때보다 표정이 몰라보게 밝아졌으니 생활에 여유도 생겼음이라. 대다수 비슷한 연배에 머리가 허연 분들이라 가만히 앉아 감상하려니 송구스러웠다. 색소폰뿐이 아니었다. 클라리넷을 연주한 분도 있었고 '메기의 추억'이며 '웨딩드레스'를 열창한 분도 있었다. 차가운 날씨에 민소매의 세련된 무대의상으로 좌중을 압도한 지긋한 연세의 여성 출연자도 있었다.

인상적이었던 장면은 또 있었다. 연주자 한 분이 차례가 되어 악기를 들고 무대에 섰다. 심호흡을 하고 연주를 위한 준비를 마쳤다. 그때 객석에서 누군가가 '교수님, 악보는 다 외우셨습니까?'라고 큰 소리로 외쳤다. 막 연주를 시작하려던 그분이 화들짝 놀라 허둥지둥 준비실로 달려 들어가더니 한참 후에 악보를 들고 다시 나타났다. 의외의 사태에 덩달아 긴장하여 숨을 죽이고 바라보고 있던 청중이 일제히 웃음을 터뜨리며 우레와 같은 박수로 격려했다. 참으로 아름다운 모습이었다.

나이가 들어도 비굴하지 않고 당당하게 처신할 수 있다는 것이 어떤 것인지 알 것 같다. 퇴임 후 제2의 인생을 새롭게 시작한다는 말을 자주 듣기는 했지만, 선배님들의 진지한 무대를 보면서 오금이 저려 숨을 제대로 쉴 수 없었다. 과연 나도 훗날 저 나이에 저렇듯 당당하고 여유 있게 노년을 즐길 수 있을까. 은퇴 후 또 다른 인생에 대한 중요성이 점점 커지고 있는 때다. 보람 있고 의미 있는 여생을 위해 일찌감치 찬찬히 계획을 세우고 연구도 하며 심각하게 고민해야 할까 보다.

그 누구도 시간을 붙들어 둘 수 없다. 시간은 만인에게 공평하고 정확하게 배분되었다. 시간은 어제 태어난 아기에게나 90을 넘긴 노인에게나 똑같은 속도로 흐른다. 절대적으로 동일한 속도와는 달리 각자가 느끼는 상대적 속도는 천차만별이다. 이제 막 동이 틀 무렵에 해당하는 아이와 뉘엿뉘엿 서산에 걸린 해처럼 언제 질 지 모르는 처지의 노인이 느끼는 시간이 같을 수 없다. 만인에게 공평하게 분배되었지만 어떤 처지에 있느냐에 따라 시간의 상대적 길이와 가치는 판이하다.

나이가 들었다고 가만히 앉아 대접받기를 바라던 시대는 지났다. 누구나 자신에게 부여된 시간을 합리적으로 관리하고자 노력한다. 하지만 남의 손에 떡이 커 보이기 마련이다. 내 인생보다는 남의 인생이 더 멋지다고 착각한다. 내가 걸어온 인생항로가 남의 것보다 어렵고 험난하다고 단정해 버린다. 생각해 보라. 이 세상 인생치고 편안하고 쉬운 것이 어디 있겠는가. 어린이는 어린이대로 노인은 노인대로 남자는 남자대로 여자는 여자대로 각자 감당하기 어려운 세월의 무게를 지고 사는 것이다.

시간은 사람을 기다리지 않는다. 자연법칙에 따라 무심히 흘러갈 뿐이다. 시간은 특별히 누구를 멀리 하거나 가까이 하지 않는다. 갑에게는 하루가 23시간이고 을에게는 25시간인 경우는 없다. 칼날같이 엄정하게 배당된 것이 시간이다. 그 무엇보다 소중한 시간을 낭비하지 않고 슬기롭게 관리하여 훗날 후회를 남기지 않는 것은 각자 감당해야 할 몫이다. 묵은해와 새해가 교차하는 길목에서 백발성성한 노교수들이 펼치던 감동적인 무대를 되새기며 밝고 맑은 내일을 위한 인생 설계도를 그려본다.

2012년 1월

겨울 장미

　도무지 알다가도 모를 일이다. 가당찮은 오기를 부리는 것도 한계가 있고 속없이 객기를 부리는 것도 정도가 있다. 봄부터 준비하여 더위가 시작되던 유월 뙤약볕 아래 흐드러지게 피어 뭇사람의 혼을 빼놓더니 세월이 흘러 서늘한 가을도 지나고 겨울로 접어들었건만 교정 울타리에는 넝쿨장미 몇 송이가 아직 버티고 있다. 한껏 차가워진 겨울에 무슨 미련이 남았는가. 칼바람이 소매 속을 파고드는 매서운 날씨에 눈 시리게 파란 하늘을 바라보고 섰다.

　파란 잎, 빨간 꽃, 연두색 철망과 뒤엉켜 피아(彼我) 구별마저 어렵게 한다. 그 많던 친구들은 다들 어디로 갔는가. 차가운 날씨에도 매끈한 줄기에 돋은 가시는 여전히 매섭고 예리하다. 인간 세계와 같이 온갖 고통을 견디고 모진 풍상(風霜)을 이겨낸 개체만 살아남았다. 동료들 죄다 잃고 지금껏 버티어온 그 생명력은 어디서 나왔을까. 외로워서 더욱 서러운 선홍색 꽃송이가 숨이 막히게 해맑고 고와서 차라리 고개 돌려 멀리 더 높은 창공을 응시한다.

　장미의 끈기는 과연 어디까지일까. 무덥던 여름 거센 비바람하며 서늘한 가을바람을 슬기롭게 이겨냈다. 천방지축 머슴애들이 흙먼지 일으키며 축구공 쫓아 내달리면서 숱하게 괴롭혔지만 조금도 싫어하는 기색 없이 잘 참았다. 조심성 없는 아이들이 아무렇게나 벗어던진 윗도리가 그 화사한 얼굴을 마구 덮쳐도 불평 한 마디 하지 않았다. 난데없이 때지어 나타나 까르르 웃어대던 여자아이들의 대책 없는 소란에도 침묵으로 일관할 뿐 아무 말이 없었다.

장미는 오래 전부터 인간과 긴밀한 관계를 맺어왔다. 강렬한 향기와 짙은 색깔은 인간들에게 강한 의지력과 생명에 대한 경외심을 심어주었다. 화려하고 현란함에서 스며 나오는 위엄과 품위로 꽃 중의 꽃으로 군림했다. 장미는 승리의 상징이었다. 군대가 개선할 때 장미꽃다발 세례를 받았다. 영원한 생명력과 부활의 신통력을 믿어 장례식장을 흰 장미꽃으로 장식했다. 흔히 학교에서 장미를 교화(校花)로 지정하는 데는 그럴 만한 이유가 있는 것이다.

교정에는 장미 이외에도 땅 속 깊숙이 뿌리박고 묵묵히 비바람을 견디고 있는 초목들이 많다. 폭풍우가 세차게 몰아칠 때면 그들은 서로가 든든한 보호막이 되었다. 초목의 세계에서는 모두가 기나긴 세월을 함께 견디어온 동반자이다. 한 해의 끝자락에서 덩치 큰 나무들이 잎을 지운 지 오래이건만 장미는 마냥 푸르기만 하니 놀랍지 않은가. 인고(忍苦)의 세월을 무던히 견뎌낸 보람이 있어 혹독하게 추운 날씨에도 꿈쩍하지 않고 버티고 있는 것이다.

활엽수를 보자. 잎이 떨어지니 가지마저 생기를 잃었다. 뼈대만 앙상하게 남아 여름철 무성하던 모습을 찾기 어려운데 장미 잎은 짙은 녹색 그대로다. 쌀쌀한 날씨에도 전혀 위축되지 않는 씩씩한 모습이 주위 초목들과 뚜렷하게 대조를 이룬다. 녹색 잎, 빨간 꽃이 파란 하늘을 배경으로 더욱 선명하다. 차가운 날씨 세찬 바람에도 남은 잎사귀 몇이 선홍색 꽃을 정성스레 지키고 있다. 좋을 때나 나쁠 때나 주인을 버리지 않고 함께하는 모습이 기특하다.

시속(時俗)의 변화에 따라 손바닥 뒤집듯 소신을 바꾸고 힘 있는 사람을 쫓아 해바라기처럼 이리저리 몰려다니는 인간 군상을 생각하면 씁쓸레한 느낌이 든다. 갈대처럼 나약해 빠져 작은 세파(世波)에도 마구 흔들리는 인간이 아닌가. 이제 곧 강추위와 함께 진눈깨비 흩날리며 사납고 매서운 북풍한설(北風寒雪) 들이닥칠 텐데 그 가혹한 시련을 어찌 감당할 것인지 걱정이다. 설중매(雪中梅)란 말은 있지만 설중장미(雪中薔薇)란 말은 들어본 적이 없다.

동장군(冬將軍)이 본격적으로 위세를 떨칠 때가 되었다. 감당하기 어려운 시련들이 겹겹이 몰려올 것인데 맨 몸으로 버티고 있는 장미가 안쓰럽다. 꽃 몇 송이와 잎사귀 두어 장으로 혹독한 엄동설한(嚴冬雪寒)과 맞설 수 있을까. 그러나 강추위를 예고하는 여러 가지 조짐 속에서도 의연(毅然)하게 자신의 자리를 지키고 있으니 참으로 놀랍고 가상하다. 조그만 장애에 부딪혀도 쉽게 좌절하고 곧장 포기하는 우리 인간들에게 시사(示唆)하는 바가 크다.

2011년 12월

갓바위에 모인 영원

　작년처럼 삼학년 담임선생님들과 함께 팔공산 갓바위에 올랐다. 예전에 혈기왕성할 때는 운동 삼아 한 달에도 몇 번씩 오르곤 했지만 이젠일 년에 한 차례 입시 막바지에 오른다. 특정 종교에 심취한 적도 없고 또그럴 만한 입장도 아니지만, 400여 명의 학생들이 입시를 앞두고 초긴장상태로 있는 지금, 학생교육을 책임지고 있는 교장으로서 아이들에게 위안을 주고 더불어 걱정하는 자세를 보여주는 것은 당연한 도리이다. 밤낮을 가리지 않고 부지런히 달려온 그들이다. 마지막 저력을 발휘할 수있게 모두가 정성을 한데 모아야 할 때다.

　갓바위라는 이름을 얻게 한 판석은 정작 부처님을 조성할 당시에는 존재하지 않았다는 학설이 유력하다. 후세 사람들이 별도로 갓을 만들어올렸을 것으로 추정하는 것이다. 왜 하필 갓 모양이었는지는 알 수가 없다. 다만 무언가 그럴 만한 사연이 있지 않았겠는가 하고 짐작할 뿐이다.불상과 석질은 동일하지만 조각술과 전체적 균형으로 판단하거나 부처님위에 판석을 올린 것으로 미루어 보아 고려시대 작품이라는 것이 전문가들의 견해다. 왼손 바닥에 작은 약호를 받쳐 들고 병든 중생들은 치료해주고 아픈 곳을 어루만져주는 약사여래불이다.

갓바위가 유명해지게 된 것은 간절히 기원하면 누구에게나 한 가지 소원은 꼭 들어준다는 속설 때문이다. 언제부터인지는 정확히 알 수 없으나 그 소문을 믿고 전국 방방곡곡에서 찾아오는 사람들의 발길이 끊어지지 않는다. 남쪽에 있는 주차장에서 관암사를 거쳐 올라가는 등산로와 북쪽 선본사에서 출발하는 길을 많이 택한다. 잘 다듬어진 돌계단에 넓고 평탄한 길이라서 누구나 쉽게 오를 수 있어서다. 정상에 올라서면 저 멀리 여기저기 낮은 산등성이들이 허리를 조아린다. 머리 위로 아득하기만 하던 기암괴석들도 어느 새 발 아래 엎드린다.

전혀 생소한 동남쪽 계곡 등산로를 택했다. 가장 짧은 용주암 쪽 길이다. 모든 일에는 양면이 있기 마련이라 거리가 짧은 만큼 경사가 급하다. 눈앞에 빤히 쳐다보이지만 호락호락하지 않다. 가깝다고 깔보았다가는 의외의 어려움을 겪기 쉽다. 모두가 다양한 소원을 품고 묵묵히 오르지만 깊은 속내를 알 수 없다. 연중무휴로 많은 사람들이 기도를 올린다. 특히 요새 같은 입시 막바지에는 고등학교 교사들이 많다. 학교별로 격려행사를 마친 후 삼학년 담임과 교감, 교장이 이곳을 찾아 부처님께 정성을 드리는 것이 정례화 되다시피 했다.

갓바위에 오르면 팔도 사투리를 다 들을 수 있다. 갓바위의 유명세 덕분이다. 전국 각지에서 수많은 사람들이 갖가지 사연을 안고 찾아드니 그럴 수밖에 없을 것이다. 부산과 경남지역 사람들이 특히 많다고 한다. 부처님이 바라보는 방향이 동남쪽, 바로 부산 방향이라서 그 지방 사람들에게 특별히 후하여 소원성취에 유리하다고 믿기 때문이란다. 모두들 가지고 온 촛불을 켜놓고 공양미를 바친 다음 수도 없이 절을 올리며 소원을 빈다. 초와 공양미는 집에서 정성스럽게 장만해서 가지고 오는 사람들도 있지만 대개 출발점 주위의 가게에서 구입한다.

부산에서 왔다는 부부는 수능을 앞둔 아들이 그동안 갈고 닦은 실력을 후회 없이 발휘해 원하는 대학에 합격할 수 있도록 해 준다면 먼 길이 무슨 문제겠느냐고 말했다. 평소에도 등산객이 많지만 수능이 가까워지면 부쩍 늘어난다. 세속의 치열한 입시 긴장감이 이곳에까지 미치고 있는 것이다. 아이 못지않게 긴장감 속에 하루하루를 보내고 있는 부모님들로 북새통을 이룬다. 자신을 고등학교 현직 교사라고 소개한 한 어머니는 딸과 반 아이들의 수능을 앞두고 정성을 다해 기도드리면 부처님도 감동할 것으로 믿는다며 108배를 시작했다.

드넓은 광장에는 기도를 올리는 사람들로 초만원이다. 자녀의 사진과 기도문을 앞에 두고 수도 없이 절을 올린다. 그 엄숙한 모습에 입시철 우리 사회의 단면이 그대로 투영되어 있다. 아이의 학반이며 생년월일, 지망 대학 이름까지 적어온 사람도 보인다. 자식을 향한 간절한 정성에 한계가 있을 수 없다. 수많은 촛불이 써늘한 바람을 받아 일렁이며 저마다 빛을 발하고 있다. 옛날과 달리 부처님 가까이 다가가서 그 주위를 돌며 소원을 빌 수 없어 아쉽지만 정성과 노력을 다한다면 부처님도 갸륵하다 여겨 넉넉한 은혜를 베풀지 않겠는가.

십여 년간 쌓아온 실력을 가늠해 보는 시험이다. 얼마 남지 않은 시간이 안타까워 속을 태우고 있는 아이들이 정말 안쓰럽다. 내게 어떤 초인적인 신통력이 있어 그들이 원하는 바를 모두 이룰 수 있게 해줬으면 얼마나 좋으련만 뾰족한 대책이 없으니 답답하다. 멀고도 험한 길을 열심히 달려왔다. 이제 모든 것을 하늘의 뜻에 맡기고 남은 시간 최선을 다할 뿐이다. 조용하고 편안한 분위기를 만들어 아이들로 하여금 마지막 정리를 원만하게 하도록 도와주자. 당일 아침 모두가 더 없이 맑고 개운한 정신 상태, 최상의 신체 조건이기를 염원해본다.

넓직한 광장이 선생님들로 북적댄다. 낯익은 분들을 산에서 만나니 더욱 반갑다. 몸담고 있는 학교는 달라도 제자들을 위한 정성은 같다. 가파른 길을 올라온 터라 가쁜 숨을 내쉬면서도 얼굴에는 미소가 가득하다. 수능시험 초읽기에 들어간 아이들이 부모님과 선생님들의 애타는 심정과 간절한 소망을 과연 얼마나 감지하고 있을까. 이제 이른 새벽부터 진행해온 각종 서원행사(誓願行事)를 마무리 지어야 할 시간이다. 우리 아이들 모두가 각자의 실력을 유감없이 발휘해 주기 바란다. 삼가 옷깃을 여미고 합장한 채 부처님을 향해 다시 선다.

2011년 11월

금목서의 도발

세월이 흘러 어느 덧 10월, 그동안 있는 듯 없는 듯 숨죽이고 있던 금목서(金木犀)가 강력하고도 본격적인 도발을 개시했다. 용담목 물푸레나무과에 속하는 금목서는 매년 이맘때면 난데없이 나타나 독특한 향기로 뭇사람들을 주눅 들게 한다. 황금색의 오밀조밀하고 앙증맞은 꽃에다가 무소뿔을 닮은 줄기를 지녔다고 해서 금목서란 이름을 얻었다고 전해진다.

꽃이 꽃인 것은 향기가 있기 때문이다. 일반적으로 꽃이 화려하고 거창하면 향기는 미미하고 반대로 꽃이 소박하고 두드러지지 않으면 향기가 아주 강렬하기 마련이다. 번식을 위한 가루받이 때 화사한 꽃에는 벌과 나비가 멀리서도 스스로 곧잘 찾아가니 구태여 향기로 유인할 필요가 없지만, 그렇지 못한 꽃은 강력한 향기를 무기로 그들을 끌어들일 수밖에 없다.

요즘 한창 사람들의 주목을 받고 있는 금목서는 후자에 속한다. 금목서 꽃은 길쭉한 타원형의 파란 잎과 줄기 사이에 옹기종기 깨알같이 모여 핀다. 얼핏 보아서는 꽃인지 열맨지 구분이 가지 않을 정도로 아주 작고 아담하다. 다른 꽃처럼 스스로를 드러내는 법이 없고 세상을 향해 활개를 펴고 거드름을 피우지 않는다. 언제나 다소곳하게 몸 낮추어 겸손하다.

이런 소박하고 작은 꽃이 향기마저 없다면 어떤 대접을 받을까. 벌이나 나비는커녕 사람들도 아마 거들떠보지 않을 것이다. 그러나 자연의 섭리는 참으로 오묘하고 정교하여 볼품없는 금목서를 그대로 방치하지는 않는다. 상식을 뛰어넘는 강력하고 도전적인 향기를 부여하여 특징 없는 수수한 용모에도 홀대받지 않도록 단단히 안전장치를 마련해 두었다.

매일 아침 분초를 다투는 출근길 그리고 저녁나절 여유로운 퇴근길에 아파트 단지 북쪽 후문 근처를 지날 때면 어김없이 금목서 두 그루와 마주치게 된다. 지극히 공격적이고 자극적인 그 향기로 인해서 깜짝깜짝 놀란다. 그냥 아무 생각 없이 걸음을 재촉하다가 이 녀석들을 만나는 순간 마치 강한 전류에 감전이라도 된 듯 꼼짝없이 걸음을 멈출 수밖에 없다.

어떤 이는 금목서 향기가 샤넬 ALLURE에 가깝다고 한다지만, 그 방면에 완벽하게 문외한인 처지로는 뭐라고 더 보탤 말이 없다. 그래도 오늘날 우리가 사는 이 세상이 제대로 돌아가려면 이 금목서와 같은 사람들이 많아야 한다는 것은 쯤은 익히 알고 있다. 보이지 않는 곳에서 특유의 향기를 발산하는 그들이야말로 이 사회를 지탱하는 버팀목이 아니겠는가.

화무십일홍(花無十日紅)이라 하지 않던가. 별안간 기온이 뚝 떨어져 사람들로 하여금 잔뜩 어깨를 움츠리게 하는 쌀쌀한 날씨가 되었다. 오늘 퇴근길에 만난 금목서는 어제 모습이 아닌 듯하다. 그 강렬한 향기도 한결 무디어진 느낌이다. 특별히 서두를 일 없어 모처럼 여유를 부려본다. 금목서 주위를 한참 동안 서성거리며 요모조모 뜯어보고 찬찬히 훑어보았다.

꽃 모양도 어제 같지 않다. 왠지 위축되고 오그라드는 형국이다. 외부 조건의 변화를 즉각 감지하고 그에 대응할 준비를 하고 있는가 보다. 곧 닥칠 추위와 눈바람에 대비하코자 일찌감치 스스로를 단속하고 있는 것은 아닌지 모를 일이다. 우리 인간은 어떤가. 한 치 앞일도 모르면서 백년을 살 것처럼 온갖 거드름을 피우고 가당찮은 오만을 떨고 있지 않는가.

세상만사 처음이 있으면 끝이 있고 전성기가 있으면 반드시 내리막도 있다. 오늘 화려함을 뽐내는 꽃이 내일 똑같은 모습일 수는 없다. 주체 못할 강렬한 위세로 우리를 놀라게 하는 금목서 향기도 영원히 지속되길 바랄 수 없다. 자연이 정해놓은 엄정한 질서 앞엔 예외도 없고 에누리도 없다. 사람을 귀하게 여기고 몸을 낮추어 겸손해야 할 이유가 여기에 있다.

금목서의 특이하고 강렬한 향기에 넋을 빼앗긴 아내가 기어코 일을 냈다. 어디서 구했는지 아담한 가지 둘을 들여와 조그만 수반에 꽂아 식탁과 거실에 두었다. 살아있는 생명을 가만히 놔두지 못하고 괜히 훼손했다고 타박했지만, 미풍에 실려 들어오는 또 다른 금목서 향기와 집안 두 군데 금목서가 발산하는 알싸한 향기의 삼중주가 기꺼워 모른 체하기로 했다.

2011년 10월

세 잎과 네 잎 사이

    점심시간에 식당으로 내려가 아이들 밥 먹는 모양을 살펴보고 조금 전에 올라왔다. 열어놓은 교장실 문밖 복도에는 방금 식사를 마친 아이들의 활기찬 웃음소리가 드높다. 언제 들어도 싫지 않는 생기 넘치는 소리에 실없이 한 번 웃었다. 미세한 인기척을 느껴 문 쪽으로 나갔다가 귀한 보물을 찾았다. 문 바로 안쪽에 예쁘게 접은 쪽지 하나가 다소곳이 놓여 있다. 누가 언제 놓고 갔는지 알 수 없지만 분명 뭔가 할 말이 있는 사람이 두고 갔으리라.

    오후 일과 시작을 알리는 벨소리와 함께 와자지껄하던 주위가 조용해지고 마음의 여유가 생겼다. 잠시 업무를 중단하고 아까 그 쪽지를 들고 책상 앞에 앉았다. 혹여 급식이나 시설, 교내생활 등에 대해 불만을 토로하고 해결책을 마련해 달라는 민원성 편지가 아니길 바라면서 정성스럽게 접은 종이를 펼쳤다. 깨알같이 촘촘히 한 줄 한 줄 써내려간 글을 읽는 동안 어느 새 불안했던 마음은 누그러지고 가슴 저 편에서 뜨거운 기운이 올라오기 시작한다.

    진한 연두색 종이에 얌전히 쓴 편지를 찬찬히 훑어보노라니 부끄럽고 황송해서 좌불안석이다. 작년부터 아이들에게 나누어준 네잎클로버가 수 없이 많다. 그들 중 누군가가 이 편지를 보냈을 것이다. 본교 부임 후 지난 1년 반 동안 학교발전을 위해서 뚜렷하게 이루어 놓은 일이 없다. 그래도 선생님들과 아이들이 편안한 마음으로 서로를 존중하고 격려하며 각자의 역할과 책임을 다하는 분위기를 조성하기 위해서 나름대로 노력을 한 것은 사실이다.

교사와 학생, 상급생과 하급생 등 교육공동체 구성원 상호 간에 따뜻한 정이 흐르고 돈독한 인간관계가 형성되도록 심혈을 기울여왔다. 머물고 싶은 학교, 오고 싶은 학교, 떠난 후에도 다시 오고 싶은 학교로 가꾸기 위해서 애쓴 보람이다. 이제 그 값진 결실을 맺기 시작한 것이다. 그 아이가 무슨 계기로 교장실에 와서 네잎클로버를 받아갔는지 모르겠다. 하여튼 그 일을 계기로 긍정적인 생각을 가지게 되었고 모든 일이 술술 잘 풀린다니 반갑고 고맙다.

교장이 해야 할 일이 바로 이런 것이다. 선생님들은 교실에서 아이들을 직접 만나 수업을 하는 과정에서 그들과 격의 없는 대화를 나눌 수 있다. 마음속 깊이 감춰놓은 속내도 드러내고 소중한 경험을 털어놓으며 인간적인 교류도 할 수 있다. 그러나 교장은 다르다. 전체 조례나 학교행사 때 짤막하게 들려주는 훈화가 전부이다. 스스로 머리를 짜내 아이들과 만날 수 있는 기회를 만들어내야 한다. 그러한 발상에서 나온 것이 네잎클로버 선물이었다.

학교 운동장 남쪽 아파트 단지와의 경계지점에 클로버 군락지가 있어 눈여겨 잘 살펴보면 심심찮게 네 잎을 찾을 수 있다. 순회할 때마다 눈에 띄는 대로 따서 두꺼운 책 속에 잠재운다. 일주일 정도 지난 후에 꺼내 봉투에 넣어 책상 서랍 속에 보관해 둔다. 과학, 예능, 영어, 문학, 체육 등 각종 대외 행사에 참가하여 상을 받았거나 그 밖의 일로 학교 이름을 빛낸 아이들을 교장실로 불러 차 한 잔 대접하며 격려하고 네잎클로버를 한 잎씩 건네준다.

네잎클로버 한 장 나누어주는 것으로 끝내지 않는다. 행운은 절대로 아무런 이유 없이 그냥 오는 법은 없으며 정당한 노력을 하는 사람에게만 찾아온다는 점을 강조한다. 네잎클로버를 씨앗으로 삼아 물을 뿌리고 거름을 주고 또 김매어 가꾸어 소중한 결실을 맺으라고 당부한다. 그렇게 하면 멀리 있던 행운도 가상하고 기특해서 먼 길을 마다 않고 찾아오기 마련이라고 확신시킨다. 이 세상 어디에도 불로소득은 없다는 진리를 뇌리에 깊이 각인시켜준다.

편지를 보낸 아이도 그런 교육을 받은 아이들 중 하나일 것이다. 작은 배려와 격려가 한 아이의 마음을 움직여 긍정적인 변화를 가져오게 했으니 참으로 기쁘고 보람된 일이 아닌가. 비록 교직이 어렵고 힘들기는 하지만 교사들로 하여금 긍지와 믿음으로 묵묵히 최선을 다할 수 있게 만드는 것은 이런 값진 보상과 남모르는 매력이 아닌가 한다. 신뢰와 존경, 감동과 감화를 통해 사람을 사람답게 만드는 교직이 어찌 고귀하고 소중하지 않을 수 있겠는가.

우리 아이들이 꿈 많은 학창시절을 알차게 보내서 먼 훗날 가슴 치며 후회하는 일이 없도록 도와주자. 조그만 정성에 감화되어 구구절절 심금을 울리는 예쁜 글 보낸 그 아이가 고맙다. 그가 편지와 함께 세잎클로버도 한 잎 보냈다. 희소가치야 네 잎에 비할 바 못 되지만 그것이 뜻하는 바가 행복이고 네 잎의 의미가 행운이라면 결국 오십보백보가 아닌가. 오늘 받은 세 잎이 뜻밖의 행복을 가져다주기를 은근히 기대하면서 그 아이의 글을 여기 올린다.

Hold fast to dreams.
For if dreams die, life is a broken winged bird that cannot fly.

교장 선생님께,

안녕하세요. 갑자기 차가워진 날씨에 놀라 감기에 걸리진 않으셨나요? 늘 몸조심하셔야죠.

어, 제가 이렇게 갑작스럽게 교장선생님께 편지를 쓰게 된 이유는 바로 저번에 저에게 주신 '행운'을 정말 감사히 잘 받아서 이번엔 제가 '행복'을 드리려고 해요! (음, 펜이 잘 나오지 않아 급!! 펜을 교체했어요.)

교장 선생님께서 제게 '행운'을 주시면서 그러셨죠. "아무리 행운이 넘쳐난다 해도 스스로 노력하지 않으면 찾아오지 않는다."라고. 그 말씀을 듣고 전 제가 과연 노력을 할 수 있을까에 대한 의문이 생겼어요.

하지만 그 '행운'을, '노력'을 점점 잊어갈 때쯤 제게 여러 가지 좋은 일들이 생겨났어요! 성적이 오르거나 그런 것은 아니었지만, 평소에 제가 간절히 원하고 바라던 일들이 몇 가지 이루어지기 시작했고 점점 행복해지고 자신감도 생겨났어요.

갑자기 찾아온 크나큰 '행운'에 처음엔 당황도 하고 두려웠죠. 이 '행운'이 나에게서 더 큰 것을 앗아가는 것은 아닐까. 이유 없이 찾아온 '행운'이기에 혹시 다른 대가가 있는 건 아닐까 하고 조마조마했습니다.

그러나 그런 일들은 결코 생겨나지 않았고 차츰 제 걱정도 사라져 가자 점점 더 깊이 생각할 수 있게 되었어요. 그때 저에게 주셨던 '행운'과 그 말씀, 그 이후에 제가 노력하기 위해 애쓴 작은 일들, 그래서 전 왠지 앞으로 모든 일들을 다 잘 해낼 수 있을 것만 같아요! 정말 감사합니다.

많은 선생님들께서 늘 말씀하세요. "우리 학교 교장 선생님만큼 좋으신 분은 없다." "정말 멋진 분이시다.", "정말 존경받으실 만한 분이다." 등등. 저도 늘 열려있는 교장실 문 앞을 지나갈 때면 같은 생각을 하곤 해요! 늘 학생들에게 가까이 다가가려고 노력하시고 학생들의 작은 소리에도 귀 기울여 주시는 멋진 교장 선생님! 선생님께서 운암에 계셔서 참 다행이라고 생각해요.

네잎클로버는 '행운'이지만 세잎클로버는, 그 흔하디흔한 세잎클로버는 '행복'이잖아요. 행복은 늘 가까이에서 당신이 찾아주기만을 기다리고 있답니다.

감사합니다. 존경합니다.

2011년 9월 20일

○○○ 드림

우학산 가을비

　한가위를 눈앞에 둔 주말에 하양 무학산으로 향했다. 정상 부근에 위치한 국학연구소 대구경북지부에서 9월 정기 모임이 있었다. 장소가 특별했고 참석한 사람들의 면면이 다양했으며 시기적으로 절묘했다. 이런저런 이유로 오래 찾지 못한 사이 연구소가 몰라보게 달라져 있었다. 국가 중요민속자료로 지정되어 보호받고 있는 상여집을 중심으로 가묘(家廟), 불상, 석탑 등 다양하게 전시되어있는 자료들이 주인을 잘 만나 향기와 빛을 발하고 있었다.

　전국적으로 명성이 자자한 명창이 제자들과 함께 초대되어 판을 벌렸다. 살풀이를 시작으로 신고산타령을 걸쭉하게 쏟아냈다. 해학과 재치가 넘치는 마당을 펼쳐 궂은 날씨에 먼 길을 마다 않고 달려온 사람들의 심금을 울렸다. 우리네 가슴 속에 깊이 숨어 있는 신명을 불러내어 주저 없이 그 모습을 드러내게 하는 재주가 놀라웠다. 모두들 시작할 땐 잔뜩 위엄을 부리고 엄숙한 표정으로 앉았더니 어느 새 어깨를 들썩이고 박수를 치며 동화되어갔다.

　오래 전 어느 명창이 말했듯이 우리 것이 최고란 말밖에 달리 보탤 것이 없다. 최근 서양문물의 급속한 유입으로 사회전반이 서구화됨에 따라

누천년을 이어온 전통문화가 기반을 상실하고 민족의 정체성마저 엷어지고 있는 상황에서 우리의 본 모습을 재조명해 주는 계기가 되었다. 조상의 혼이 담긴 가락을 접하면서 어찌 가슴이 뭉클하지 않고 숨을 죽이지 않을 수 있을까. 문명의 이기를 한껏 누리면서 살고 있지만 근본까지 변할 수는 없는 일이다.

경북교육의 최고 수장이 주제 강연을 맡은 것도 예사롭지 않았다. 무거울 수밖에 없는 이야기를 술술 잘도 풀어갔다. 우리나라 국민 치고 교육에 관심이 없는 사람이 몇이나 될까. 30여 명 남짓 모인 작은 자리였지만 교육이 나아갈 방향을 모색하고자 하는 열기로 분위기는 자못 진지했다. 교육이란 누구에게나 무엇보다도 절실한 당면 문제이다. 모두 귀를 쫑긋 세우고 참여할 수밖에 없었다. 누구나 학부형이요 모두가 관련자이니 어찌 관심이 없겠는가.

교육감은 오늘날 당면한 우리교육의 문제를 진단하는 것으로 말문을 열었다. 모두가 공감할 수 있는 내용이었다. 국토는 좁고 인구는 많은데 자원은 부족하니 경쟁은 피할 수 없는 일이다. 기회는 적고 사람은 넘쳐나니 사회적 신분상승을 위해 교육 말고 별다른 방법이 없다. 사농공상(士農工商)의 전통적 가치관이 아직 뿌리 깊이 자리 잡고 있다. 육체노동을 경시하는 풍조가 만연하고 특정 직군(職群)에 대한 선호도가 턱없이 높은 실정이니 어찌하랴.

직업에 대한 왜곡된 시각과 고정관념부터 깨야 한다. 사회 전반에 퍼져 있는 학력(學歷) 중시의 악습을 타파해야 한다. 어떤 조건, 어떤 제도에서도 우리 아이는 옆집 아이를 이기고 일류대학 잘 나가는 학과에 입학시켜 호의호식하게 해야겠다는 생각을 버려야 한다. 그렇지 않으면 어떤 제도, 어떤 개혁도 효력이 없다. 대학을 졸업하지 않고도 탁월한 기술만 있으면 인간적인 대접을 받는다면 누가 구태여 그 좁은 문을 향해 모든 것을 걸려 하겠는가.

결국 교육도 정체성 문제와 직결된다. 자신의 뿌리를 정확히 알고 스스로의 능력을 확실히 꿰뚫고 있다면 역량에 맞게 합당한 목표를 세우고 오직 그 방향으로 한눈팔지 않고 나아갈 것이다. 처음부터 능력에 미치지 못하는 과욕을 부리지 않을 것이며 남의 눈치를 볼 일도 없을 것이다. 당당하고 떳떳하게 긍지와 보람을 가지고 자신이 선택한 일에 종사할 것이다. 그릇된 사고방식, 삐뚤어진 고정관념을 고치고 바로 잡아야 교육이 제 길로 나갈 수 있다.

연사는 국가적인 문제로 대두되고 있는 사교육비 문제에 대해 언급했다. 극성스런 엄마들의 지나친 교육열을 통계수치를 들어가며 통박했다. 자신이 원해서 학원에 다니는 아이보다 엄마의 강권에 등 떠밀려 마지못해 다니는 아이가 훨씬 많다는 설명이었다. 판단력이 약한 초등학교 저학년일수록 그 정도가 더욱 심하다고 했다. 같은 시간 옆집 아이는 학원에서 공부하고 있을 터인데 우리 아이는 집에 가만히 있어도 될까 하는 막연한 불안감이 문제다.

정치문제에 대해서라면 무관심하다가 교육 이야기가 나오면 자다가도 벌떡 일어나 눈을 부비고 바짝 다가앉는 것이 우리 실정이다. 자원이 부족하고 인력은 넘치는 실정이니 계층상승을 위한 교육 경쟁은 피할 수가 없는 선택이다. 실력 있는 인재를 키워 세계무대에 진출하게 하는 것도 해결 방법일 것이다. 사람 사는 사회에 경쟁은 필수다. 파생되는 갈등을 현명하게 잘 조정하고 서로 조화를 이루는 가운데 선의의 경쟁을 펼치도록 가르치면 된다.

가을 초입 운무(雲霧)에 갇힌 무학산이었다. 부슬부슬 가랑비가 나뭇잎을 두드리는 가운데 구성진 우리 가락에 취했고 애틋한 춤사위에 넋을 잃었다. 난마처럼 얽힌 사회문제 중 교육이 그 선두에 자리하지만 어찌하랴. 곳집 속 상여를 다시 둘러보았다. 처연한 가을비는 상여에 몸을 뉘고 먼 곳으로 떠난 넋들이 뿌린 눈물이었다. 혹 안식처를 찾지 못하고 구천(九天)을 떠도는 혼백이 있다면 그 살풀이로 말미암아 극락왕생(極樂往生)하기를 염원해 본다.

2011년 9월

영웅 위의 영웅

달구벌을 뜨겁게 달구었던 IAAF 육상선수권대회가 대단원의 막을 내렸다. 처서를 넘긴 늦더위가 심술을 부리는 가운데 스포츠를 통한 인류 화합의 장을 펼쳤다. 9일간의 열전 끝에 유종의 미를 거두고 폐막했으니 개최국 국민으로서 또 대구 시민으로서 자부심을 가져도 좋으리라. 한중막 무더위 속에서 열전을 펼친 선수들이 존경스럽고 시종일관 무더위와 싸우며 대단한 인내심으로 지켜보며 박수와 환호로 선수들을 격려한 관중들이 한없이 자랑스럽다.

기라성 같은 영웅들의 격전장에서 특히 눈길을 끄는 영웅이 있었으니 남아공의 의족 스프린터 Oscar Pistorius였다. 양다리가 의족이었지만 주눅 들지 않고 당당하게 달렸다. 1,600m 릴레이에서 조국 남아공이 결선에 나가는 데 기여했다. 애석하게도 스스로 결선에 출전하지는 못했지만 남아공이 2위를 차지하는 데 초석을 다진 공을 인정받아 은메달을 목에 걸었다. 장애인 대회에서 닦은 기량으로 비장애인과 대등하게 겨루는 불굴의 투지를 보여주었다.

Pistorius는 그 특이한 경력과 인간승리의 신화로 인해 가는 곳마다 세계 언론의 집중적인 조명을 받았다. 이번 대구대회에서도 예외가 아니었다. Usain Bolt 등 세계적 대스타 못지않게 많은 취재진을 몰고 다녔다. 400m 경주에서 비록 결선까지 가지 못하고 탈락했지만 경기가 끝나고 탈의실까지 가는 데 무려 한 시간 반이나 소요되었다고 한다. 운집한 기자들의 질문에 일일이 답하고 환호하는 청중들에게 인사하느라 크게 지체되었기 때문이었다.

IAAF 측에서는 애초에 의족 때문에 불의의 사고가 발생할 수가 있고 타 주자에게 피해를 줄 수도 있다고 판단하여 출전을 허락하지 않았지만 그의 강인한 의지력과 고집을 꺾을 수 없었다. 남아공 지도부는 만일의 사태에 대비하여 1,600m 계주 예선에서 바턴 터치의 위험부담을 최소화하기 위해 그를 제일 주자로 배정했다. 그러나 그는 그러한 특별대우를 달가워하지 않았으며 장애인에 대한 편견과 오해를 불식시키는 데 최선의 노력을 다 했다.

인간의 한계는 어디까지 일까. TV의 각종 연예 프로그램에서 사람의 눈을 의심하게 할 정도로 고도의 기술과 숙련이 요구되는 기예나 재능을 보여주는 사람들이 많다. 상식으로 도저히 이해할 수 없는 희한하고 특이한 능력을 유감없이 발휘하는 사람들이다. 물론 기본적인 재능이야 천부적으로 타고 났겠지만 그와 같이 신기(神技)에 가까운 능력을 습득하기까지 얼마나 많은 피와 땀을 흘렸을까. 영웅 위의 영웅 Pistorius도 그들 중의 한 사람이다.

불굴의 의지력과 투철한 정신력으로 만인 앞에 우뚝 선 그에게 무한한 존경과 뜨거운 박수를 보낸다. 탄소 섬유로 특수 제작된 의족 차림인 그를 사람들은 'Blader runner'라고 부른다. 그는 비장애인도 감히 넘볼 수 없는 탁월한 기량으로 불가능이란 없다는 교훈을 온몸으로 보여 주었다. 사지가 멀쩡한 사람들, 그것도 엄청난 내공과 기량을 지닌 세계적 고수들과 겨루는 당당한 그의 모습을 보며 온갖 핑계를 대며 최선을 다하지 못한 것이 부끄럽다.

경기장 자체가 바로 생존을 위한 각축장이었다. 0.001초 차이로 메달의 색깔이 달라지고 준결선 혹은 결선 진출이 좌절되는 극적인 장면이 연출될 때마다 만장한 청중들도 탄식하고 한숨 쉬며 그들과 함께 희망과 절망을 나누었다. 어제의 영웅이 하루아침에 무너져 나락으로 추락하기도 하고 무명의 다크호스가 어느 날 갑자기 일약 대스타의 반열에 오르기도 했다. 흔히 유행하는 말처럼 각본 없는 드라마요, 치열한 생존경쟁의 현장 바로 그것이었다.

인간은 누구나 무한한 가능성을 지니고 태어난다. 사람은 각자 특정 분야에서 남이 지니지 못한 자기만의 재능을 가졌다고 한다. 그렇다고 해서 그런 막강한 잠재력을 모두가 개발하여 탁월한 기량으로 승화시킬 수 있는 것은 아니다. 주어진 소질과 재능을 어떻게 자신의 것으로 만드느냐 하는 것은 각 개인의 노력 여하에 달린 것이다. 내재적 소질을 갈고 닦아 놀라운 경지에 이르게 하는 데는 남다른 노력과 인내, 그리고 고도의 집중력이 필요하다.

오늘날 아이들을 보라. 온실 속의 화초처럼 무풍지대에서 곱게만 자라나서 조그마한 문제나 사소한 어려움에 부딪혀도 곧잘 의기소침하고 좌절한다. 주위를 돌아볼 줄 모르고 자신만을 챙기고 남을 의식하지 않는다. 원대한 목표를 설정해놓고 앞만 보고 묵묵히 나아가는 끈기가 부족하다. 엉덩이에 땀띠가 나게 진득하게 앉아 견딜 줄 모른다. 덩치만 컸지 속이 텅 빈 강정이 수두룩하다. 남을 배려하고 자신을 낮출 줄 아는 통 큰 아이들을 찾기 어렵다.

목적의식 없이 등교하여 그냥 버티다가 내일에 대한 꿈도 없이 집으로 향하는 아이들이 허다하다. 우선 공부는 왜 하는지, 무엇이 될 것인지, 희망은 무엇인지부터 확고하게 인식하도록 지도하자. 타고난 신체적 결함을 군건한 의지력과 피나는 노력으로 극복하고 인간승리의 전설이 된 Pistorius를 방황하는 우리 아이들을 바로 잡아줄 본보기로 삼도록 하자. 혼돈 속에서 방향을 잡지 못하고 우왕좌왕하는 그들에게 나아갈 길을 밝혀줄 등대가 되도록 하자.

2011년 9월

양말 두 켤레

　시간에 쫓겨 허둥대느라 신으면서도 미처 확인하지 못했다. 아침나절 산처럼 밀린 업무를 처리하고 주말에 쌓인 일간지도 대충 훑어보았다. 한숨 돌린 후 방을 나서려다 왼쪽 엄지발가락 부근에 뭔가 허전한 느낌이 들어 내려다보았다. 아뿔싸! 양말이 해어져 발가락이 삐죽이 흉한 얼굴을 내밀고 있지 않은가. 하마터면 구멍 난 양말을 신고 교내를 활보할 뻔했다. 적당히 응급처방을 했지만 온종일 실내화 차림으로 근무를 해야 할 텐데 걱정이다.

　조심스럽게 발가락을 꼼지락거리다가 잠시 생각에 잠겼다. 지난 2월 말 정기인사로 학교 안팎이 무척 어수선하던 때였다. 20여 명의 선생님들이 길게는 4년 짧게는 1년 혹은 6개월 동안의 본교 근무를 끝내고 떠나시게 되었다. 이임인사가 있던 날 늦은 오후였다. 교장실 문을 두드리는 소리가 나더니 여선생님 한 분이 들어섰다. 아담하고 다부진 체구에 활발하면서도 재치 넘치는 수업진행으로 아이들을 곧잘 웃기고 울리던 인기 만점 선생님이었다.

　하직 인사차 들리신 것이다. 평소 쾌활한 모습 그대로였다. 그런데 이게 웬일인가. 품속에서 납작한 종이상자 하나를 꺼내놓는 것이 아닌가. 가만히 선생님의 거동을 주시하고 있으려니 명랑한 목소리로 말문을 열었다. 그동안 감사했다며 조그마한 성의이니 물리치지 말고 거두어 달라는 당부였다. 의외의 사태에 선뜻 드릴 말씀을 찾지 못하고 주춤거리며 서 있다가 한참 후에야 수고 많으셨다고 대꾸했더니 고맙다는 말씀을 남기고 돌아서 나갔다.

참으로 특이한 분이었다. 요새는 조그만 선물을 할 때도 무척 요란하다. 겉포장, 속포장으로 겹겹이 감싸고 세련된 종이가방에 넣어 폼 나게 전하는 것이 보통이다. 그분은 그런 겉치레 포장으로 꾸밀 줄 몰랐다. 맨 상자 하나를 가슴 속에 품고 와서 꺼내놓았다. 소박하고 털털한 성품 그대로 말씨도 거침이 없었다. 별다른 내용도 없으면서 꾸미고, 가꾸고, 고치고, 다듬기를 좋아하는 세상이 아닌가. 외화내빈이 대세인 세태에 신선한 충격이 아닐 수 없다.

돌발 사태에 적잖게 놀라긴 했지만 나도 어쩔 수 없는 속물이었다. 상자 속이 몹시 궁금했다. 선생님을 배웅하고 돌아오기 무섭게 열어보았다. 연한 회색과 짙은 회색 바탕에 검은색 가로줄무늬가 처진 양말 두 켤레였다. 무늬 없고 특징 없는 단색 양말을 즐겨 신는 터라 고민이 생겼다. 주신 분의 정을 봐서라도 꼭 신고 다녀야겠지만 무늬가 취향에 맞지 않으니 낭패가 아닌가. 밝고 다양하면서 튀는 양말을 좋아하는 아이들에게 어울릴 법한 것들이었다.

언제나 활달하고 적극적인 성격에 막힘없이 시원시원하던 분이었다. 교내 순회 중 복도를 지나치칠 때 보면 그분이 맡아 가르치는 교실은 단연 활기가 넘치고 분위기가 살아 있었다. 학생들 표정도 밝고 졸거나 엎드린 아이들을 볼 수 없었다. 그만큼 학생들과 호흡이 잘 맞고 재미있게 수업을 이끌고 있다는 증거다. 아무리 교수법이 출중하고 해박한 지식이 넘쳐난다 하더라도 아이들의 마음을 사로잡지 못한다면 그 어떤 수업도 성공할 수 없다.

가로줄무늬 양말을 준비한 것도 그 선생님의 활달하고 거침없는 성품이 그대로 반영된 결과였을 것이다. 우리 집 서랍 속에 제법 많은 양말이 쌓여있지만 특별히 튀는 것은 없다. 비슷한 색상으로 몇 켤레가 있긴 하지만 평범하고 단조로운 것들이다. 사고방식이 고루해서 그런지 몰라도 두드러진 것은 마음이 편하지 못하다. 아무 양말이나 거리낌 없이 신고 다닐 만큼 융통성도 없다. 양말을 준비하고 있는 집사람도 여태까지 그런 것을 산 적이 없다.

자신의 진심을 소박한 물건에 담아 부담감 주지 않고 전하는 것도 세상사는 지혜가 아닐까 싶다. 긴요하게 도움을 받고도 감사할 줄 모른다면 문제다. 고맙다는 인사를 듣고도 그 참뜻을 의심할 정도라면 그런 인간관계는 중병이 들었다고 봐야 할 것이다. 진심이 배어있지 않고 따뜻한 정이 스며있지 않다면 아무리 화려하고 값비싼 선물이라 할지라도 진한 감동을 줄 수는 없다. 작지만 정성이 듬뿍 담긴 물품이라야 받는 사람의 심중을 흔들 수 있다.

정성이 실려 있어야 할 선물이 뇌물로 전락해서 부작용을 낳는 경우도 있다. 무엇인가 반대급부를 기대하고 건넸다면 진정성을 상실한 짐 덩어리일 뿐이다. 각박한 세상인심에 정말 순수한 마음에서 비롯된 선물이 과연 얼마나 될까. 가당치 않는 고민에 빠져보지만 이 세상에는 맑고 밝은 사람들이 대부분이니 부질없는 기우일 뿐이다. 보이지 않고 드러나지 않는 곳에서 자신의 일을 다 하는 그들이 있어 세상은 별 이상 없이 잘 굴러가고 있는 것이다.

개가 사람을 물면 기사거리가 안 되지만 사람이 개를 물면 특종이 된다는 우스갯소리가 있다. 언론매체들은 특이하고 이상한 사건을 집중적으로 보도한다. 그 결과 세상이 온통 썩은 냄새로 진동하고 온갖 악이 횡행하는 무법천지로 인식되고 있다. 절대다수는 법이 없어도 살 수 있는 착한 사람들이다. 남의 고통을 나의 아픔처럼 가슴 아파하며 이웃을 배려할 줄 아는 사람들이다. 대다수 그늘지고 어두운 곳을 돌아볼 줄 아는 가슴 따뜻한 사람들이다.

화려한 포장 속에 묻혀 눈을 어지럽히는 비싼 물건보다 감사하는 마음이 스며있는 소품이 훨씬 더 의미 깊다. 번쩍번쩍 빛나는 명품이 아니면 어떤가. 정성이 담긴 것이라면 그것으로 족하다. 진심이 실려 있어야 마음을 움직일 수 있고 기쁨도 키울 수 있다. 그 선생님이 떠난 지 한 학기가 지났다. 책상 정리 등 마무리할 일도 많았을 텐데 불쑥 찾아와 양말 두 켤레를 놓고 간 그분을 생각해본다. 내일 꼭 그 가로줄무늬 양말을 신으리라 다짐하면서.

2011년 8월

지팡이의 힘

    연극이 아니고서야 무대 위에 지팡이가 등장하기를 기대하기 어렵다. 지팡이라는 것을 나이가 많거나 병이 깊어 스스로 몸을 가누기 어려울 때, 마지못해 의지하는 물건 정도로 인식하고 있기 때문이다. 지팡이 하면 으레 꾸부정한 허리와 허옇게 쉰 머리에 주름투성이인 노인의 얼굴을 떠올리게 된다. 혈기왕성한 사람에게 지팡이가 어울리지 않는 것은 당연하다. 두 다리로 굳건하게 서서 버틸 힘이 있다면 누가 구태여 지팡이에 의지하려 할 것인가.

    일전에 어느 명사 초청강연회에서 아주 드문 광경을 목격했다. 전국적으로 명망 높은 분의 특강이었다. 이런저런 인연으로 네 번째 듣게 된 것부터 예사로운 일은 아니었다. 그 전 강연 때와는 달리 움직임이 상당히 느리고 불편해 보였다. 지팡이를 짚고 부축을 받으며 등단했다. 높은 연대(演臺) 대신 나지막한 탁자를 준비하고 그 위에 마이크를 놓아 앉아서 강의하도록 배려했다. 세월은 그 누구도 이기지 못하는 법, 그도 예외일 수가 없었던 것이다.

    어렵게 좌정하는 모습을 보며 서글픈 생각이 들었다. 불과 2년 전 모 대학 특강에서 꼿꼿이 선 자세로 강연을 하는 그를 기억하고 있었기 때문이었다. 그러나 일단 강연이 시작되자 확연히 달라졌다. 희망을 버리지 않았던 것이 다행이었다. 차츰 목소리가 높아지더니 청중으로 가득한 거대한 공연장이 쩌렁쩌렁 울릴 만큼 가공할 포효로 변했다. 앉은 자세로 지팡이를 잡았다. 그 위에 양손을 포개 덮은 채 마이크를 사이에 끼우고 이야기를 풀어나갔다.

스스로 취한 것일까. 분위기가 고조되자 거추장스러운 듯 지팡이를 내려놓았다. 송곳 같이 예리한 논조로 열변을 토하고 있던 중 여성 청중 둘이 분위기 파악을 못하고 또각또각 발자국 소리를 내며 당당하게 퇴장했다. 잠시 말을 멈추더니 사정없이 불호령을 내렸다. 연사에 대한 예의를 갖추지 못한 사람들이라며 질타했다. 모두들 웃으며 듣고 있었지만 가슴은 써늘했을 것이다. 그 후 자리를 뜨는 강심장은 없었다. 삼 년 묵은 체중이 내려가는 듯했다.

한 시간 반 동안 물 한 모금 마시지 않고 카랑카랑한 목소리로 수천 청중을 압도하고 그들의 심중을 쥐락펴락 반복했다. 강연을 마치고 환호하는 청중에게 지팡이를 짚고 서서 정중히 고개 숙여 감사를 표하는 모습이 인상적이었다. 참으로 당당하고 멋지게 늙어가고 있는 신사였다. 측근의 부축을 받으며 무대에서 퇴장하는 그를 보면서 84세의 노령은 어쩔 수가 없구나 하고 탄식했다. 누가 있어 감히 지나간 세월의 수레바퀴를 되돌릴 수 있겠는가.

청년시절부터 거동이 자유롭지 못했던 아버지에게는 지팡이가 친구였다. 사랑채 툇마루 위에 늘 하나 걸려있었다. 지팡이는 신체의 한 부분이나 다름이 없었다. 불편한 한쪽 다리의 기능을 보완하는 역할을 했다. 외출할 때마다 중절모와 함께 필수 지참물이었다. 날씨가 궂을 때는 우산이 지팡이 노릇을 대신하기도 했다. 연세가 든 지금은 더욱 그렇다. 어렸을 적 철없는 눈에 그런 아버지가 오히려 멋있게 보이기도 했으니 참으로 한심한 노릇이었다.

지팡이에 관한 역사는 유구하다. 신라시대 김유신이 왕으로부터 지팡이를 하사(下賜)받았다는 기록이 있다. 조선시대에는 고위직에 있었거나 국가에 중대한 공헌을 한 사람이 70세가 되면 국왕이 지팡이와 의자를 내려 공을 치하하고 업적을 기렸는데 이를 두고 사궤장(賜几杖)이라 했다. 국가가 성대하게 연회를 베풀어 치하했고 그 가문에서는 큰 영광으로 여겨 소중히 받들었다. 나라를 위해 일생을 바친 노신(老臣)에게 내리는 최고의 영예요, 찬사였다.

지팡이 재료로는 명아주를 주로 썼다. 가볍고 단단할 뿐만 아니라 품위가 있어 널리 사용되었다. 장생불사(長生不死)요 영원무궁(永遠無窮)의 상징이었던 푸른색 명아줏대 청려장(靑藜杖)을 최고로 쳤다. 잘 자란 일 년생 명아주 줄기를 취해 바람이 잘 통하는 그늘에서 말린 후 사용했다. 쉽게 범접할 수 없는 엄숙함과 초자연적 마력을 지닌 명품으로 대접받았다. 영광과 위엄의 표상이었으니 세인(世人)의 부러움과 선망(羨望)의 대상이 되었을 것이다.

얼마 전 모 방송국 가요프로그램에서 가슴 뭉클한 장면을 보았다. 팔순 중반의 원로가수가 중절모를 푹 눌러 선 채 오른손에 지팡이를 짚고 서서 구성진 목소리로 반세기 전 자신의 노래를 멋지게 불렀다. 세월 탓이었을까. 탁하고 갈라진 목소리에 호소력이 떨어지기는 했지만 오래간만에 듣는 노가객(歌客)의 절절한 노래는 사람의 가슴을 흔들기에 충분했다. 방바닥에 비스듬히 모로 누워 듣다가 후닥닥 일어나 자세를 바로 하고 옷매무새를 고쳤다.

한평생 노래 속에 묻혀 살아온 파란만장한 인생역정(人生歷程)이 그가 의지하고 서 있는 한 자루 지팡이에 고스란히 녹아들어 있었다. 정감 넘치는 구수한 노래가 끝나자 우레 같은 박수가 터져 나왔다. 나이 지긋한 어르신이 대다수인 방청객들의 화답이었다. 나도 빠질 수 없었다. 함께하지는 못했지만 그들과 한 마음이 되어 손바닥이 아프게 박수를 쳤다. 프로그램을 진행하는 사회자도 칠순을 훌쩍 넘긴 멋쟁이였으니 절묘하게 잘 짜 맞춘 구도였다.

세월을 이기는 장사가 어디 있던가. 혹자는 시간이 흐르는 것이 아니라 우리 인생이 흘러가고 있을 뿐이라고 강변(强辯)한다. 세월과 인생 둘 다 흘러가고 있는 것은 분명하지만, 바라보는 시각이 사람마다 다를 뿐이다. 인간 수명이 크게 길어지면서 회갑을 우습게 보는 시대가 되었다. 늙고 병들어 몸을 가누기조차 어려워도 웬만해선 지팡이를 잡으려 하지 않는다. 권위와 관록의 상징이었던 지팡이도 사라지고 있으니 시속(時俗)의 변화가 무상(無常)하다.

2011년 8월

주례학 개론(槪論)

계절 탓인가 결혼 청첩이 뜸하다. 요샌 결혼식에 가도 신랑신부보다 주례 쪽에 관심이 더 많이 간다. 일찌감치 입장하여 주례의 거동을 요모조모 살핀다. 사람마다 취향과 개성이 다르듯 주례도 다양한 모습으로 혼례를 이끈다. 과도하게 시선을 빼앗지 않으면서 식장 분위기를 부드럽게 유도하고 품격을 유지해야 제격이다. 몸가짐에서도 순탄하고 성공적인 삶을 살아온 듯한 분위기를 풍겨야 신랑신부는 물론이고 하객들로부터 신뢰를 얻을 수 있다.

흐르는 세월 따라 연륜이 쌓여가니 주례를 맡을 기회도 많아지고 있다. 제자들이 대부분이지만 직장 동료나 개인적인 친분으로 부탁하는 사람들도 제법 있다. 생각해 보면 참으로 어중간한 존재가 주례다. 당일 행사의 주인공인 신랑신부가 입장하기 전까지 본의 아니게 하객들의 주목도 받는다. 식장에 들어서면 전체 분위기를 익히고 사회자를 만나 식순을 점검 한다. 식장 담당 관리요원으로부터 꽃송이, 성혼선언문, 장갑을 건네받으면 준비 완료다.

이때 빠짐없이 듣는 주의사항이 있다. 시간이 빠듯하니 주례사를 되도록 짧게 해 달라는 주문이다. 지난번에는 한 사람도 아니고 둘이 교대로 찾아와서 협박하고 다짐까지 받아갔다. 원래부터 길게 이야기하는 사람이 아니니 전혀 염려할 일이 아니라며 안심시켰다. 그간 여러 차례 주례를 봤지만 5분 이상 이야기한 적이 없었다. 지극히 상식적인 말을 장황하게 늘어놓아 바짝 긴장해서 떨고 서 있는 두 사람과 바쁜 하객들을 괜히 괴롭힐 이유가 없다.

자기최면에 걸려 첫째, 둘째를 꼽아가면서 이야기해봤자 듣는 사람들은 피곤할 뿐이다. 간결하고 산뜻한 사례를 들고 가슴에 와 닿는 짤막한 충고와 당부를 곁들인다. 이어서 여운을 남기는 산뜻한 말로 매듭을 지으면 길어질 수 없다. 축가 등 특별한 순서가 기다리고 있을 때 눈치 없이 상투적이고 의례적인 장광설로 아까운 시간을 허비해서는 안 된다. 잘 알고 있으면서도 막상 식장 앞에 높이 서면 눈앞이 캄캄해져 자신도 모르게 횡설수설하기 쉽다.

결혼식이 끝난 후에 주례는 더욱 어정쩡해진다. 정해진 자리에 다소곳이 앉아 사진기사가 부를 때까지 기다려야 한다. 그나마 다행스러운 것은 촬영 순서가 맨 먼저 온다는 점이다. 예식 진행의 책임자로 신랑신부와 함께 증명사진을 찍어 두어야 한다. 두 사람의 결혼이 원만하게 이루어진 것을 하객들 앞에서 선포했으니 그 증거를 사진으로 남기는 절차를 밟는 것이다. 기념 사진첩 한 귀퉁이를 차지하여 그들의 가정을 지켜주는 파수꾼이 되어야 한다.

촬영 과정에서도 주례는 철저히 관심 밖이다. 멋진 작품을 뽑아내기 위해 신랑신부에게 까다로운 주문을 마구 쏟아 내지만 주례에게는 별 말이 없다. 길어야 5분이지만 역할이 끝난 처지로 부담스러운 시간이다. 촬영 후 신랑신부를 격려하고 양가 혼주에게 인사를 드리면 공식 임무가 끝난다. 이때 주례를 부탁한 측 사람이 나와서 식당으로 안내한다. 하객들 틈에 끼어 식사를 할 때에도 돌발사태가 있을 수 있기 때문에 긴장을 완전히 풀 수가 없다.

가끔 하객들끼리 수군거리는 소리가 들리는 수가 있다. 힐끔힐끔 시선을 던지면서 거동을 살피기도 한다. 이렇게 되면 밥이 제대로 목구멍으로 넘어갈 수 없다. 대충 몇 술 뜨고 얼른 자리를 박차고 일어나는 것이 상책이다. 때로는 식사를 중단하고 일부러 다가와서 말씀 잘 들었다며 정중하게 허리 숙여 인사를 건네는 사람도 있다. 가만히 앉아서 인사를 받을 수 없으니 황급히 일어나 응대한다. 방심하고 있다가는 뜻밖의 낭패를 당하기 십상이다.

식장 맨 앞에 서서 행사 진행을 책임지며 공식적인 증인이 되는 일이니 어찌 주례라는 존재가 가볍다 할 수 있을까. 그 역할의 중차대함을 잘 알면서도 박절하게 뿌리치지 못했다가 예식일이 야금야금 다가오면 그때서야 뒤늦게 후회하게 된다. 짧은 의식이지만 정신적 부담이 매우 크다. 하객들의 시선은 당연히 그날의 주인공들에게 쏠려 있는데도 괜한 긴장감으로 부질없이 진땀을 흘린다. 느긋하고 여유 있는 모습을 보여줄 수 있었으면 좋으련만.

주례는 신랑신부 두 사람이 새롭게 출발하는 모습을 가장 가까이에서 지켜보는 사람이다. 새 가정의 탄생을 지척에서 도와주고 축복한다. 누구에게 그 막중한 일을 맡길 것인가 고민이 많을 수밖에 없다. 당일 하루 행사로만 모든 것이 끝나는 것이 아니다. 향후 두 사람의 가정을 주시할 사람이다. 주요 고비 때마다 인생 선배로서 조언하고 충고도 해줄 수 있는 후견인 역할을 해야 할 처지이다. 일생일대 최고의 중대사니 신중할 수밖에 없지 않는가.

결혼식 모습이 다양해지고 있다. 주례가 아예 없는 예식도 있다. 신랑 신부가 손을 잡고 입장하면서 행사가 시작된다. 사회자의 역할도 최소한으로 줄이고 기타 복잡한 절차도 대폭 생략한다. 식이 끝날 무렵 신랑이 직접 하객들 앞에 나와서 감사의 인사를 하기도 한다. 신랑이 스스로 신부를 향해 축가를 부르는 경우도 있다. 요컨대 주례와 사회자에게 넘겨주었던 주도권을 상당 부분 회수해가는 셈이다. 참으로 새롭고 신선한 발상이 아닐 수 없다.

지금 이 시간에도 전국 곳곳에서 수많은 신혼부부가 탄생하고 있을 것이다. 누군가가 주례라는 이름으로 새 가정을 탄생시키기 위해 땀을 흘리고 있으리라. 그동안 내가 탄생시킨 부부들도 사회 각 분야에 흩어져 다양한 모습으로 열심히 살아가고 있을 것이다. 세상살이가 비록 고달프고 어렵더라도 초심을 잃지 말고 꿋꿋하게 이겨내기 바란다. 서로 믿고 의지하며 매사에 양보하고 배려한다면 아무리 험한 세파라도 거뜬히 헤쳐나갈 수 있을 것이다.

결혼이란 두 사람의 인생에서 새로운 획을 긋는 중대사다. 그동안 찾지 못했던 절반을 만나는 일이다. 문제는 둘이 합치는 것으로 끝나지 않는다는 데 있다. 상대방의 인간관계를 아무 조건 없이 고스란히 인수하는 계기가 된다. 지금까지 관심도 없었고 알 필요도 의무도 없었던 사람들과 새롭게 관계를 맺게 된다. 그래서 자고로 혼인을 대단히 중요시했던 것이다. 일단 관계를 맺으면 그것을 고치거나 파기하기가 무척 어려우니 신중할 수밖에 없다.

까맣게 잊고 있던 옛날 제자가 느닷없이 연락해 올 때면 바짝 긴장한다. 십중팔구 주례청탁일 것이기 때문이다. 자주 소식 전하지 못해 죄송하다며 대충 얼버무린 후 본론으로 넘어간다. 모월모일 결혼하게 되었으니 주례를 맡아 달라는 요청이다. 대안을 찾아보라고 권하면서 사양도 해 보지만 결국 승낙하고야 만다. 천성이 모질지 못한 탓이다. 복장은 어떻게 할 것이며 주례사는 무슨 말로 할 것인지, 난데없고 엉뚱한 걱정거리를 또 하나 얻게 되는 것이다.

2011년 7월